Barbara Zeman

IMMERJAHN

Roman

Hoffmann und Campe

2. Auflage 2019

www.hoca.de
Umschlaggestaltung: Hannah Kolling © Hoffmann und Campe
Umschlagabbildung: plainpicture / Axel Killian
Satz: Pinkuin Satz und Datentechnik, Berlin
Gesetzt aus der Bohemia
Druck und Bindung: GGP Media GmbH, Pößneck
Printed in Germany
ISBN 978-3-455-00495-3

HOFFMANN UND CAMPE

Ein Unternehmen der
GANSKE VERLAGSGRUPPE

Für meine Eltern, meine Brüder Andreas und Martin.

Für Geri.

Der Vorhang wallte, wieder angestoßen von schwüler Luft, ins Zimmer hinein und wich knapp vor dem Fauteuil zurück, ohne Immerjahn zu berühren, der dort mit offenen Augen saß. Er starrte auf den durchsichtigen Stoff und versuchte sich zu sammeln. Trübe taumelten die sinkenden Brocken eines Traumes vor seinen Augen, um die Beine strichen ihm weiße Tiere, die verblassten, dann gänzlich verschwanden. Während er die Wärme ihrer Körper noch schwach an den Waden spürte, versuchte er sich bereits vergebens an ihre Form, ihre Größe zu erinnern, größer als kleine Katzen und kleiner als große Hunde waren sie gewesen, aber Gesichter, die ihre Zuordnung erlaubt hätten, hatten sie keine gehabt.

Immerjahn rieb sich die Augen, er durfte sie nicht mehr schließen, er musste sich jetzt sofort um jemanden kümmern, der ihm half. Er hatte Polly am Vormittag entlassen. Schenkte seiner ehemaligen Assistentin, obwohl sie nicht weinte, das Taschentuch, in das seine Großmutter ein schnörkeliges *I* gestickt hatte, und setzte sich im Salon seines Anwesens zornig an den Computer. Er tat so, als sehe er nicht, wie sie das Taschentuch auf das Bukett aus Rosen, Tulpen und gelber Iris warf, was ihn aber nicht störte, weil sein Stoff von der gleichen Farbe wie die Blütenblätter der blassen Schwertlilie war, auf der es hängen blieb, die den ganzen Strauß dominierte.

Ja, er war erleichtert, aber er fühlte sich auch ein wenig verwirrt. Er hatte nicht vorgehabt, sie zu entlassen, und es war ungewohnt, schon graute ihm, an die Eröffnung zu denken, ohne Polly in die Planung einzubeziehen. Nach dem Mittagessen hatte er das Speisezimmer verlassen, um etwas aus dem ersten Stock zu holen, hatte aber, sobald er dort gewesen war, nicht mehr gewusst, was er tun wollte, und er konnte sie nicht anrufen. Er war durch das Onyx-Badezimmer und das gläserne über den Flur gestreift, war wieder die Treppen hinuntergestiegen und in den Salon zurückgekehrt und hatte sich auf den Fauteuil gesetzt, in dem er dann eingeschlafen war.

Eine Sekunde kam es ihm vor, als fehlte nicht mehr viel, bis aus seinem Anwesen ein Museum geworden sein würde, dann aber geriet er ins Schwanken. Sie hatten heute Nachmittag die Öffnung des Hagebuttenbergs bekanntgeben wollen, im gleichen Atemzug den Termin der Eröffnung. Auf den neunundzwanzigsten August hatten sie ihn festgelegt, in knapp zwei Wochen war das. Bevor er aber irgendeinen Schritt unternahm, musste er sich einen Überblick verschaffen. Das Problem war nur, dass heute schon jemand von den *Heften für Kunst und Denkmalpflege* hier gewesen war, der alles fotografiert hatte, und alles, was sie sagten, aufgeschrieben, in dreizehn Tagen würde der Fotograf für die abschließenden Aufnahmen wiederkommen, und der Bericht über die Rückführung seiner Mies-van-der-Rohe-Villa in den Originalzustand würde exakt einen Tag später, anlässlich der Eröffnung des Museums, erscheinen. Es ließ sich also nichts mehr verschieben.

Seine Gemäldesammlung war so groß und der Hagebuttenberg war mindestens zwanzig Jahre vollkommen abgeschottet gewesen, und er fühlte sich unwohl bei dem Gedanken an Hunderte, die um den Brunnen des Vorplatzes versammelt standen und in sein Haus wollten. Im Dorf raunte man, auf dem Hagebuttenberg seien die Zimmer der Nachfahren des Zementfabrikanten Benedickt Immerjahn sen., die Wände, die Böden mitsamt der aus ihnen emporwachsenden Möbel aus Zement gegossen. Im Reflexionsbecken hielten sie sich Regenbogenforellen und Regenbogenforellen fressende Hechte, nach jedem Regen würden Hunderte Schnecken über die Steinwiesen kriechen, die der einzige Sohn, der Schwimmer, in Körben sammelte und in Butterschmalz gebacken verspeiste. Seine mondäne Großmutter sei eine Nymphomanin gewesen, die eine Liebschaft mit dem Lehrer hatte, was man daran erkannte, dass sie an den Tagen, an denen sie zu ihm ging, tafelgrüne Kleider trug. Des Weiteren gab es Spekulationen über einen Keller, den die Immerjahns nun schon in dritter Generation mit Spitzhacken unter ihr Haus in die Steinwiesen trieben, weil Mies van der Rohe ihm keinen gegeben hatte.

Es war ihm klar, dass sein Haus eher einer Wunderkammer denn einem Museum glich, sein Haus, dachte Immerjahn, hätte Rudolf II. gefallen. Er überlegte. Er könnte Holm rufen, nur würde der ihn nicht hören, weil er bestimmt schon wieder auf seiner Matratze im Großen Ausstellungssaal lag und so fest schlief, dass er erst aufwachen würde, wenn Immerjahn seinen Namen schrie, aber auf Schreien hatte er keine Lust mehr heute. Sein Vater, Benedickt jun., hatte Holm aufgenommen, ein Jahr bevor Immerjahn ausgezogen war, er selbst war achtzehn gewesen, Holm Anfang zwanzig. Holms

Vater, ein spielsüchtiger Ingenieur, der in finanzielle Schwierigkeiten geraten war, konnte seinem Sohn nicht mehr das Zimmer in der Stadt und das Architekturstudium finanzieren und bat Immerjahns Vater um Hilfe, der ihn, ohne lange zu überlegen, im Großen Ausstellungssaal unterbrachte, in dem sich damals noch die Sammlung seines Großvaters, Benedickt sen., befand. Immerjahn bewunderte Holm wegen der Musik, die er hörte, seiner Pilotensonnenbrille, der Mädchen, die sich mit ihm treffen wollten, und seiner Intelligenz. Anfangs schlief Holm schlecht inmitten der vielen Gesichter, die unbewegt vor goldglänzendem Grund auf ihn herabstarrten, nach wenigen Wochen aber begann er, sich für die Ikonen zu interessieren. Immerjahn sah ihn oft in der Bibliothek sitzen, wo er die Aufzeichnungen seines Großvaters zu ihrer Herkunft studierte, die Haare wie ein Vorhang vor dem Gesicht. Er kommunizierte damals alles, was zu sagen war, mit Hilfe seiner langen Haare. Immerjahns Mutter zog ihn auf, weil er parallel dazu Adorno las, aber sein Vater war erleichtert, dass sich endlich wieder jemand für die Holzbilder interessierte. Mittlerweile waren die meisten verkauft – Holm, siebenundfünfzig Jahre alt, wohnte umgeben von Kunst der Moderne –, jene Ikonen ausgenommen, die er vor Immerjahn versteckt hatte. Immerjahn fand sie circa zweimal im Jahr an ungewöhnlichen Plätzen. Dieses Jahr eine Maria von Andrej Rubljow im Ärmel des kasachischen Schafhirtenmantels seines Urgroßvaters und eine in einen wasserdichten Beutel verpackte Darstellung eines unbekannten byzantinischen Meisters der zwölf Apostel unter der Küchenspüle.

Immerjahn streifte mit dem Blick die vielen Flügel der vor über einem Jahrhundert von Étienne-Jules Marey angefertigten Bewegungsstudie einer Möwe, die im Salon auf einem schmalen Sockel stand, dort, wo sich in allen anderen ihm bekannten Salons der Fernseher befand. Er senkte den Kopf, sah unter den Flügeln der Möwe hindurch auf die geschwungene Arbeitsfläche seines Sezessionsschreibtischs, die wegen der vielen grellgrünen und grellgelben Klebezettelchen, die so eng aneinander und übereinander klebten, wirkte wie die ausgebreiteten Schwingen eines Raubvogels, der, geschmacklos gefiedert und schwer, seiner flatternden Möwe nachstellte.

Sollte er Polly anrufen und so tun, als habe er vor ein paar Stunden kurz den Verstand verloren, ihr sagen, sie solle in spätestens zwanzig Minuten wieder hier, zurück am Hagebuttenberg sein? Aber nein, dachte Immerjahn, während er dem Lauf der makellosen Bügelfalte seiner kurzen Hose folgte, das wollte er nicht. Gegen zehn Uhr hatte er im Salon gewartet, sich gefragt, wo Polly und der Redakteur der *Hefte für Kunst und Denkmalpflege* denn blieben, und war sie nach einer guten halben Stunde suchen gegangen. Er war es gewohnt, dass Polly zu ungewöhnlichen Zeiten an leicht zugänglichen Orten mit irgendwelchen Personen, meist jungen Künstlern, die sie besuchen kamen, schlief, ihr Körper nackt war ihm beinahe schon so vertraut wie ihr Körper angezogen, und er hatte sich gedacht, vielleicht half es, den Redakteur positiv auf die Besichtigung einzustimmen. Dass Holm dabei gewesen war, war ungewöhnlich, aber schockierend gewesen war es nicht. Er ärgerte sich, dass es ihm kaum gelang, den Anblick der drei abzuschütteln, wie sie vor seinem Bett gestanden waren, als versuchten sie, die Laokoongruppe darzustellen. Holm hatte ihn zuerst entdeckt und noch versucht, sich unbemerkt davonzustehlen, was ein Akt von aufsehenerregendem Optimismus gewesen war.

Immerjahn hätte unter normalen Umständen einfach wieder sein Schlafzimmer verlassen, an dessen schneeweißer Wand, gegenüber dem Bett, seine zwei liebsten Bilder hingen. Er hatte sich schon halb umgewandt, als Polly sich splitterfasernackt auf ihn zuzubewegen begann, worauf Immerjahn realisierte, dass man gerade zu viel von ihm verlangte. Er hatte wegen dieser vielen nackten Personen vielleicht etwas überreagiert. Sonst sprach er eher leise, sodass es sofort still war um ihn, weil man ihn sonst überhörte. Contenance, das hatten ihm sowohl der Vater als auch die Mutter beigebracht, sei alles, und wirklich war er auch bekannt dafür, Haltung zu bewahren. Wenn er aber die Fassung verlor, dann vollständig, und das, obwohl er nicht gerne schrie.

Er klopfte sich ein Haar von der Hose und versuchte, entspannter zu sitzen. Er konnte Fritzwalter anrufen, der früher sein bester Freund gewesen war und ein Künstler, steinreich seit ein paar Jahren, und sich mit der Instandsetzung desolater Unterkünfte auskannte, aber sicherlich sofort mit Schwingschleifer und Säbelsäge alle Pläne Immerjahns über den Haufen werfen würde. Nein, dachte Immerjahn, auch Fritzwalter anrufen wollte er nicht, außerdem würde er wieder nur von seiner neuen Serie sprechen, die er ihm anlässlich der Öffnung seines Hauses schenken wolle, für das Speisezimmer, das Fritzwalter sich als Fritzwalterzimmer vorstellte, das sich seit Jahren mit Lebensmitteln, Gummistiefeln, Werkzeug und Gerümpel aller Art gefüllt hatte und nur noch als exklusive Abstellkammer in Verwendung war, in der Frau Manzur an Samstagen und Sonntagen die Wäsche auf dem Esstisch bügelte, an dem Immerjahn gerne Amaro trank, weil hier niemand kam, um ihn vom Herumsitzen abzulenken. Das Speisezimmer würde für die Besucher des Museums zwar als regulärer Teil der Ausstellung zugänglich sein, aber er würde es, abgesehen von den Bildern, die dort an den Wänden hingen und die er in den nächsten Tagen irgendwo im Speisezimmer unter das Gerümpel schieben würde, nicht verändern. Er fand es reizvoll sich vorzustellen, wie Besucher an den verstaubten Packungen von

Polenta und Linsen vorbei bis in die Küche gingen. Nein, dachte Immerjahn, er würde Fritzwalter nicht anrufen, er musste sich einmal erst alles selber überlegen.

Das Geräusch seiner Schritte klang hart auf dem Marmor, verschwand im Teppich, kehrte auf dem Marmor unverändert laut zurück, als er durch den Salon zu seinem Schreibtisch ging. Er schaltete den Computer ein, und um sich zu beruhigen, rief er sich ins Bewusstsein, wie viel schon erledigt war. Das Holz der Vitrinen im Porzellangang war frisch mit Schellack eingelassen und die Scheibe ersetzt, die zerbrochen war, als seine Großmutter versucht hatte, eine Teetasse aus dem Nachlass von Clark Gable aufzufangen, die sie nie zu den übrigen Tassen in den Küchenschrank stellte, sondern in den Vitrinen zwischen einem blau-grün-goldenen Fabergé-Ei und einer getrockneten Orchidee verwahrte, die sich zwei Stunden lang hinter dem rechten Ohr von Maria Callas befunden hatte, bevor sie auf den Boden gefallen und der Tenor Giuseppe Di Stefano auf sie getreten war, was ihr doppelten Wert verlieh. Seine Großmutter vertrat die Ansicht, der Zauber von Orchidee und Ei würde über Nacht auf die kleine weiße, nicht besonders schöne Tasse übergehen, der sich wiederum auf sie selbst transferieren ließe, wenn sie ihre morgendliche Schokolade aus ihr trank. Das Fabergé-Ei, das unter dem Namen *Ei mit Liebestrophäen* bekannt war und ein Geschenk von Zar Nikolaus II. an seine Gemahlin Alexandra, hatte eine Verwandte seinen Großeltern zur Hochzeit geschenkt. Immerjahn wusste nicht mehr genau, wer auf die Idee gekommen war, den Inhalt des unermesslich kostspieligen Prunkeis durch eine dottergelb gefärbte Zementkugel zu ersetzen, es war ein bisschen peinlich, selbst auf Wikipedia war zu lesen, *die ursprüngliche Überraschung, ein emaillierter Miniaturgoldrahmen in Herzform mit einem den Namen Niki bildenden Querbalken, ist verlorengegangen.* Immerjahn meinte sich zu erinnern, dass er das Herz vor ein paar Jahren irgendwo ganz hinten im Porzellanschrank gesehen hatte, aber Frau Manzur hatte es beim Abstauben nicht gefunden.

Und auch an der Außenseite der Villa war schon einiges fertig. Die Fassade zum Brunnenplatz war in neoklassizistisches Mandelweiß getüncht. Das hochgeschossene Gras im Westgarten gemäht, die Stümpfe wilder Akazien mitsamt ihrer Wurzeln aus dem Boden gegraben. Frau Manzurs Paradeispflanzen, vor allem Ochsenherz und Eierpflaume, die die Auffahrt wie eine halbwüchsige Allee gesäumt hatten, waren in den Italienischen Garten verpflanzt. Sein Sohn Raffael, der vor ein paar Tagen noch zu den Olympischen Spielen geflogen war, hatte die größten Felder trockenen Mooses vom Dach gelöst und sie auf den Vorplatz geworfen. In die Nähe einer umgestürzten Platane aus der Zeit der Französischen Revolution fielen sie, die monatelang den Brunnenplatz versperrt hatte, Raffaels Trainer stand daneben und hörte nicht auf, Immerjahn fürchterliche Blicke zuzuwerfen, weil er die Hoffnung des Landes im Kraulen schon vom Dach stürzen sah. Inzwischen war die Platane von mehreren Traktoren abtransportiert, und er ließ den Förster kommen, der sich die anderen Bäume ansah, diejenigen, die in der ersten Reihe des Waldes wuchsen, aber sie alle waren vollkommen gesund. Im Loch, das den Standort der gefallenen Platane bezeichnete, fand er eine metallene Vorrichtung, die offenbar ihre Wurzeln gekappt und den Baum umgeworfen hatte, und da erinnerte Immerjahn sich. Frau Manzur hatte davor einen als vollkommen funktionslos befundenen Hebel, der aus der Wand des Porzellangangs stand, abgesägt, weil sie so oft an ihm mit ihrem Kittel hängenblieb. Auch erinnerte er sich daran, dass sein Vater einmal in Fieberträumen von mehreren Apparaturen phantasierte, mit denen Immerjahns Großvater den Hagebuttenberg zum Schutz vor revolutionären Invasoren aufgerüstet hatte.

Sie trugen den elektrischen Zaun ab, den Marek, Frau Manzurs Mann, auf eigene Faust nach dem Tod von Immerjahns Eltern um den Hagebuttenberg gebaut hatte. Hinter den Paradeispflanzen der Auffahrt verliefen die Drähte über den Vorplatz zwischen Haus und Wald, umzogen sowohl die Außenmauer des Italienischen Gartens als auch das Reflexionsbecken, fielen gestützt von windschiefen Pfosten über die Steinwiesen zur vierspurigen Straße ab, deren Lauf sie ein Stück folgten, um die Auffahrt entlang wieder zum Haus zu führen, wo sie über ein langes stacheldrahtbesetztes Gatter auf die andere Seite des Zaunes trafen. Marek hatte vor zwei Tagen erst den alten schmutzigen Kies an der Vorderseite des Hauses in den Wald gekehrt, wie unter einen Teppich, und brachte neuen aus, dessen weißes Leuchten weh in den Augen tat.

Es fehlten noch ein paar entscheidende Dinge, aber soweit er wusste, hatte Polly sie alle organisiert. Er holte den Notizblock aus seiner Strickweste, in deren leichtes, karamellfarbenes Garn ein dezenter Faden verwoben war, der aussah wie Gold. Immer wieder von seiner Weste abgelenkt, die bei manchen Bewegungen aufblitzte, begann er eine Liste zu schreiben, in der er alles, was noch zu tun war, anführte, vom höchsten Grad der Dringlichkeit abfallend.

Erstens müsse Holm aus dem Großen Ausstellungssaal

ziehen, mitsamt seiner Matratze, seinen Büchern, dem Wasserkocher, Kühlschrank und dem ausgestopften namibischen Streifengnu, das ihm sein Vater hinterlassen hatte. Die afrikanischen Masken seiner Großmutter müssten vorübergehend irgendwo anders, vielleicht hier im Salon, übereinandergestapelt werden, jedenfalls nicht in der Küche, weil sie sonst Frau Manzur, der die Masken nicht gefielen, noch verheizte. Zweitens müsste jemand alle Gemälde, die sich im Großen Ausstellungsaal befanden, in den ersten Stock tragen, damit drittens seine Fenster zugemauert werden konnten. Übrigens waren die Arbeiter heute zur Erstbesichtigung bestellt, wahrscheinlich waren sie gekommen, während er geschlafen hatte, und Frau Manzur hatte sie auf Zehenspitzen zu den Fenstertüren geführt. Viertens: Nachdem die Mauern geschlossen waren, würden sie getüncht. Fünftens: Bilder zurück, afrikanische Masken zurück, vielleicht auch Streifengnu zurück, das musste er noch mit Holm besprechen. Danach blieb das Einleuchten der Bilder, im Notfall würden es auch ein paar Lampen an der Decke tun. Und irgendetwas musste mit der Josef-Frank-Tapete im Speisezimmer geschehen, die so verblichen war, man sah das Seegras auf ihr kaum. Nicht zu vergessen war die Instandsetzung der Lehmbruck-Ecke im Salon, die momentan so wirkte, als würde sie ein makellos poliertes, raumhohes Gefäß für Luft präsentieren, da die von Lehmbruck angefertigte Statuette vor einiger Zeit schon hinter ihren Sockel gefallen war, sodass man sie nicht sah. Das Schwierigste würde sein, sich Zugang zum Glaskasten zu verschaffen, da er kein Türchen hatte. In diesem Zusammenhang müsste er mit den anderen diskutieren, ob auch die Jacke, die der Bildhauer in der Garderobe seiner Großeltern vergessen hatte, auszustellen wäre. Bliebe dann noch Zeit, wäre zu überlegen, wie man mit dem *leicht abgesenkten Gartenparterre im Peristylhof* verfahren solle, das vor Immerjahns Geburt schon zugeschüttet worden war. Gegen eine Freilegung sprach eine Bemerkung seiner Großmutter, derzufolge die Schotterschichten über der Vertiefung von seinem Großvater zur Verwahrung einiger Memorabilien insbesondere aus dem Ersten Weltkrieg benutzt worden waren. Sie erinnere sich an Patronengürtel, mehrere nicht krepierte *k. u. k. Keramik-Stielhandgranten*, Teile eines zusammengeschraubt noch voll funktionstüchtigen Flammenwerfers sowie, das wusste sie nicht so genau, da Benedickt bei der Angleichung der Flächen des Peristyls allein sein wollte, die Gebeine seines besten, an der Somme ums Leben gekommenen Freundes Conrad.

Zufrieden nickte Immerjahn und strich sich über die Weste, das Besondere an ihr waren ihre Knöpfe, die, erkennbar nur auf den zweiten Blick, winzige Portraits von Leonardo da Vinci zeigten. Am obersten Knopf die *Dame mit dem Hermelin*, darunter *Anna selbdritt*, *Mona Lisa* gefolgt von *Johannes dem Täufer* und *Bacchus*, danach das *Bildnis der Ginevra de' Benci*, das die Reihe abschloss. Er war sich bewusst, die Weste stellte eine Art Kompensation dar, Leonardo da Vinci war einer der wenigen Künstler, den er mochte und von dem er nichts besaß.

Er begann, die Notizzettelchen seiner Assistentin einen nach dem anderen vom Schreibtisch zu pflücken, mitsamt ihrer Schrift, die eng war und hoch und eigentlich überhaupt nicht zu ihr passte. Er selbst hatte eine unleserliche Handschrift, aber ihre war noch schlimmer. Ein paar Namen, ein paar Zahlen standen da, aber da er sie größtenteils sowieso nicht zuordnen konnte, warf er sie weg, und um sich vom Nachdenken zu erholen, sah er aus den Fenstern und studierte die Kolonnaden, ein schmales Band von Säulen, das zwischen den beiden zu den Steinwiesen gerichteten Flügeln des Anwesens verlief. Zwischen der Küche im Westen und dem Großen Ausstellungssaal im Osten entstand so vor den Fenstern des Salons der Peristylhof.

Vier der Säulen konnte Immerjahn von seinem Platz am Schreibtisch aus betrachten. Er stellte sich vor, sie bewegten sich wie Walzen, die die Rosmarinbüsche zerdrückten, die zwischen ihnen in großen Töpfen wuchsen, es würde dann genug Rosmarin für viele Bleche Bratkartoffeln geben. Er hatte erst vor zwei Stunden zu Mittag gegessen, ein großes Stück Wildlasagne mit ein paar Löffeln Moosbeeren aus dem Wald, aber schon wieder war er hungrig. Eine Diät war schwierig, er hatte so etwas noch nie gemacht, aber er wollte zur Eröffnung unbedingt in seinen nachtblauen Anzug mit leichtem Schlag passen, den er sich vor zwei Jahren, zu seinem fünfzigsten Geburtstag, von seinem Schneider hatte machen lassen. Er strich sich sein Hemd über dem Bauch zurecht. Mit etwa fünf Jahren hatte er gedacht, der Kies des Peristylhofes und die Steinwiesen seien Feinde. Oft hockte er mit einem Kieselsteinchen in der Hand zwischen den Säulen der Kolonnaden und betrachtete abwechselnd den Kies, dann wieder die Steinwiesen. Manchmal hatte er nicht widerstehen können und den Steinwiesen ein Steinchen zum Fraß vorgeworfen und war im gleichen Augenblick ohne sich umzudrehen ins Haus gerannt. Den ganzen Tag plagte ihn ein schlechtes Gewissen, das er wegschob, bis die Nacht hereinbrach, und er fürchtete, die Steinchen würden sich vereinen und gemeinsam an ihm rächen, ein aus Tausenden Steinchen und Honig zusammengesetzter Kieskoloss käme in sein Zimmer gestiegen, wenn er dem Steinchen nicht helfen würde. Er brach in finsterster Nacht mit seiner Stirntaschenlampe zur Bergung auf, suchte den Kiesel in der Nähe der Kolonnaden, und wenn er ihn fand, hielt er ihn so fest wie möglich in seiner

Faust und legte ihn eine Nacht lang neben sich ins Bett. Am nächsten Morgen dann versah er ihn mit einer Nummer und fügte ihn seiner Insektensammlung hinzu.

Er betrachtete versonnen die Säulen, bis ihm, zwischen zwei Atemzügen, auffiel, wie still es war. Im Salon, der improvisierten Zentrale seines sich gerade in ein Museum verwandelnden Anwesens, war Stille nichts Erstrebenswertes, war Stille eine Gefahr, die ihn automatisch zählen ließ, wie viele Tage noch bis zur Eröffnung blieben. Elf, zwölf, dreizehn. Er hörte das Taubengurren draußen und ganz entfernt Marek, der irgendetwas scheppernd hinter sich her über die Steinwiesen zog.

Er stand auf, sah, Marek zog eine Leiter, und ging rasch in den Porzellangang. Das Parkett knisterte, als würde es an jeder Stelle, auf die er trat, brennen. Niemand hier außer ihm. Die Wände ganz speckig, mussten vielleicht noch gestrichen werden, ein paar Spinnweben, Staubfäden hingen in den Ecken hoch über ihm, aber die Vitrinen glänzten wirklich schön, und jedes Messer, jeder Löffel, jede Gabel mit einem sich selbst umschlingenden *I* darauf, selbst der Kavalleriedegen, von dessen Klinge drei oder vier Widersacher der Immerjahns vor ihrer Zeit zu Tode gekommen waren, war poliert. Immerjahn hatte sich noch immer nicht ganz an den Anblick der sauberen Vitrinen gewöhnt. Wegen des Staubs, der die Teller und Tassen, Bergkristallkelche, Puppenporzellan und Kieselsteinchen, eine täuschend echte Nachbildung von Grace Kellys Verlobungsring, diverse Schreibfedern unterschiedlichster Erhaltungsgrade, besonders große tote Käfer, Brillen, Monokel, Fernrohre, vorsintflutliche Kaleidoskope, ein riesengroßes Mikroskop, Manschettenknöpfe, Krawattennadeln und die gesammelten Eheringe all seiner Vorfahren bedeckt hatte, war es Immerjahn immer vorgekommen, als wären die Vitrinen überdimensionierte Schneekugeln, die man aufheben konnte und schütteln, worauf es ein winterliches Schauspiel gäbe. Frau Manzur hatte beim Aufräumen in den Vitrinen Zeitungsberichte über Stalingrad gefunden, und man sah erst jetzt, dass das Porzellan nach Farben geordnet war. Er verwarf den Gedanken, die Decke zu streichen, die Vitrinen waren so hoch und reichten, nahtlos aneinanderschließend, vom einen zum anderen Ende des Gangs, und das frisch gewaschene Geschirr würde von allem Übrigen ablenken, auch noch wenn alle Winkelspinnen und Weberknechte des Hauses versammelt von der Decke hingen.

Dicht an den Vitrinen entlang ging er auf die Ausstellungsräume zu. Still die Halle. Auch der erste der kleinen Säle, die Bilder unbeleuchtet, wie gewohnt. Er ging in die Halle zurück. Betrat den zweiten Saal, sich immer wieder umsehend, den dritten Saal wie den vierten, den fünften, auch dort Bild dicht an Bild und, soweit er sehen konnte, alle da. Wenn man die Räume des Ostflügels hintereinander betrat, war es, als zeichnete man mit den Schritten drei der vier Zacken eines mittelgroßen Sternes nach, weil man nach jedem Saal in die Halle zurückkehren musste, um in den nächsten zu gelangen. Dann eine letzte Türe, den anderen glich sie bis aufs Haar, kaukasischer Nussbaum, der einen Kern von Fichte überzog, dahinter öffnete sich der Große Saal, in dem die Luft kühler, die Stimmen lauter, das Licht heller und die Wände voller als in allen anderen Räumen des Hauses waren. Am Ende des Ostflügels liegend, brach er aus dem Körper des Gebäudes aus, wie sich die Bäder der Villa des Plinius zum Meer gerichtet hatten, als wollten sie sich ins Wasser stürzen. Mit dem Unterschied, dass Mies van der Rohe auf Fenster verzichtet hatte. Wäre nicht Immerjahns an Architektur interessierte Großmutter gewesen, die ihren Geschmack dem von Mies ebenbürtig fand, er würde in diesem Moment auf makellose Wände schauen, so aber fiel sein Blick durch Etel Schenja Immerjahns Fenstertüren auf die weite Kiesfläche des Peristylhofs, die sein privates graues Meer bei schlechtem Wetter war. Etel verfolgte den beruflichen Fortgang ihres Architekten ihr ganzes Leben lang mit Neugierde und brachte das Haus des Öfteren auf Mies' neuesten Entwicklungsstand. Verpasste ihm das Onyx-Badezimmer und jenes bestehend aus Flächen flaschengrünen, klaren und milchig-weißen Glases, sowie dem Reflexionsbecken, als unmittelbare Reaktion auf seinen Barcelona-Pavillon, eine aufsehenerregende Seerosenpopulation. Weiß waren ihre Köpfchen gewesen, lange schon entfernt. Ebenfalls eine Errungenschaft seiner Großmutter war die Lehmbruck-Ecke, die sie wie einen gläsernen Schrein nach einem Besuch in Mies' Brünner Villa Tugendhat zwischen Salon und Porzellangang einsetzte, der, nur scheinbar verwaist, den Lehmbruck auf dem Boden in sich barg. In Brünn war die Skulptur nicht von Glas umgeben, aber Etel hatte etwas gegen Staub.

Auch wenn es nicht mehr als einen ausführlichen Brief des Plinius über sein Laurentinum gab, von dem niemals je ein Steinchen unter dem Sand des Lido di Ostia gefunden werden konnte, es existierten unzählige Rekonstruktionen. Auch Schinkel hatte sich mit einem farbigen Stich daran versucht. Sein Laurentinum lag, gebaut aus verschieden hohen Türmen, die mit flachen Blöcken wechselten, eingefasst von auf- und absteigendem Land, einem gläsernen Meer und dem leeren Himmel, der groß war und hell.

Mies van der Rohe hatte sich, als er für das Sammlerehepaar Kröller-Müller in Wassenaar, nahe Den Haag, eine Villa entwarf, auf diesen Entwurf Schinkels bezogen. *Das Haus soll eine lange Fassade haben*, wünschte Helene Kröller-Müller, *also länger als tief sein*, und so bekam sie eine lange Fassade. Zur besseren Visualisierung ließen sich die beiden den Entwurf bereits eins zu eins mit Segeltuch und Holz auf ihr Grundstück bauen. Und sie lehnten Mies van der Rohes Entwurf ab. Vielleicht wegen der schmucklosen Strenge des Baus, vielleicht wegen der großen Entfernung zwischen Eingang und Ausstellungssaal. Immerjahns Großvater war dort an jenem Tag anwesend, durch einen Zufall nur, weil er mit Mies van der Rohes vormaligem Arbeitgeber, dem Architekten Peter Behrens, eng befreundet war. Behrens, der eine Handvoll Zementfabriken für ihn gebaut hatte, war immens schlechter Laune, weil ihm ein ehemals von ihm beschäftigter Halbwüchsiger einen Auftrag weggeschnappt hatte. Benedickt Immerjahn sen. war neugierig, heimlich nach Südholland gefahren und von dem provisorischen Palast inmitten der Dünen, der bei stärkeren Böen raschelte, wie hypnotisiert, umrundete ihn ein ums andere Mal und engagierte Mies, nachdem er zweimal darüber geschlafen hatte, wie bei jeder anderen Entscheidung auch, für sein Haus auf dem Hagebuttenberg. Die Fabrik, die Behrens seinem Großvater baute, nachdem er das erfahren hatte, war als die hässlichste Fabrik Kronens, vielleicht des ganzen Landes bekannt. Mit dem Ehepaar Kröller-Müller wechselte Benedickt sen. kein Wort, für Banausen hielt er sie. Zu dem jungen Mies hatte er ein distanziertes Verhältnis, manchmal diskutierte er mit seiner Frau, ob Mies wirklich ein Vorname sei, warum seine Eltern ihn so genannt hätten und wie man den jungen Mann, der leicht schielte, immerzu rauchte und kaum einmal die linke Hand aus der Hosentasche nahm, denn nun anreden solle, weil er *Herr Mies* als nicht ausreichend respektvoll empfand. Verstärkt wurde ihre Distanz zu Mies, der frühestens um die Mittagszeit am Hagebuttenberg erschien, durch seine Angewohnheit, ihr neues, schönes, flaches Haus *Flade* zu nennen, und als ihn Benedickt sen. darauf hinwies, ihm zuliebe bemüht rücksichtsvoll *kleine Flade* und *Flädchen* sagte. Seine Großmutter erzählte ihm, Benedickt sen. und Mies unterhielten sich, wenn sie denn miteinander sprachen, über ihre Anzüge, die sie beide bei Knize in Wien schneidern ließen. Erstaunlich war, wie gut Etel Mies in Erinnerung behielt, obwohl er, nachdem die Bauarbeiten endlich abgeschlossen waren, nie mehr wieder auf den Hagebuttenberg kam. *Miesisch* avancierte zu ihrem Lieblingsadjektiv für alles Elegante, insbesondere Kleider und Hüte.

Nun lag ihr Haus auf dem Hagebuttenberg nicht zwischen Wald und Meer wie Laurentinum, nicht zwischen Wald und Dünen, wie es der Entwurf der Kröller-Müller-Villa vorgesehen hatte, aber die Steinwiesen waren auch nicht schlecht.

Oft hatte Immerjahn das Gefühl, er wohne in vielen Jahrhunderten gleichzeitig. Den Worten des Plinius hatte Schinkel eine Form gegeben, und Mies van der Rohe hatte sie verwirklicht. Oder, wie Holm sagte, Mies habe auf den Hagebuttenberg im Schinkelstil seine persönliche Pliniusvilla erbaut.

Das legendäre Laurentinum war etwa fünfundzwanzig Kilometer südwestlich von Rom gelegen. Einen Katzensprung nur entfernt von Ostia, in dem sich Pasolinis Strizzis aus *Ragazzi di Vita* vergnügten. Jenem Ostia, das Holm verfluchte, weil Pasolini dort, in der viel zu dunklen Nacht zwischen Allerheiligen und Allerseelen, ermordet worden war, ohne *Petrolio* vollenden zu können, worunter Holm unvermindert seit über dreißig Jahren litt.

Immerjahn ging an einem Stapel namibischer Masken, französischer Federhüte, hellblauer Rokokohäubchen, einem weißen SS-Sommerrock mit Einschussloch über dem Herzen und dem Gnu vorüber, der Saal war so groß, es war erstaunlich, dass es trotzdem gelungen war, ihn dermaßen zu füllen. Auf einer Matratze im Winkel schlief Holm, und er hatte sich nicht getäuscht, Arbeiter waren wirklich keine hier. Vielleicht aber waren sie draußen, der Große Ausstellungsraum lag beinahe schon auf den Steinwiesen, und er war sich sicher, sie nahmen gerade ein Sonnenbad.

Dunstiger Himmel, knirschender Kies, flatternde Tauben durch die Kolonnaden bis zum Reflexionsbecken hinaus. Alles lag still vor ihm in der Hitze, die Steinwiesen, abschüssig und staubig, und am Fuße des Hagebuttenbergs die Schornsteine der Fabriken und die Spitze des Kirchturms, der schon zum Dorf Oberberg gehörte. Das Wasser im Reflexionsbecken spiegelte eine Wolke von außergewöhnlicher Durchsichtigkeit, ein Wolkengeist war das, der über Immerjahn am Himmel hing und lange nicht vorübertrieb. Auch hier draußen war niemand, selbst Marek war mitsamt der Leiter verschwunden, und Immerjahn, dem das alles auf die Nerven ging, rief *Arbeiter* und wieder *Arbeiter*, während er sich auf den Steinwiesen drehte. Die Steinwiesen waren Schieferfelder, über die sich an mehreren Stellen Inseln verdorrten Grases breiteten. Wenn man fest auftrat oder mit der Spitze des Schuhs an einem der sich überlappenden Schieferschichten hängen blieb, lösten sich kleine Platten, die sich in Mulden ablagerten und vom Regen, wenn er nur stark genug ausfiel, auf die Straße an ihrem Fuße gespült wurden. Es hatte schon so lange nicht geregnet, dass es vor Schieferplättchen knirschte, bei jedem Schritt, den er tat, und er kam sich vor wie ein Männchen, gefangen in einer Kohleskizze.

Über die Geschichte des Hagebuttenbergs war nur wenig bekannt. Von Generation zu Generation wurde weniger Kindern vor dem Schlafengehen erzählt, wie üppig der Hügel in der Zeit, in der Christoph Kolumbus erstmals seinen Fuß auf den Sand der Bahamas setzte, von flach über den Boden kriechenden Ästchen einer seltenen Pflanze bewachsen war, die man in den fünf Dörfern der Senke Kriechling nannte. Sie bot in den Tagen des heißesten Sommers kleine blaue Beeren der Sonne dar, und von zwanzig blauen war eine rot, und sie alle, die roten wie die blauen, hielt man für giftig wie den Tod.

Die begütertste Bäuerin im nahen Ostendorf, die genauso alt wie eitel war, hielt sich am Markttag vor der Kirche auf, wo sie das Gespräch mit dem Priester suchte, damit auf den Treppen die Pracht ihres sammetgrünen Mantels mit bestickter Schärpe weithin sichtbar würde, als vor ihr ein Wagen, gezogen von einem Maultier, hielt, auf dem ein Mädchen saß, das der Bäuerin Haarbürsten, Lippentalg und Spiegel in der Gestalt von Sicheln zum Kauf darbot. Weil die Reden des Mädchens verständig waren, wunderte sich die Bäuerin und fragte es nach seinem Alter, woher es komme und wohin es gehe, und das Mädchen erklärte, es sei achtzig Jahre alt, komme von weither und gehe in die entgegengesetzte Richtung. Es verriet ihr gegen ein kleines Entgelt ein Rezept, das, so schwor es, wie durch Zauberei in der alten Bäuerin die junge zum Vorschein brächte. Nur achtgeben solle sie, dass unter die roten Beeren des Kriechlings keine blauen gerieten, denn diese seien gegenteiliger Wirkung. Die Bäuerin, die darunter litt, dass ihr Gesicht von anmutigen Falten überzogen und ihr einst kastanienbraunes Haar grau und spröde wie verwitterte Holzlocken geworden war, eilte mit fliegenden Mantelschößen nach Hause und wies noch im Garten ihre Mägde an, rasch fortzugehen, auf den Hagebuttenberg, die roten Beeren einzusammeln. Nach zwei Tagen schickte sie den

Mägden vier Knechte nach, die sehen sollten, wo sie blieben. Zehn Tage später kehrten sie zurück, mit einem Säckchen roter Beeren, die sie den Ranken des Kriechlings abgetrotzt hatten, die noch dichter als mit blauen Beeren mit fingerlangen Dornen besetzt waren.

Sie bereiteten aus den Beeren ein durchsichtiges Gelee, das die Bäuerin andächtig zum Nachtmahl aß, am nächsten Morgen war sie tot.

Ihren Sarg stemmten vier Knechte mit dornenzerkratzten Händen, vorbei an einer Galerie blank polierter Töpfe, an Spiegeln und Messern mit breiter, glänzender Klinge, die erst in der Nacht davor für die Bäuerin an die Wand des hellsten Zimmers genagelt worden waren, damit sie sich, wenn sie erwacht, in allen nur erdenklichen Winkeln in ihrer Schönheit sehe. Der Bauer, der die tote Bäuerin trotz ihrer Kapriolen über alles liebte, machte sich nach einer tränenreich durchwachten Nacht mit Fuhrwerk und Knechten auf zum Hagebuttenberg und hieß sie, ihn abzutragen. Niemals wieder sollte auch nur eine einzige rote Kriechlingsbeere wachsen. Sie rodeten die Ranken und gruben das Erdreich unter ihnen ab, gingen so zügig vor, als gelte es, den Tod, der vielleicht noch nicht allzu tief in sein Reich hinabgestiegen war, am Schlafittchen zu packen und ihm die Bäuerin zu entreißen, und bereinigten den Hagebuttenberg so von tausend winzigen Skeletten, den Überbleibseln eines sagenumwobenen, nie bewiesenen Starsterbens, warfen daneben einen undefinierbaren Gegenstand, der, hätte man ihn identifiziert, als Kieferknochen des im Eozän auf dem Hagebuttenberg lebenden Pakicetus, Missing Link zwischen Paarhufern und Zahnwal, in die Geschichte eingegangen wäre. Gemeinsam mit einem verwitterten Messer, das von den Nickler-Buben im Jahr der großen Flut zur Ermordung eines durch die Lande reisenden Adeligen verwendet worden war, wurde der Knochen in den Sumpf geworfen. Ebenfalls im Sumpf fand sich ein Päckchen wieder, gebunden aus Leinen und Bast, in dem der Schankwirt Ohr seinen Schatz im Krieg, erst in einem Astloch, dann zehn Schritt vor dem Fuße der mächtigsten Fichte im Erdreich unter einem kleinen, rotbeerigen Busch untergebracht hatte, weil der Krieg in seinem neunundzwanzigsten Jahr noch immer nicht vorüber war.

Erschöpft kehrte der Bauer mit seinen Knechten wieder nach Ostendorf zurück. Der Kriechling samt Beeren war gejätet, nur der Hagebuttenberg war nicht fortzubringen gewesen, da sie kaum tiefer als ein Spatenblatt auf ein gewaltiges Schieferfeld gestoßen waren, der Bauer wusste, die Schale des Totenreichs war hart. Vom Haus des Bauers aus sah man von nun an anstatt des Kriechlings Rankengrün eine gewölbte graue Fläche, die den Bauer ein jedes Mal, wenn er aus seinem Fenster blickte, an einen blinden Spiegel denken ließ, weswegen er den Berg verkaufte. Ein Fremder, der einen sonderbaren Namen trug, nahm ihm die steinerne Wiese zu einem unglaublichen Preise ab.

Lange nach dem Tod des Bauern, all seiner Söhne, deren Kinder und Kindeskinder, war aus den fünf Dörfern der Senke, vielleicht beseelt von des Kriechlings Geist, der in sie gefahren war, ein seltsames Gebilde geworden, als habe jemand, der sehr groß war und stark, aber nicht gut nähen konnte, versucht, die Dörfer mit Straßen statt Fäden zusammenzuflicken, sie verhakten sich aber immer wieder mit Brücken und Häusern, ein welliges, unansehnliches Gebiet, das sich nie mehr glätten ließ. Wie mit Seilen unterirdisch an den Hagebuttenberg festgezurrt lag Dorf Oberberg, das sich aus flachen und schmalen, allerdings immens langen Höfen zusammensetzte, in der Mitte ein Kirchturm und um ihn malerisch gruppiert die Schlote der Fabriken. Ganz im Osten der Senke, als wären die kleinen schmutzigen Häuser dort in ein Loch gefallen, Ostendorf, in dem in Vorzeiten die Meinung weit verbreitet war, dass das ganze Universum eine häuserbesetzte Mulde sei. Weiter im Westen, umzingelt von Fabriken, diesmal für Zement und Rüben: Kronen, das einst berühmt für eine Handvoll begabter Schmiede war, auf die Herstellung von royalem Kopfschmuck spezialisiert. In manchen Büchern war zu lesen, dass durchreisende Könige zur Verwirrung etwaiger Angreifer an stets anderer Stelle der Senke nächtigten, ihre Kronen aber immer in Kronen zur Verwahrung ließen, damit bei einem Angriff entweder die Könige oder ihre Kronen noch zu retten wären und nicht alles auf einmal verloren ginge. Dann Schlussburg, das meistens als Kern der Agglomeration bezeichnet wurde und wegen des Zitroneneises der Schlussburger Kurkonditorei und des Schlussburger Stadthotels in den meisten Reiseführern verzeichnet war. Am auffälligsten aber war das Dorf Venosta, das auf einem Felsen von aufsehenerregender Abschüssigkeit lag, den der Gebirgszug am Horizont hinter sich verloren zu haben schien. Zwischen Schlussburg und Venosta war die alte Mautstation zu besichtigen, die an einem vor drei Wintern erst asphaltierten Feldweg lag, der auch heute noch die einzige Verbindung zwischen den beiden Siedlungen war.

Das Land zwischen den Dörfern, das früher bestanden war von allerlei Dorngestrüpp, wilden Rosen und Kletten, war von einer Unzahl von Einfamilienhäusern, Asphaltplätzen und Straßen bedeckt, die zu aufgelassenen Fabriken und halb verkommenen Einkaufszentren führten, die aus den fünf Dörfern und all ihren Auswüchsen eine Zwischenstadt formten, die, abgesehen von riesigen florierenden Logistikhallen, brachlag. Wusste man sich nicht anhand der Logos der Firmen zu orientieren, die wie Brotkrumen auf die verschlungenen Wege zu vermeintlichen Zentren wiesen, die sich auflösten, sobald man näherkam, war das Fortkommen in der Senke wegen der Gleichförmigkeit ihrer Bauten schwierig, ohne Auto geradezu unmöglich. Die meisten Straßen führten zu Tankstellen oder umzäunten Geländen, die zu betreten verboten war, oder rissen einfach ab. Dort, wo gerade noch eine Straße gewesen war, war nur noch ein schmaler Weg, der zu einem der vielen Hügel führte, die aus dem Aushubmaterial der Baugruben entstanden waren, über die an manchen Stellen eine Pflanze kroch, deren Ästchen in der letzten Woche des Augusts blutrote Beeren zeigten.

Arbeiter, rief Immerjahn und ging schneller auf die Kolonnaden zu, es waren wirklich keine Arbeiter hier, es war wie früher, er war das einzige Kind auf dem Hagebuttenberg gewesen, und wenn er jemanden gefunden hatte, der mit ihm Verstecken spielte, blieb er oft genug alleine auf den Steinwiesen zurück, weil alle anderen aus Langeweile längst wieder im Haus waren. Er ging schnell, fast lief er, heiß wurde ihm, und er dachte, zwei Monate noch, dann war wieder die Zeit des Nebels gekommen, oder war es Smog, der sich jedes Jahr im Herbst wie eine Decke zwischen das Tal und die Sonne breitete, sodass man vom Reflexionsbecken kaum bis zur Mitte der Steinwiesen oder, schlimmer, von der Mitte der Steinwiesen kaum das Reflexionsbecken sah. Immerjahn mochte den Herbst und den Winter, da diese Jahreszeiten das Tragen mehrerer Kleidungsstücke übereinander erlaubten, ohne dem Kreislauf Probleme zu bereiten. *Arbeiter!*, rief Immerjahn zum Haus hinauf, obwohl er nicht erwartete, sie würden sich mit einem Ruck aus den Steinwiesen erheben, es gab hier wirklich nichts, hinter dem man sich verstecken konnte. Selbst die Gräber der Familie Immerjahn lagen, in der gleichen Farbe wie die Steinwiesen, ausgeführt aus lediglich robusterem Material, nach einem an Malewitsch angelehnten Design seiner Großmutter, auf exakt dem gleichen Niveau. Sie waren sehr zurückhaltend, man sah sie kaum, oft schon war es passiert, dass ein Besucher auf dem Grab stehend sich nach diesem erkundigte, weil er die dunkelgrauen Buchstaben, die Ziffern, die das Jahr der Geburt und das des Todes bezeichneten, übersah. Immerjahn war es unangenehm, über seine Großeltern, dann über seine Eltern und schließlich über sein eigenes zukünftiges Grab hinwegzugehen, aber er wollte sich abhärten. Es war noch leer, aber es war schon da. Und er dachte daran, dass er vermutlich noch zwei bis drei Jahre zu leben hätte. Weder sein Großvater noch sein Vater hatten ihr siebenundfünfzigstes Jahr erreicht, und da er Erbe war, rechnete er damit, dass mit den Häusern, Wertpapieren, Bargeld und dem Gold auch die Kurzlebigkeit seiner Vorfahren auf ihn übertragen worden war.

Benedickt sen. hatte Immerjahn das Grab zu seinem vierten Geburtstag geschenkt, was seinen Eltern nur bis zu seinem sechsten Geburtstag vor ihm geheimzuhalten gelang, an dem er vom Westgartenmäuerchen stürzte, und der Großvater besorgt zu seiner Mutter sagte, er sei bei der Größe des Grabes außerordentlich optimistisch gewesen. Sobald er sich erholt hatte, suchte Immerjahn den Ort obsessiv auf, staunte den Fleck unter sich an, der sich manchmal leicht zu verschieben schien, an manchen Tagen kam es Immerjahn vor, als rutsche das Grab näher ans Reflexionsbecken, zum Haus hinauf. Auf die permanente Konfrontation folgte eine jahrzehntelange Phase des Ignorierens, bis er letzterdings begonnen hatte, vor allem bei einem Gefühl besonders großer Unruhe auf seinem Grab Platz zu nehmen, bis er, mit angezogenen Beinen, im Angesicht der vorüberrasenden Autos, wieder ruhiger geworden war. Weil er wusste, der Umgang mit einem Grab wollte gelernt sein, hatte er nie eines für Katka machen lassen, die sich deswegen ausgeschlossen fühlte.

Er blieb im Schatten der Kolonnaden stehen, rief Polly an, aber sie hob nicht ab, wie schön es gewesen wäre, hätte er Polly nicht entlassen. Sie musste, gleich nachdem sie heute weggegangen war, alle Termine mit den Handwerkern abgesagt haben, ansonsten wären sie längst hier, und er müsste jetzt nicht auf den Steinwiesen stehen und mit der Auskunft telefonieren. Er versuchte freundlich zu bleiben und kritzelte die Telefonnummern von zehn Maurern entgegen seiner Gewohnheit irgendwo in die Mitte seines Notizbuchs hinein. Er wählte die erste Nummer, es war die des ursprünglich bestellten Maurermeisters, er hörte dreimal *Simply the Best*, danach zischte eine Sekretärin, er solle nicht unschuldig tun, gegen elf Uhr habe sie von seiner Assistentin erfahren, er sei schon seit Jahren unzufrieden mit ihrem Betrieb, obwohl sie für ihn und seinen Vater und seinen Großvater und seinen Urgroßvater auch schon unzählige Wochenenden durchgearbeitet hätten, ohne Aufpreis, ohne Mittagspause, und diesmal hätten sie sogar einen Großauftrag extra wegen ihm abgesagt. Immerjahn erklärte ihr, es sei ein Missverständnis, aber da war nichts mehr zu machen. Er versuchte es bei der zweiten Nummer, wo ihm eine resolute Frau mitteilte, der nächste Termin sei in einem Monat frei, er rief bei jeder Nummer an, aber nur Absagen, weswegen Immerjahn ein wenig schwindelig wurde. Er lehnte sich an eine Säule. Konnte sich trotz der Hitze nicht durchringen, seine Weste auszuziehen, weil sie ihm so gut gefiel, ein paar Tage noch würde der Sommer dauern, dann wäre er überstanden. Er würde Holm wecken, aber vorher würde er schnell noch in die Küche gehen, weil er einen kleinen Imbiss zu sich nehmen wollte. Er musste mit ihm alles noch einmal besprechen, und da fiel ihm ein, er konnte Frau Manzur anrufen, deren raue Stimme etwas Beruhigendes hatte, vielleicht hatte sie die Arbeiter zuvor irgendwo gesehen. Es dauerte lange, bis sie abhob, Frau Manzur befand sich auf dem Wochenmarkt, im Hintergrund hörte er einen Bauern zetern, dessen Speck sie auf die Hälfte des Preises heruntergehandelt hatte. *Herr Gotthold*, sagte sie erfreut, Frau Manzur war immer fröhlich, wenn sie feilschen konnte, *heute Aubergine gefüllt oder gefüllte Zucchini, Aubergine sieht gut aus, aber Zucchini schmeckt besser.* Es hatte keinen Sinn, sie beim Einkaufen zu unterbrechen.

Immerjahn drehte ein Glas in der Hand, bis das Wasser, das aus der Leitung floss, nicht zu kalt war, nicht zu warm. Er kostete, trank dann mit schnellen Schlucken. Langsamer schon leerte er ein zweites, er hatte den Tag über kaum anderes als Kaffee zu sich genommen, schwarzen Kaffee und Milchkaffee und eine Schale grünen Tee. Er beugte sich über die Küchenspüle, um das Glas zu waschen, tropfenweise sprang das Wasser fort von seinen Fingern, hinter ihm ein Knacken, als näherte sich jemand, und er sah sich um, verstohlen, Katka könnte hinter ihn getreten sein und ihn beobachtet haben. Er wollte ihr so nicht gegenübertreten, die Haare klebten in seiner Stirn. Er richtete sich auf, plötzlich gewiss, in ihr Gesicht zu sehen, ihre unter langbögigen Augenbrauen weit auseinander stehenden Augen, deren spöttischer Blick in der vom Schein digitaler Küchenuhren erhellten Dunkelheit schimmern würde, aber sie war nicht da. Er tupfte sich die Tropfen mit einem Küchentuch vom Gesicht und sah sich in der Küche um, die Tür zum Speisezimmer stand offen. Nur ein Lämpchen glimmte dort auf der Kommode, zeichnete matt die Umrisse einiger Gegenstände nach. Ein großes Bild, ein kleines, ein Tisch, daneben eine Vase, auf der sich der Schein des Lichts wiederholte.

Er strich sich die Haare aus dem Gesicht. Wie abwegig es war zu denken, Katka könne plötzlich in der Küche stehen, manchmal begegnete er seiner Frau tagelang nicht zu Hause, insbesondere in der letzten Zeit hatte er sie so selten gesehen, er dachte an den letzten Tag, den vorletzten, den Tag vor dem vorletzten und den Tag vor dem Tag vor dem vorletzten, ohne genau sagen zu können, wann sie zum letzten Mal miteinander gesprochen hatten. Er sah sich mit einer Obstverkäuferin an der Auffahrt den Preis dreier roter Äpfel verhandeln, sah die neuesten Zugänge seiner antikapitalistischen Bibliothek verpackt in Kisten vor dem Anwesen stehen, sah sich mit Holm über Lichtfarben sprechen und dessen Zigarette dicht vor seinem Gesicht auftauchen, er erinnerte sich, wie ihm das Feuerzeug in einen vergitterten Schacht im Italienischen Garten gefallen war und wusste plötzlich wieder, er hatte Katka zuletzt aus der Ferne gesehen, als sie den Hang auf der anderen Seite der Straße hinaufgegangen war, in ihrem elfenbeinfarbenen Kleid, dem Farbton ihrer Haut. Sie hatte beinahe schon den höchsten Punkt erreicht und er hatte sie rufen wollen, doch sie war zu weit entfernt, um ihn noch zu hören, und so hatte er die Hand gehoben, um sie, sollte sie sich umdrehen, auf sich aufmerksam zu machen. Sie war in der flimmernden Hitze auch wirklich langsamer geworden und ganz oben auf der Böschung stehen geblieben, der Wind drückte ihr das Kleid an die Beine, sie hatte sich aber nicht umgedreht, sondern nur den von schnell verwehenden schwarzen Schlieren durchzogenen Himmel über den Fabriken betrachtet. Plötzlich hatte sie mit einer Eile, die ihm fremd war an ihr, das Kleid gerafft, einen Schritt und gleich einen weiteren auf die andere Seite hinunter gesetzt, war bis zur Hüfte versunken und dann mit einem Ruck verschwunden, als wäre sie ins Bodenlose gestürzt.

Immerjahn holte zwei Etuis aus seinen Hosentaschen. Aus einem schüttelte er eine Zigarette, dem anderen entnahm er das letzte Streichholz, das er mit einem Ruck über die Zündfläche zog. Es rauchte, dann hielt er ein Flämmchen zwischen Daumen und Zeigefinger, das vervielfacht in den Karaffen, den Gläsern, den blanken Töpfen um ihn aufflackerte.

Er würde schnell noch etwas essen, etwas Kleines, und danach Katka suchen, sie könnte helfen, nur zwei Wochen lang. Vielleicht war sie ja im Haus, anrufen wollte er sie nicht, nur selten hob sie ab. Er musste jetzt eben improvisieren, und sein Trupp aus Holm, Frau Manzur, Marek und Katka war nicht gerade vertrauenerweckend. Holm, der groß redete und alles wahnsinnig kompliziert machte, eine unleugbare Schwäche für die Schönheit einer indirekten Lösung hatte, Frau Manzur, die sich nicht bücken konnte, Marek, der Probleme mit den Füßen hatte und dann noch Katka, die mit ihren eingecremten Händen Abdrücke auf allem hinterlassen würde.

Nur zufällig war er zwischen Mehlsäcken, Weinflaschen, Kohlköpfen, einem geräucherten Fisch und Gläsern voll eingelegter Oliven, einer Kiste mit Äpfeln und einer mit Trauben und Zwetschken, auf den Schinken gestoßen, auf der Kommode in einer herzförmigen Dose, deren Deckel beinahe Fritzwalters Tischbild berührte, das darüber an der Wand hing. Es handelte sich um eine großformatige Arbeit, die Farben matt, ja stumpf, durch Beigabe von Wachs. Die Gestalten, ineinander verschlungen, wären selbst bei Licht nur schwer voneinander zu unterscheiden gewesen, in dem im Speisezimmer herrschenden Zwielicht war dies geradezu unmöglich, Männerbeine waren an die von Frauen gepresst, Vasensplitter durchstachen Blüten, dahinter eine Zeile Fenster, die bis an den Boden reichte, spiegelnde Leerstellen in übervoller Szenerie. Greifbar allein ein Teller, der titanweiß auf einem dunklen Tischchen stand, das Immerjahn gerade nicht sehen konnte, aber oft genug betrachtet hatte, um zu wissen, dass sein Bein ein Stückchen entlang der Bildkante verlief.

Ein Apfelbutzen, unregelmäßig abgenagt und braun verfärbt, lag inmitten von Brotkrumen, die über den Tisch verstreut waren. Immerjahn schob sie zu einem Häufchen zusammen und hob die Hand vor die Augen, weil er etwas Klebriges berührt hatte. Ein schwaches, nach Sirup riechendes Glänzen auf seiner Handkante, das er ignorierte, während er sich an die Kopfseite des Tisches setzte. In der linken Hand hielt er ein Stück Käse und in der rechten einige Scheiben Schinken. Abwechselnd biss er von Käse und Schinken ab und sah missgelaunt auf die Krumen; es war ihm nicht gelungen, den Brotlaib in der Küche zu finden, denn Frau Manzur hatte die Angewohnheit, Nahrungsmittel zu zerschneiden und ohne Rücksicht auf ihre ursprüngliche Form zu verpacken.

Das Tischbild gehörte zu den ersten von Fritzwalters Versuchen in Öl. Er hätte bei den Wasserfarben bleiben sollen, dachte Immerjahn, kaute ungeduldig und sah sich nach seinem Telefon um. Es lag auf der Kommode, neben der herzförmigen Dose. Vier Tage schon hatte Fritzwalter ihn nicht zu erreichen versucht. Davor jeden Tag, um ihm mit einem an Raserei grenzenden Enthusiasmus von seiner neuen Serie zu berichten. Er nahm sich vor, ihn anzurufen, später. Er überlegte, wie er es ihm sagen würde, so behutsam wie möglich, nur wusste er, dass das Gesagte selbst jeder Behutsamkeit Hohn spräche. Also lieber schnell Fritzwalter anrufen und die Worte noch durch seine Begrüßung reißen, ich werde dich nicht hängen, es geht leider nicht, es ist zu wenig Platz. Er würde es sagen, als liege es nicht in seiner Macht, was in den Ausstellungssälen oder im Speisezimmer an den Wänden hing, als hätte er, von Sachzwängen in die Enge getrieben, kapitulieren müssen. Fritzwalter wüsste natürlich, dass er log, erst recht, wenn er bemerkte, dass auch sein Tischbild fehlte, das Immerjahn in den nächsten Tagen von den Wänden nehmen und irgendwo verstecken würde, aber was sonst sollte er sagen. Immerjahn versuchte, sich von dem bevorstehenden Gespräch abzulenken, und ertappte sich dabei, wieder auf Fritzwalters titanweißen Teller zu starren, mit einer Gier, die ihn erschrecken ließ. Der Teller erschien ihm schön, ja, ohne Makel, wie ein pupillenloses Auge, das ruhig seinen Blick entgegnete, und er musste sich zwingen, von ihm weg auf eine Fläche zu sehen, die sich unweit des Tellers auf dem Gemälde befand. Ein Gewächs, gespickt mit vielen kleinen roten Beeren, das tagsüber hellgrün, jetzt grau, die Pfote eines kleinen Tieres streifte. Er überlegte, welche Pflanze es war, eine, die in sumpfigem Boden wurzelte, und er ärgerte sich, anstatt eines Namens nur die Summe im Kopf zu haben, die Fritzwalters *Landschaft mit Vulkan und Laterne* auf einer Auktion in Mexiko erzielt hatte. Es war ihm schleierhaft, wie jemand so viel Geld für einen Fritzwalter ausgeben konnte, der nach dessen bester Zeit, in den späten Achtzigern entstanden war, und hoffte, den Käufer nie kennenzulernen. *Landschaft mit Vulkan und Laterne* war weit nach dem Tischbild entstanden, das ein Geschenk von Fritzwalter war, als Immerjahn wieder hierher zurück, in das Anwesen seiner Familie zog, und obwohl er es nach ein paar Tagen in den entlegeneren Räumen aufbewahren wollte, war es geblieben, wo Fritzwalter es hingehängt hatte, über der Kommode, unmittelbar gegenüber seinem Platz am Esstisch. Vielleicht weil dem Gemälde noch nicht die Leere, die verheerende Belanglosigkeit der späteren Fritzwalter innewohnte und es dadurch für ihn mit der Zeit an Reiz gewann. Im Tischbild waren noch die letzten Anklänge einer sich schon verlierenden Zartheit zu spüren, eines Hintersinns, der Fritzwalters Frühwerk geprägt hatte, sodass Immerjahn immer wieder hinsehen musste zu dem Bild, bis er ein Stückchen fand, das ihn beschäftigte, das er als irritierend oder beängstigend lebendig empfand. Knapp nachdem Fritzwalter das Studium abgebrochen hatte, malte er Bilder, figurative, eine ätherische, durchsichtige Malerei, die man in ihrer Stille zu übersehen drohte, der man aber nicht mehr entging. Umwerfend waren sie gewesen, vorwiegend gemalt mit den billigsten Kinderwasserfarben auf billigstem Papier, linierten und karierten Zetteln, was es gerade gab. Fritzwalter hatte Basquiat bewundert, der auf Türen malte, die er in den Straßen von New York gefunden hatte. Das wollte Fritzwalter auch, also gingen sie gemeinsam umherliegende Türen suchen, nur dass es in Ostendorf nie welche gab. Immerjahn kaufte zwei solide Türen und gab vor, sie wären auf der Straße gelegen. Doch irgendwann, da waren sie beide etwa fünfundzwanzig, hörte Fritzwalter auf, so großartig zu malen, einfach so, schwer zu sagen, warum, selbst für ihn, Immerjahn, der doch damals sein engster Freund war. Vollkommene Abkehr und alles danach enttäuschend. Einige mittelgut, manche halbschön, nicht vollkommen reizlos, aber verglichen mit den Bildern davor eine matt bemalte Leinwand nach der anderen. Sie hatten etwas Gewolltes, man sah das Bemühen, Geld zu verdienen, und als sich ausgerechnet diese dann in Mexiko zu verkaufen begannen, machte er das Gleiche und Gleiche und wieder Gleiche, ein Bild das Abziehbild seines Vorgängers, leichte Verschiebungen in der Farbgebung und in der Gewichtung der Farbflächen, die aber nichts mehr bedeuteten, und sie verkauften sich alle. Fritzwalter verkroch sich in eine Risikolosigkeit, die Immerjahn schwindeln ließ, wenn er daran dachte, was verspielt war. Er hatte immer gehofft, es würde vorübergehen, Fritzwalter würde mit dem Zeug aufhören, sobald keine Gefahr mehr bestand, dass er jemals wieder Spaghetti mit Ketchup essen musste. Aber dann war er nach Mexiko übersiedelt und hatte dort Landschaften in Öl angefertigt, riesengroß und teuer. Er stand auf einem zweigeschossigen Rollgerüst, wenn er an ihnen malte, und selbst nachdem er einmal rücklings vom Gerüst gefallen war, hörte er nicht auf, Bilder zu machen, die groß waren wie ein halbes

Haus. Das Erstaunlichste aber war, fand Immerjahn, wie gerne sich Fritzwalter beim Malen fotografieren ließ. Fritzwalter, der bei Interviews im Fernsehen zu Einsilbigkeit neigte, wurde bei den Anfragen der Lifestylemagazine sofort schwach, und er überlegte, was schlimmer war, sich beim Malen fotografieren zu lassen oder dann, wenn man nur so tat. Immerjahn hatte auf den Tag gewartet, an dem er wieder in Fritzwalters Atelier stehen würde und glücklich wäre, und wenn er ehrlich war, wartete er noch immer. Aber das stimmte nur teilweise, weil er, zu seiner eigenen Überraschung, durch das Scheitern Fritzwalters das Gewicht seines eigenen Versagens als Künstler geringer werden fühlte. Immerjahn steckte, die Beeren nicht aus den Augen lassend, das letzte Stück Käse, das er kaum kaute, bevor er es hinunterschluckte, in den Mund, dachte, Fritzwalter wird die Absage verkraften, und wandte abrupt den Kopf von dem Bild ab.

Im Alter von ungefähr zwölf Jahren hatte Immerjahn eine Augenentzündung gehabt. Seine Augäpfel juckten, als wären Brennnesseln auf ihnen gelegen. Gegen den Schmerz half einzig, dass er sie rieb. Doch wenn er die Hände von den Augen nahm, taten sie noch mehr weh, waren rot und tränten, den ganzen Tag, bis er sie wieder rieb. Es war zu Beginn der Sommerferien, seine Eltern waren auf Erholung an der Côte d'Azur, und er stand in seinem Zimmer und wischte sich den ganzen Tag über die Augen, bis er aufwachte, eines Morgens, und seine Lider waren verklebt. Er lag da und hoffte, er wäre noch am Leben. Er war sich nicht sicher, so vollkommen war die Dunkelheit um ihn und so still jener Morgen vor dem Fenster.

Er lag im Bett und lauschte, und als er nach einer Weile das Zwitschern eines Vogels hörte, verließ er sehr vorsichtig das Bett. Tastete sich aus seinem Zimmer hinaus und durch den Flur, die Treppen hinab, machte sich auf die Suche nach Frau Manzur. Er fand sie auch und freute sich über ihr Erschrecken, es war damals lange her gewesen, dass ihn jemand aufgehoben hatte, aber Frau Manzur schleppte ihn bis in die Küche. Er erinnerte sich noch, sie setzte ihn auf den Küchentisch, auf dem schon das Frühstück angerichtet war, stieß eine Kanne um, eine Semmel fiel auf den Boden, und er verfolgte dann durch sein linkes Auge, das sich ein wenig öffnen ließ, wie Frau Manzur, die nicht viel von Ärzten hielt, ihn selbst zu behandeln begann. Sie tränkte eines der feinen gemusterten Tücher, das sie sonst zum Polieren der Gläser nahm, mit einer Tinktur, faltete es und legte es vorsichtig über seine Augen, seinen Kopf und verknotete dann, als müsse sie mit dem Tuch seinen Schädel zusammenhalten, die Enden mit Gewalt. Es tat so weh, dass er weinte, aber irgendwann hörte er auf, weil es ihm unheimlich war, wie die Tränen, die der Verband weder aufsaugte noch hervortreten ließ, wie zwei kleine Seen vor seinen Augen standen. Heiß waren sie und brannten, bis sie endlich verschwanden, in seinen Augen versickert, so dachte er. Anschließend ging Frau Manzur ihren Arbeiten im Haus nach, und er betastete seinen Verband mit der Hand, die Struktur des Gewebes, die Festigkeit, mit der es auch seine Ohren umschlang. Viel später rutschte er vom Tisch, langsam, mit dem Verband über den Augen kam ihm jede Bewegung wie ein Wagnis vor. Er setzte sich auf einen Küchenstuhl. Legte die Hände an den Rand des Tischs, dessen Oberfläche unter dem Tischtuch rauer war als alles, was er kannte. Gegenüber befand sich eines der Küchenfenster, durch das es nach den Kräutern im Westgarten roch. Frau Manzur schälte Kartoffeln für die Suppe, verschwand dann wieder. Die Sonne wanderte allmählich vor das Küchenfenster, was Immerjahn selbst durch das Tuch sah, das komisch roch nach der Tinktur, wenn er den Kopf aber zum Fenster wandte, machte das Licht das Tuch durchlässiger. Er sah jetzt das Muster, mit dem es bedruckt war, Linien die sich wahllos kreuzten, sich wegen seiner Faltung an manchen Stellen bündelten und dort, wo seine Augen aufhörten, verschwanden. Er überlegte, welche Zeichnungen auf diesem Tuch außerhalb seines Blickfeldes existierten, welche sich an seinen Schläfen versteckten oder an seinem Hinterkopf, und war ein bisschen traurig darüber, dass seine Augen sich nicht wie die eines Roboters um seinen ganzen Kopf erstreckten. Er saß am Tisch vor dem Fenster und drehte den Kopf im Licht des späten Nachmittags, betrachtete die Gebilde, zu denen sich die Striche, Monde und Kreise vor seinen Augen fügten, und war überrascht, als Frau Manzur ihn irgendwann an den Schultern rüttelte und, das schloss er aus ihren Fragen, fürchtete, er sei verrückt geworden. Er bewegte dann ihr zuliebe eine Weile nicht den Kopf.

Frau Manzur brachte ihn mit Augenbinde zu Bett und weckte ihn wieder am Morgen. Sie holte aus dem Wäschekasten ein frisches Geschirrtuch und wartete, bis es mit der Tinktur vollgesogen war. Es lag dann wieder kühl und streng riechend um seinen Kopf, aber es machte ihm nichts mehr, er war gespannt gewesen, welche Muster er sehen würde, einmal Schiffchen, ineinander verkeilt, dann breite Flecken, schmale Flecken, die miteinander Fangen spielten, und am Tag danach verschieden große Kästchen und Balken, die vor seinen Augen zu Städten wurden. Er drehte den Kopf in verschiedene Richtungen, langsam, bis das Zusammenspiel des Musters perfekt war, bis er die eine Position fand, die er dann hielt, solange er konnte, und dabei nur manchmal den Kopf drehte, ein wenig nach links, ein wenig nach rechts.

Nach zwei Wochen hatte ihm Frau Manzur den Verband abgenommen und diesen durch keinen neuen mehr ersetzt. Als er sich zum ersten Mal wieder im Spiegel in der Halle sah, war das Weiß seiner Augen vollkommen, die Lider wieder glatt und weich, erstaunt war er nur über den Streifen, der wie ein gefaltetes Geschirrtuch breit über sein Gesicht lief. Die Ohren, die Schläfen, Nasenwurzel und Augen weiß, im Gegensatz dazu waren seine Stirn, die Nase, die Wangen, das Kinn braun gebrannt, das waren sie noch nie gewesen. Schleichend, im Laufe der nächsten Stunden und Tage, wurde ihm bewusst, wie reizbar seine Augen geworden waren. Er sah alles klar umrissen, schärfer als je zuvor. Er saß am Küchentisch, schaute sich den Salzstreuer, die alte Silbergabel und Frau Manzurs liebstes Küchenmesser an, das an den Seiten vom vielen Zwiebelschneiden matt abgewetzt schimmerte, wohingegen der Rest des Stahls glänzte wie ein blaugrauer Edelstein, mit einem Griff, porös wie ein Schwamm. Immerjahn hatte keine Lust, irgendjemanden zu treffen. Hatte vor ein paar Wochen noch alles für ihn in schönster Verschwommenheit gebebt, lösten seine neuen Augen das Bild des Waldes, das er kannte, in eine Überzahl an Einzelheiten auf, statt einem breiten waldbraunen Element sah er einzelne Rindenstücke, ein Eichhörnchen auf einer Astgabel sitzen, überall Stämme, Äste, auch die Föhren daneben, die Nadeln, die Tannenzapfen, sorgfältig voneinander getrennt. Abgeschnitten empfand sich Immerjahn von der Welt, die ihn nicht mehr weich verschwommen in sich barg, umzingelt wurde er von spitzen scharfen Stücken, in die sie zerfallen war. Seine Wahrnehmung hatte sich verändert, und er verstand, dass es das Beste war, sich nicht zu bewegen. Stundenlang prägte er sich im Italienischen Garten die Farben ausgeblichener Kirschblüten ein, die im einen Moment noch auf den Ästchen hingen, im nächsten auf ihn zuschwebten mit dem Wind. Beobachtete das Wasser im Reflexionsbecken, das die Wolken am Himmel darüber vollständig wiedergab. Entdeckte den zarten Staubfilm, der manchmal wie ein Schleier auf dem Wasser hing.

Davor war die Welt für ihn kaum etwas anderes als eine Anhäufung ineinanderfließender Farbflächen gewesen, aus der manchmal Menschen traten, um ihm Anweisungen zu geben, und sich dann durch weiße rechteckige Felder zurückzogen oder auch im gleichen Farbfeld verblieben wie er selbst. Schatten und die zu ihnen gehörigen Bäume waren weit aufgerissene Mäuler, die am Rand des Waldes standen. Das Haus war kein Haus, sondern ein flaches Gesicht mit unendlich vielen Augen, das auf dem Sand des Vorplatzes schlief. Er sah in Schimmelkäse kleine Feen sitzen und fand sie, als der Käse aufgegessen war, wieder in den Äderungen der Platten, die das Reflexionsbecken umgaben.

Dass die Welt anders als in seiner Wahrnehmung über unmissverständliche Grenzen verfügte, erkannte er, wenn er in vollem Lauf an die Kante des Speisezimmertisches oder beim Radfahren bergab gegen eine Mauer stieß, gewöhnte sich daran, Kratzer auf seinem Gesicht und seinem Körper als Wegmarken der Welt zu tragen. Er hatte von jeher eine enge Beziehung zu den Bildern seines Großvaters, da für ihn der Unterschied zwischen einem Bild an der Wand und einer Türe mit einem Zimmer dahinter ein zu vernachlässigender war. Die eine Welt war verschwommen für ihn wie die andere auch. Er hatte sich, als er klein war, oft mit den heiligen Freunden seines Großvaters unterhalten, viel über sie nachgedacht und darüber, wie sie verwandt miteinander waren, suchte nach einem Jungen, der so alt war wie er, aber netter als sein Cousin dritten Grades Immanuel, fand aber nur Babys mit den Gesichtszügen von Erwachsenen, bösen Blicken und Flügeln. Er fürchtete sich nie vor den Heiligen, vielleicht wegen des goldenen Rahmens, der sie umgab wie ein Gartenzaun, hinter dem sie lieblich entrückt ihre Köpfe hervorstreckten. Das Gold bildete eine Trennlinie, hinter der die Bildwesen nicht hervor konnten, Klimt zum Beispiel machte ihm damals auch nichts aus. Enttäuschend war allein, wenn er hinter ein Bild schaute, um die Vorderseite eines abgewandten Gesichts zu sehen, wie es weiterging hinter dem Horizont einer Sternennacht, unter der Erde, im Nebenzimmer, und feststellen musste, dass die dargestellte Frau seinen Blick auf der Rückseite der Leinwand nicht entgegnete, sich ihr Leben außerhalb der Vorderseite der Leinwand nicht fortsetzte, was auch alle angeschnittenen Wege, die angedeuteten Häuser und alle dargestellten Tiere, alle Eisenbahnen und Engel ohne Ausnahme betraf.

Zur neuen Kleinteiligkeit der Welt um ihn kam, dass über seinen Augen manchmal Bilder schwebten, wie eine Welt über der Welt, die für ihn aber wesentlich fassbarer als die echte Welt war. Ein Netz aus Linien, als hätten die Musterungen der Küchentücher Nachbilder erzeugt, die auf monochromen, besonders auf sehr hellen oder dunklen Flächen auftauchten, am stärksten wenn er sich entspannte. Von der Festigkeit von Tauen, dann wieder spinnwebenzart hingen die Täuschungen wie frisches Grün im kahlen Wald des Winters und spielten wie Blätter erster Frühlingstag. Häufiger Augenspuk, auch wenn er müde war. Immerjahn saß vor einem Teller Zwiebelsuppe, ein Löffel rechts des Tellers und plötzlich ein weiterer Löffel nahe seiner linken Hand, und er konzentrierte sich, schloss jedes Trugbild aus, griff hin ins Nichts, verließ den Raum, begleitet von Zwiebelschnitzen, die sich links und rechts von ihm über den Wänden ausbreiteten, sich erst abschütteln ließen, als er die Steinwiesen betrat. Immerjahn, zunächst erleichtert, sah seine Mutter neben dem Reflexionsbecken stehen, ihren Hals, ihre Arme, ihr helles Kleid, ihre Knöchel in einen Schleier aus Löffeln und Gabeln und Messern und Zwiebeln gepackt.

Er bemerkte nur zufällig, dass es half, wenn er das Gesehene mit einem Stift ablud auf Papier. Er wusste nichts von guter Zeichnung oder schlechter Zeichnung, und hätte er es gewusst, gleichgültig wäre es ihm gewesen. Er zeichnete nur mit Bleistift, denn mit ihm zeichnete man schwarz-weiß. Davor hatte er mit den nadelspitzen Schulbleistiften Millimeterpapier mit wackeligen Rechtecken und Kurven versehen, keine Zeit war ab jetzt mehr für das Spitzen. Zum Fenster hingewandt betrachtete er seine Blätter, in die er abstrakte Formen gezogen, die er in einen Pulk allerfeinster Linien gebettet hatte. In seiner Nähe blieb kein Stück Papier mehr weiß. Er hörte erst auf damit, wenn er müde war. Fiel am Abend ins Bett, halbtot vor Erschöpfung. Lag nicht mehr wach in der Dunkelheit. Schlief sofort ein. Nur in der Nacht schreckte er manchmal auf und wusste nicht, waren das Äste im Wind vor dem Fenster oder lag wieder ein Geschirrtuch auf seinen Augen.

Seine Eltern kamen von der Côte d'Azur zurück und bestellten den Hausarzt auf den Hagebuttenberg, weil Immerjahn mit seinem völlig neuen bohrenden Blick überall stehen blieb. Der Arzt verschrieb ihm eine Brille, die die Vielheit, die er neuerdings sah, zu seiner Verwunderung noch zusätzlich zu vergrößern imstande war. Das war der Tag, an dem er die Brille im Italienischen Garten vergrub.

An einem Morgen ging Immerjahn ins Zimmer seiner Mutter, die verrückt war nach Bernard Berenson, dem größten Kunstkenner aller Zeiten, und sah sich dort seine Bücher an, die Hauptwerke, zusammengenommen *The Four Gospels* genannt. Band eins, *The Venetian Painters of the Renaissance*. Band zwei, *The Florentine Painters of the Renaissance*, drei, *The Central Italian Painters of the Renaissance* und vier, *North Italian Painters of the Renaissance*. Er las sie, erst an das Regal gelehnt, ein riesiges Wörterbuch aufgeschlagen neben sich, und zog dann, vor seiner unaufhörlich in ihr Telefon sprechenden Mutter fliehend, zu den raschelnden Kleidern auf den Boden ihres begehbaren Kleiderschranks, da er die Bücher nicht aus ihrem Zimmer tragen durfte. Seine Mutter war nur geringfügig laxer als Frau Professor Schädelbauer, die Leiterin der Internatsbibliothek. Nach Ablauf eines einzigen Monats hatte er Berensons Bücher, inklusive aller über ihn verfassten Biographien, gelesen und Folgendes in Erfahrung gebracht. Geboren als Bernhard Valvrojenski in einem litauischen Stetl mit Namen Butrimonys, in dem sein aufgeklärter Vater zur Tarnung Voltaire im gleichen Singsang wie die Thora las, emigrierte er mit zehn Jahren nach Boston, wo die Freunde seines Vaters an Jom Kippur Schinkenbrote vor der Synagoge aßen.

Er studierte in Harvard, die Haare lockig bis fast auf die Schultern, brach zur Grand Tour nach Europa auf, Paris, Oxford, London, wo ihm Oscar Wilde mitteilte, er sei gefühllos wie ein Stein. Er zog weiter nach Berlin, Dresden, Wien, saß stundenlang elektrisiert vom Bart eines alten Mannes, fand aber erst weiter südlich, in den Kellern einsamer Museen und schwach beleuchteter Provinzkathedralen, zwischen den Spinnweben und Kerzenstummeln Italiens seine Passion. Als Berenson begann, die großen Meister der Renaissance zu sortieren, gab es außer bei Vasari und Burckhardt nicht viel über Bellini, Titian, Veronese, Bordone, Crivelli, Lotto oder Tintoretto zu lesen, keine Kataloge, keine Inventarlisten, in den Sammlungen, Museen waren Gemälde nach Gutdünken beschildert. Berenson, der nicht zeichnen, nicht sonderlich gut schreiben, aber mit Adleraugen sehen konnte, scharfsinnig und im Kombinieren wendig war, fuchsschlau – stieß auf die Bücher eines gewissen Ivan Lermolieff, der in Wirklichkeit Giovanni Morelli hieß und der, bevor er sich der Kunst zuwandte, Arzt gewesen war. Das Wichtigste, so Morelli, waren in der Gemäldekunde die unwichtigen, unbewusst ausgeführten Dinge, auf die der Meister kein großes Augenmerk gelegt hatte. Die Gestalt eines Nasenlochs, der Schwung einer Locke, in Fingernägeln aufscheinende Monde, die Anzahl der Blütenblätter einer Rose, Landschaften oder Architekturen, die winzig wiederkehrten in Hintergründen, der spezielle Glanz des Stoffes eines Kleides, eine gewisse Farbe von Schatten. Von ihren Feinden *Ohr- und Zehennagel-Schule* genannt, ging es in ihr nicht um Symbolik, gleichgültig war, welche Herkunft eines Bildes überliefert war – wichtig an einem Bild war das Detail, sonst nichts. Berenson, in der Folge auf wackeligen Leitern stehend, das Vergrößerungsglas auf ein Deckenfresko gedrückt, bis sein Nacken steif war, die Augen vom Bilderstarren glasig, die Knie durch exzessives Kirchentreppensteigen zittrig, marschierte über staubige Straßen in lombardische Nester und setzte dazu an, die Gemälde der Renaissance mit einer Akribie zu klassifizieren, ganz gleich wie ein Astronom mit Sternen verfuhr.

Wie man das Sehen lernen müsse, pflegte Berenson anhand einer indischen Fabel zu erklären, in der der Gott von Pfeil und Bogen seinen Sohn das Zielen lehrte. *Im Wald fragte der Vater den Sohn, was er sehe: Einen Baum, antwortete der. Was er sehe, fragte der Vater; ich sehe einen Vogel. Was siehst du; ich sehe seinen Kopf; was siehst du; ich sehe sein Auge; dann schieß, sagte der Vater.* Genauso verhalte es sich mit der Kunst, *man muss sehen und sehen und sehen, bis man in dem Bild wohnt*.

Er entlarvte falsche Zuschreibungen, wurde zum meistgehassten Gast der großen Sammler, aus einer Burg hinein in ein schottisches Unwetter geworfen, als er Zweifel an der Echtheit eines Leonardo hatte. Die stets zum Abschluss seiner Publikationen abgedruckten Listen, in denen er Gemälde nach Künstler und Ort der Aufbewahrung anführte, gewannen das Gewicht einer Heiligen Schrift, und aus Bernhard Berenson, der im Zuge des Ersten Weltkriegs vom *h* in seinem Vornamen Abstand nahm, war *Il Bibi* geworden, von Vernon Lee *Genie* genannt, *größer als Winckelmann, Lessing oder Hegel*, der *größte Kritiker der Kunst seit Ruskin*, ohne dessen Expertise sich kein Bild mehr in die USA verkaufte. Der anfangs mit Selbstverständlichkeit behauptete, ein Connaisseur zeichne sich vorrangig aus durch Unbestechlichkeit, und gewiss war, seine Zuschreibungen würden nie von den Erwartungen der Institutionen und Händler berührt sein.

Immerjahn sah sich die abgedruckten Bilder an, mit einer Intensität, als würde er sie fressen. Rettete sich vor seiner neuen Welt in Gemälde, deren großer Vorteil war, dass sie sich nicht bewegten. Besonders gerne schaute er sich Bilder mit nackten Frauen an. Wie er durch Zufall auf Schullandwoche in den Bergen entdeckte, bevorzugten alle anderen bewegte Nackte in Filmen.

Als er dreizehn Jahre alt war, hatte er aus Protest gegen den Flatterstil seiner Eltern begonnen, Anzug und Krawatte zu tragen. Seine Mutter verdrehte die Augen und meinte nur, er sei jetzt Teil des Establishments. Immerjahn fand es aufregend, in Anzug und Krawatte in seinem Zimmer zu sitzen. Bei den Mädchen in der Schule löste sein neuer Stil gemischte Emotionen aus. Er ging mit vierzehn kaum aus. Er versuchte es zweimal, jedes Mal aber verlief der Abend unerfreulich. Das erste Mal hatte er ein T-Shirt von den *Happy Mondays* an, das zweite Mal eines von den *Beatles*. Er fand es anstrengend, so lange irgendwo herumzustehen. Er begann zu rauchen, um eine Beschäftigung für die Hand zu haben, die er gerade nicht in der Hosentasche hatte. Er war verkrampft, sobald die Mädchen mit ihm sprachen. Mit fünfzehn versuchte er es noch einmal in der Bar *Bar*, die sich unweit des Internats auf der anderen Seite des Waldes befand, der in der Nacht so voll mit Paaren war, dass er bei jedem Schritt auf dem Nachhauseweg achtgeben musste, damit er nicht auf nackte Klassenkameraden trat. An einem Montagnachmittag mit ungewöhnlich schlechtem Wetter hielt ein Auto neben ihm am Straßenrand. Am Rücksitz saß Pauline Nieberg aus der Nebenklasse, und er nahm Platz neben ihr. Sie lebte mit ihrer Mutter in einem Haus mit Garten in der Senke, daneben die berühmte *Nieberg's Gemüsegärtne-*

rei, und die ganze Fahrt bis zum Hagebuttenberg, wo ihn ihre Mutter aussteigen ließ, schwiegen sie. Am nächsten Tag liefen sie sich am Raucherbalkon der Schule über den Weg, wo sie sich neuerlich nichts zu sagen wussten. In der Garderobe im Tiefgeschoss wagte Pauline, nachdem sie ihre Hausschuhe ausgezogen hatte, den Vorstoß und fragte ihn, ob er sie entjungfern wolle. Am folgenden Wochenende saßen sie im Auto von Paulines Mutter. Sie küssten sich, nur wussten sie nicht, wie man in großer Platznot Liebe machte. Er verabredete sich mit ihr in ihrem Garten, sie besorgten eine gestreifte Picknickdecke, ein Problem war nur, dass an diesem Nachmittag auch ihre Großmutter zugegen war. Es stellte sich heraus, dass sie Pauline den Kontakt zu Immerjahn unterbinden wollte, weil sie ihn für bettelarm hielt, da auf der Liegenschaft, von der er stammte, landwirtschaftliche Nutzung unmöglich war. Sie nahmen sich ein Zimmer im Stadthotel. Lagen auf dem Bett und beschlossen, sich zur Einstimmung erst einmal einen Film von Antonioni anzusehen. Sahen sich drei weitere Filme an, schliefen keine Sekunde. Wegen ihres neuerlichen Scheiterns gaben sie jeden weiteren Versuch auf. Immerjahn wählte jeden Tag einen immens umständlichen Weg zu seinem Klassenzimmer, um ihres zu umgehen.

Drei Monate später, in einer Bar in Kronen, traf er Beatrice mit rosa Haaren. Sie kannte die *Happy Mondays*, auch unterhielt er sich über Leonard Cohen und sogar über Patti Smith mit ihr, nur mochte er ihre Kusstechnik nicht. Sie saugte sich fest an seinen Lippen, bis er das Gesicht verzog, und sie bemerkte es nicht, verließ ihn aber nach drei Samstagabenden wegen eines Bassisten. Bemitleidete ihn, ging sanft um mit ihm, und es half auch nicht, als er, um seine Emanzipation zu unterstreichen, in ihrer Gegenwart ihre beste Freundin küsste, noch immer sah sie ihn voller Verständnis an und nannte ihn mit einer Zärtlichkeit Gotthold, die ihm unangemessen schien, als wäre er ein Engel oder etwas ähnlich Zerbrechliches, mit dem man behutsam umgehen musste.

In der Schule wurde er immer schlechter, vor allem im Aufsatzschreiben. Und seine Mutter, die befürchtete, einen Analphabeten großzuziehen, zwang ihn, zur Steigerung seiner sprachlichen Ausdrucksfähigkeit über alles, was er tat, Bericht zu erstatten, in Form von kurzen Exzerpten. Über jedes Buch, das er las. Über die Sendungen, die er im Fernsehen sah, obwohl er das kaum noch tat. Exzerpte. Alles zur Verbesserung seines Stils. Das Einzige, was nach Ansicht seiner Mutter nicht zusammenfassbar war, waren seine Zeichnungen. Weil sich, seiner Mutter nach, ihr Inhalt nie vollkommen entschlüsseln ließ, es sei denn, man hieße Bernard Berenson und wäre der größte Kunstkenner der Welt, aber Immerjahn war nur Immerjahn.

Stärker als davor wurde das Zeichnen sein Rückzugsort. Er hatte endlich einen Verwendungszweck für seine Augen, einen Ort für sich gefunden. Durch das Zeichnen war es möglich, das was er sah, in etwas zu verwandeln, was nicht mehr störend oder nervtötend, sondern gut war. Seine Striche waren seine Geheimsprache, er schrieb mit ihnen die Welt ab, und wunderlich und wunderschön kam ihm vor, dass nicht ein jeder seine Zeichnungen zu lesen wusste. Und wie verletzlich sie waren, mit einer Hand wischte er über das Blatt, alle Bleistiftstriche verbogen. Er zeichnete. Zeichnete noch mehr. Und seine Mutter ließ ihn gewähren. Kam in sein Zimmer, mehrmals täglich, mit einem Buch von Berenson unter dem Arm, und sah ihn stolz an, obwohl seine Aufsätze nie besser geworden waren.

An der Stelle in seinem Schlafzimmer, an der jetzt Paula Modersohn-Beckers *Selbstbildnis nach halblinks, die Hand am Kinn* hing, hatte seine Mutter all die Bildchen mit Klebeband befestigt, die, verursacht durch ihr exzessives Blättern, aus Bernard Berensons Bänden geflattert waren. Ein Pisanello, ein Veronese und der *Mann mit dem Handschuh* von Tizian waren dabei. Er erinnerte sich noch an Maria mit dem Jesuskind in einer goldenen Pfütze im Himmel, die nach allen Seiten zerfloss, und darunter Goldschwerter, daneben ein Heiliger oder zwei. Hinter dem Heiligen war ein schwarzer Wald, der genauso aussah wie der Wald, der jede Nacht vor seinem Zimmer stand. Oft sagte sie Berensons sieben Kriterien vor sich her wie ein Gedicht, das sie mit Andacht rezitierte. Er erinnerte sich heute noch. Die *ästhetischen Kriterien*: Form, taktile Qualität, Bewegung, Raumkomposition. Des weiteren die drei *nonverbalen Kriterien*: Subjekt, Material, Technik. Zusammengenommen, so sagte seine Mutter, würden die sieben Kriterien Berensons eine schier ohrenbetäubende Schönheit ergeben. Sie zeigte auf den *Mann mit dem Handschuh* und erklärte, man könne solche Vollkommenheit hören, wie eine versteckte Musik, die immer zwischen den Pinselstrichen blieb.

Seine Mutter hatte ihm einen Zettel hinterlassen, auf dem stand: *Ich habe so den festen Wunsch, etwas aus mir zu machen, was das Sonnenlicht nicht zu scheuen braucht und selbst ein wenig strahlen soll.* Paula Modersohn-Becker hatte das irgendwann gesagt oder geschrieben und seine Mutter hatte diesen Satz aus einem Modemagazin ausgeschnitten. Er hatte den Zettel, von dem er sich irgendwie unter Druck gesetzt fühlte, vor Jahren schon fortgeräumt, das Problem war nur, dass er den Satz auswendig konnte.

Als er mit neunzehn zu zeichnen aufhörte, blieb seine Wahrnehmung gleich geschärft, er hatte bloß keine Verwendung mehr für sie. Beständig stand ihm die Welt in den Augen, versperrte ihm die Sicht, lenkte ihn ab, immerzu war er leicht verstimmt.

Auch jetzt noch wünschte er sich insgeheim seine alte Wahrnehmung zurück, aber diese Art, die Welt zu sehen, blieb ihm verschlossen. Es gab Ausnahmen. Den van Gogh seines Großvaters im Salon zu betrachten, war eine Erholung, wenn er Heimweh nach einer Welt hatte, in der alles schön verschwommen war. Van Gogh musste wohl ähnliche Probleme mit seinen Augen gehabt haben, seine Bilder waren für Immerjahn, als könnte er durch die van Goghs, direkt zurück in seine alten Augen schauen. Die Welt fand auf den *Krähen über Weizenfeld* und bei den *Kartoffelessern* zurück zu ihrer wirklichen Gestalt. Van Gogh konnte die leuchtenden Flächen, aus denen die Welt vor dem Augenverband bestanden hatte, am besten einfangen. Im Laufe der letzten fünfundzwanzig Jahre hatte Immerjahn einige seiner Gemälde ersteigert, das *Selbstbildnis*, das van Gogh als letztes vor seinem Tod anfertigte, für 71,5 Millionen Dollar. Hinter dem Sezessionsschreibtisch *Die Heilanstalt Saint-Paul-de-Mausole* für 17,2 Millionen Dollar, über dem Rietveld-Stuhl das *Bildnis des Doktor Gachet*, einhundert Millionen Dollar, in einer Nische neben dem Fenster die *Eisenbahnbrücke* und auf der anderen Fensterseite das *Ummauerte Feld mit aufgehender Sonne*, über das in einer kürzlich erschienenen Publikation vermerkt war, es befinde sich aller Wahrscheinlichkeit nach im Besitz des Sultans von Brunei, weswegen ihn Katka in letzter Zeit öfters so nannte. Er mochte Rubens, Rembrandt, sah sich gerne Bücher über Velázquez an, um zu entspannen. Er besaß einen Malewitsch, einen schwarzen Kreis, Immerjahns schwarzer Vollmond, reinste Kontemplation, eine winzige Unebenheit in seiner Mitte, einer der wenigen Kreise, dessen Umriss Malewitsch nicht freihändig, sondern mit dem Zirkel gezogen hatte. Besaß einen Whistler, Francis Bacon. Hatte einen de Chirico, vor dem zu sitzen für ihn Versenkung war, vielleicht so, wie es gewesen sein musste für seinen Großvater, den Großen Ausstellungssaal mit all seinen Ikonen zu betreten. Allgemein liebte er Bilder, auf denen etwas verschwamm, aber immer noch vorhanden war. Leonardos Sfumato war gut, aber nicht entschieden genug. Er mochte die Verblauung bei Patinir. Wie alles um den Mönch auf dem Gemälde von Caspar David Friedrich zerrann. Überhaupt Turner. Die Seestücke. Oder Hannibal in den Alpen.

Ohne diese Bilder war die ihn umgebende Welt Belästigung, es war in etwa so, wie jeden Tag Kopfschmerz zu haben, man konnte sich daran gewöhnen, aber am besten war es, sich abzulenken, was auch schon mit neunzehn sein erst nicht angestrebter Auszug vom Haus am Hagebuttenberg gewährleistete.

Seine Mutter hatte Immerjahn am Tag nach seinem Abitur damit konfrontiert, dass er jetzt erwachsen sei, und gefragt, ob er denn nicht in der Stadt wohnen wolle. Er könne ein paar Luftlöcher bohren und sein Hagebuttenberggrab jetzt schon beziehen, schlug er vor und schmiss einen Schuh gegen Holms Tür. Dachte, seine Eltern seien wirklich nicht ernst zu nehmen, nahm die Zeitung, schlug sie auf und las eine Annonce, die ein Kabinett in einer Wohnung am Dorfplatz betraf, spottbillig, versehen mit dem Zusatz: desolat. Er ging am selben Tag noch zu Fuß nach Ostendorf, weil seine Mutter die Vespa selbst brauchte, und suchte den Dorfplatz. Ein Mann, ungefähr gleich alt, aber mindestens einen Kopf größer als er selbst, öffnete ihm. Er war ihm sofort sympathisch, besonders zog ihn seine Art an, leere Weinflaschen aus dem Weg zu treten. Fritzwalter riss die Tür zu einem Kabuff auf, in dem er zu dem Zeitpunkt Altpapier und kaputte Glühbirnen lagerte. In einer Wand ein Loch, faustgroß, und der Laminatboden war aufgerissen, aus einem Fritzwalter angeblich unbekannten Grund. Bei näherer Betrachtung stellte sich heraus, dass es sich bei dem Kabuff um eine nicht mehr in Gebrauch befindliche Küche handelte. An sie schloss ein ehemaliger Heizraum ohne Fenster, in dem noch immer uralte Apparaturen hingen.

Die Wände gesprenkelt von unbestimmten Farben. Er, der einzige Interessent, war also eingezogen, obwohl Fritzwalter ihn nicht leiden konnte, wie er nicht verabsäumte zu erwähnen. Er sortierte seine liebsten Anzüge in die von ihm frisch geputzten Küchenkästchen, machte aus dem Herd mit einer Holzplatte einen Schreibtisch und lieh sich von Fritzwalter einen Stuhl. Immerjahn war ab da nicht mehr allein. Andauernd saß irgendjemand in der Wohnung herum. Verschiedene Mädchen. Verschiedene Männer. Eine Schauspielerin, die selbst von der Clique seiner Mutter verehrt worden war. Irgendwann, ganz langsam, schleichend, freundete er sich mit Fritzwalter an. Immerjahn nannte Fritzwalter Fitzwater, weil es bei Shakespeare, in *Richard II.*, einen gewissen Walter Fitzwater gab, Sohn des Walter Fitzwalter, der zwischen Rom und Neapel von den Sarazenen gefangen worden war. Sie mochten beide Feigen und eine bestimmte Nische in der Bar im Nachbarhaus. Aber das Wichtigste war, sie beide liebten Kunst. Fritzwalter heiß und mit leicht brutaler Energie, er zerstörte gerne Bilder, wann immer sie ihm zu sehr gefielen, *zu vollkommen*, erklärte er dann, und Immerjahn liebte sie auch, nur zurückhaltender. Er betrachtete sie am liebsten allein, um nicht über sie reden zu müssen.

Er hatte da schon zu zeichnen aufgehört, dachte aber noch, es handle sich um eine bloße Pause. Öfter schon hatte er davor sehr wenig gezeichnet, war er verliebt, ließ er alle Stifte liegen und ging stattdessen in vielen Schlingen auf dem Hagebuttenberg herum, nur diesmal war es ein bisschen anders. In ihrer Wohnung war Fritzwalter der Künstler, auf natürlich raumgreifende Art. Es war in der Wohnung kein Platz für zwei. Er erzählte Fritzwalter nichts davon. Und es blieb dabei. Fritzwalter war der Künstler und der dort, das war Immerjahn. Eine Skizze von Picasso, ja, echt war sie, an der Wand seiner mit Hemden und Anzügen vollgestopften Küche.

Später dann der Schmerz, als ob er, Immerjahn, einen geliebten Menschen stark vermisse. Alles war leer, wenn er nicht zeichnete. Sein Leben ein Meer herzzerreißend sinnloser Tätigkeiten. Er verlachte Menschen, insbesondere wenn sie etwas taten, was sie liebten. Was er ihnen auszureden versuchte. Mit fingerbreiten Augenringen war er in den Bars gesessen, meist aber in der Bar im Nachbarhaus, mit Fritzwalter, ohne Fritzwalter, mit Fritzwalter.

Er wäre, als er wieder auf den Hagebuttenberg zurückgezogen war, unbeobachtet und ohne Konkurrenz gewesen, er hätte wieder zu zeichnen beginnen können, aber er tat es nicht. Sich selbst beobachtete er, wie er im Haus umherging, im Peristylhof, das Reflexionsbecken entlang, in den Gärten, beobachtete sich wie ein Tierchen unter Glas und wartete darauf, dass er dann endlich wieder zu seinem Schreibtisch ginge und die Blätter nähme und die Stifte. Aber er machte es nicht, ging am Sezessionsschreibtisch vorbei, bei jeder sich bietenden Gelegenheit, oft am Tag, absichtlich an der Kommode vorbei und nah an den Tisch heran, als beschattete er ihn, aber er zeichnete nicht, bis auf ein einziges Mal. Nahm Blatt und Stift, saß am Küchentisch. Es war niemand da, nicht Marek, nicht Frau Manzur, Katka sowieso irgendwo, niemand störte ihn. Er zeichnete, kratzend, zerriss das Papier ein wenig, zog schäbige, unbeholfene Linien, aber nach einiger Zeit, plötzliches Glück, ein Stückchen in der Zeichnung, der ihn erschaudern ließ, und er zeichnete weiter, immer weiter, spätnachts ließ er davon ab, weil ihm das Papier ausgegangen war. Die Kante seiner linken Hand war bis zur Spitze des kleinen Fingers schwarz verfärbt. Er fiel ins Bett und schlief bis zum Morgen, an dem er aufstand, noch immer glücklich.

Dann, in der Früh, der Schock über die Einfalt der Zeichnungen. Er verbrannte sie in einer Pfanne in der Küche, kehrte die Asche in eine Schachtel und warf sie aus dem Fenster, weswegen am nächsten Tag überall verkohlte Blättchen auf den Steinwiesen lagen. Nie wieder wollte er das tun, sein Talent kam ihm vor wie ein Gerücht, das er in seinem eigenen Kopf in Umlauf gebracht hatte, unvorstellbar, dass er, Immerjahn, damit jemals etwas von wahrer Größe schaffen könnte. Er war in diesen Tagen besonders nett zu Fritzwalter, seine Gegenwart zog ihn geradezu an, weil er lieber ein gescheiterter Künstler war als Fritzwalter, der nicht von seinen leeren Bildern lassen konnte. An anderen Tagen verhielt es sich genau umgekehrt. Immerjahn war eifersüchtig. Er wäre lieber ein gescheiterter Künstler als ein erfolgreicher Erbe gewesen. Er war herablassend zu Fritzwalter, weil dieser seiner Meinung nach als Künstler versagte, aber zumindest war er einer.

Fritzwalter studierte Kunst, in einer Klasse für Malerei. Er hatte die Aufnahmeprüfung nicht bestanden, sich aber geweigert zu gehen, bis er schließlich akzeptiert war. Es rankten sich einige Mythen darum, Drohungen von Körperverletzungen, real ausgeschlagene Zähne, geplatzte Augenbrauen, die einen nicht unwesentlichen Anteil an Fritzwalters Ruf unter seinen Kommilitonen hatten. Fritzwalters Meisterklasse wurde von einem Künstler geleitet, den er nicht leiden konnte, weil er seinen Studenten riet, nach dem Diplom etwas anderes zu machen. Fritzwalter hielt Immerjahn Vorträge über den Kunstbetrieb, einen regelmäßig wiederholten Sermon, der Kunstbetrieb nicht auszuhalten für einen Menschen von Gefühl und Intelligenz, ein widerlicher Moloch, prinzipiell nur zu ertragen, wenn man ihn wie er restlos verachtete oder alternativ sehr gerne Drogen nahm. Schleimen wie Schnecken und trinken wie Wale und schöne Augen machen wie Pfaue oder diese Schmetterlinge. *Nachtpfauenaugen*, sagte Immerjahn dann, und sie waren froh, zu zweit zu sein.

Fritzwalter hatte ihn meistens das Stiegenhaus hinauf in ihre Wohnung geschleppt. Verkatert, berüchtigt für zielstrebige Düsternis. Sah an besonders schlechten Tagen beim Blick aus dem Fenster Wasser vorüberströmen. Und Fritzwalter weckte ihn auf, kochte Spaghetti mit Ketchup und machte den Abwasch.

Als er Kunst zu sammeln begann, war er erleichtert, einstweilen würde er die Bilder anderer Leute kaufen und studieren, sein Wissen über Kunst verfeinern. Ein neues Bild zu besitzen, bedeutete Energie für ihn, es war wie ein gutes Buch zu haben, das man noch eine Weile lesen konnte. Er kaufte sich *Altes Liebeslied* und *Ein Fetzen Gemeinschaft* von Paul Klee und mehrere Collagen von Kurt Schwitters, die er eigentlich nicht mochte, wegen der Unruhe, die zwischen den Zeitungsschnipseln steckte. Er betrachtete sie in all ihren Details, studierte Damenköpfe, Wimpern, Farbfeldvariationen. Übermalungen, Untermalungen sowie die Charakteristik mehrerer ein Knie ergebender Striche von Schiele. Er kaufte sich eine neue Brille, die er benutzte wie andere Leute eine Lupe.

Immerjahn sah auf die Uhr, es war später Vormittag, aber im Speisezimmerdunkel herrschte davon unberührte Dämmerung. Die Krümel, winzig auf dem Tisch, warfen ihre kurzen Schatten in seine Richtung. Es juckte ihn, als könnten sie sich plötzlich bewegen und wie Käferchen auf ihn springen, ihn beißen, am Hals und an der Seite. Er kratzte sich, verzog genießend das Gesicht, die Augen verengt, plötzlich zog er die Hand zurück, auf der noch immer Sirup klebte, den er nun auf dem Kinn verteilt hatte. Er musste Frau Manzur wieder bitten, etwas aufzuräumen. Als Katka zu ihm gezogen war, bestand sie zu seiner Verwunderung darauf, den Haushalt auf dem Hagebuttenberg zu organisieren, was aber nach fünfundzwanzig Jahren noch immer nicht richtig funktionierte. Frau Manzur, die früher auch geputzt hatte, kochte heute nur mehr, weil Katka fand, dass sie jedem Gegenstand, den sie mit dem Lappen berührte, lediglich über Schmutz oder Staub hinweg eine Chlornote hinzufügte. Nachdem Katka sich mit der Unkündbarkeit Frau Manzurs abgefunden hatte, stellte sie eine eigene Putzfrau ein, mit der sie sich, genau wie mit dem Heer ihrer Nachfolgerinnen, spätestens zerstritt, sobald sie sie einen Zettel über den Erhalt des Urlaubsgelds unterschreiben ließ, das sie ihnen aber nie aushändigte. Dies führte dazu, dass gar niemand mehr Ordnung machte oder es eben Frau Manzur in einem Anfall von Sentimentalität tat, was daran zu erkennen war, dass es nur so weit unter Tischen und Betten und Sofas sauber war, wie Frau Manzur, die starke Rückenschmerzen hatte, mit dem Staubsauger reichte, ohne sich zu bücken.

Links von Immerjahn befanden sich zwei Türen. Zwei weitere zu seiner Rechten und schließlich ein Fenster am Ende des Korridors, halb verdeckt von bodenlangem Samt. Über ihm ein Luster, dessen gläserne Teilchen er im Luftzug gegeneinandertippen hörte, er sah mehrmals ein Blinken, das das Dämmerlicht im Flur durchdrang. Er wollte den Schalter nicht drücken, denn das Licht der am Luster befestigten Glühbirnen war schneidend hell, einmal eingeschaltet, blitzte es auf, hörte nicht auf aufzublitzen, war nah verwandt mit dem Neonlicht der Galerien, dem der Umkleidekabinen im Schlussburger Stadtkaufhaus und dem grellweißen Laternenlicht der Straßen in der Nacht, schmerzte wie die Energiesparlampen der Cafés, die er am liebsten nur mit Sonnenbrille betreten hätte, unmöglich für seine empfindlichen Augen, sich an abgrundtief helle Beleuchtungskörper zu gewöhnen, auch dann, wenn er mit einer Lichtquelle geübt war, er war dem Luster seit über zwanzig Jahren ausgesetzt. Immerjahn mochte deswegen am liebsten die Winterzeit und das Speisezimmer, weil das Licht dort so schlecht war.

Er erinnerte sich noch gut: Katka im Korridor, knietief in Splittern. In ihren Händen Glasscherben, sie reichten bis über das Handgelenk, Splitter an ihren Waden, den Knien, und er, er ließ eine Tasse fallen und hetzte mit dem Unterteller in der Hand durch den Korridor, auf sie zu, bemerkte aber im Laufen schon, ohne gleich zu verstehen, dass ihr Gesicht frei war von

Angst oder Schmerz, dass ihre Hände unversehrt waren. Er blieb stehen. Sie drehte sich leicht, und erst da sah er, dass sie die schmiedeeiserne Aufhängung eines Lusters in den Händen hielt, die sie eben anhob, ganze Bahnen aufgefädelte Glasstücke wie einen absurd prachtvollen Stoff über den Arm gelegt, prüfend die Decke im Blick behaltend, als suchte sie nach einer geeigneten Stelle, ihn zu befestigen. Jedes Mal, wenn sie sich bewegte, flogen Schwärme von Lichtpünktchen aus den Glasstücken auf, die wirr über ihre Kleider, über ihre Hände flohen.

Peinlich berührt von der Wucht seiner plötzlichen Sorge stand er da und grüßte Katka, die noch immer etwas entfernt von ihm war, flüchtig, drehte sich um und ging weg, betrat bemüht gleichgültig das Badezimmer und beruhigte sich dort erst über der Vorstellung, Katka würde nicht imstande sein, den Luster an die Decke zu hieven, ihn dort zu verankern und an den Strom zu schließen.

Es war im Rückblick betrachtet ganz und gar naheliegend, dass gerade Katka, die doch die Abwesenheit natürlichen Lichts so sehr schätzte, diesen Luster gekauft hatte, dass die hohe Zahl bodenlanger Vorhänge aus schwarzem Samt in Kombination mit Beleuchtungskörpern von unmissverständlicher Leuchtkraft unmittelbar auf ihren Einfluss zurückzuführen war. Mied er Eislaufplätze, Krankenhäuser und Flugzeuge wie auch den Flur im ersten Stock, wenn der Luster brannte, verbrachte sie ihre Zeit an Orten von potentiell überdurchschnittlicher Helligkeit. Sie verließ das Haus am liebsten abends oder knapp bevor der Morgen anbrach, in den letzten Stunden der schon abklingenden Nacht, um sich dann in immer anderen Pfützen künstlichen Lichts aufzuhalten, bis es draußen dunkel genug war, um wieder zurück über die Steinwiesen auf den Hagebuttenberg zu gehen. Sie war sehr blass, immer schon sehr blass gewesen, früher, weil sie den ganzen Tag in der Kantine gestanden war, und heute, weil sie den Großteil des Tages zwar außer Haus, aber immer in überdachten Räumen verbrachte. Sie hatte ihm triumphierend erzählt, sie habe einen überdachten Weg durch die Senke gefunden, von den Garagen am Rande ihres Grundstücks führe er beinahe bis zu den Fabriken am Horizont. Der Weg, zuerst schmal wie ein Pfad, danach breit wie Boulevards, verlief unterirdisch und wenn nicht unterirdisch, dann war er überdacht, nicht ein einziges Mal, so schwärmte sie, musste sie sich dem Himmel aussetzen. Er fragte, wo genau sich denn der Weg befinde, und sie antwortete, das könne sie ihm nicht sagen, es sei zu kompliziert, sie könne es ihm höchstens zeigen, er solle einfach einmal mitkommen, sie selbst finde manchmal den Weg nicht, obwohl sie eine Karte angefertigt hatte und ihn oft gehe, durch löchrige Bauten, bewohnt von freundlichen Punks, und vollkommen intakten, die nur leer standen wegen Spekulation, in denen pensionierte Landstreicher Unterschlupf gefunden hatten. Ihr Weg war ständig bedroht von abgesperrten Türen, verstellten Schlupflöchern und den sonntags unbeweglichen Türen der Einkaufszentren, durch die man sich wochentags drängen, schieben musste, so vollgepackt mit Menschen war der nutzlose Raum, vollgestellt mit Kübelpalmen, Säulchen nach dorischer Art und ionischer, umrankt von dunkelgrünem Efeu aus Kunststoff und vom feinen Plätschern eines Brunnens, das aber von einem Tonband kam. Und all dies von raumhohen Spiegeln vervielfacht bis in die Unendlichkeit.

Seiner Affinität zu Dunkelheit und ihrem Hang zu Neonlicht sollte die neue, aus zwei Helligkeitsstufen bestehende Beleuchtung der Ausstellungssäle Rechnung tragen, ein Schalter war für Grellhell vorgesehen und einer für sein eher schummriges Lieblingslicht, aber fraglich war, ob sich die Installation noch bis zur Eröffnung ausgehen würde, im schlimmsten Fall würden die Bilder so unbeleuchtet bleiben, wie sie immer schon gewesen waren. Schwierig würde es nur werden, Katka die Sache zu erklären, es war noch nicht lange her, da hatte Holm ihr, die am liebsten in der Dämmerung im Reflexionsbecken schwamm, sich aber für die Nacht Flutlichter wünschte, zu verstehen gegeben, dass es aus kompositorischen Gründen unmöglich sei, die turmhohen Flutlichter neben die Kolonnaden auf die Steinwiesen zu setzen, nur weil sie das finstre Wasser, das sich leise glucksend bewegte, in der Nacht unheimlich fand.

Die Vorhänge aus Samt waren eine ihrer Bedingungen gewesen, zu ihm auf den Hagebuttenberg zu ziehen. Anfangs, da war sie durch den Salon gehuscht, als hätte er kein Dach und es würde regnen.

Sie verließ ihr Zimmer nur sporadisch, weil sie, wie sie ihm später erklärte, nicht wusste, wie man sich in diesem Haus verhielt.

Davor, sie waren schon verheiratet – mit vierundzwanzig im Standesamt, drei Jahre nachdem er sie kennengelernt hatte – bewohnte er ein Appartement in der Beletage des Schlussburger Stadthotels, an dem sein Urgroßvater Vicktor schon Anteile gehalten hatte, und Katka blieb weiterhin lieber in den Wohnblöcken gleich neben dem Gelände der Fabrik, in einer Wohnung mit drei anderen Frauen, auch noch, als er ein paar Jahre nach dem Tod seiner Eltern auf den Hagebuttenberg zurückgezogen war. Ein winziges Zimmer das Ihre, ein Bett, ein Stuhl, eine niedrige Kommode, zwei Haken an der Türe, am linken hing ein sauberer Arbeitskittel, am rechten der, den sie gerade benutzte, bis er zu riechen begann und sie ihn im Waschbecken des Badezimmers wusch und über dem Heizkörper trocknete. Auf der Kommode eine gelbe Vase, darin eine meist rote Blume, sonst befand sich nichts im Zimmer, abgesehen von einem handbreiten Fenster, das sich nur kippen ließ. Er wollte mit ihr zusammenleben, so viel Zeit verschlang es, zu ihr hinaus durch ganz Kronen, Schlussburg und Venosta, durch all die leerstehenden Gegenden bis an den Rand der Senke zu fahren, an dem sich die Blöcke um die Fabrik drängten. Ihr Fenster im neunten Stock rahmte einen winzigen Ausschnitt des Landes. Die steinigen Wiesen, karg, von schiefrigem Grau, das stellenweise ins Grünliche überging, seitlich durchschnitten vom Bett eines vertrockneten Baches, dessen Namen Immerjahn nicht kannte, und dahinter der Wald, so dürr und undurchdringlich struppig, und jedes Mal, wenn Immerjahn aus diesem Fenster sah, kam es ihm vor, als hätte der Wald sich auf die flachen Felsen geworfen, um sie daran zu hindern, sich zu erheben wie das Gebirge dahinter, schroff. Und über allem dieser bläuliche Dunst, der die Wiesen, den Wald und den Bach mit dem Gebirge versöhnte, und der Anblick war von solcher Schönheit, als befände sich kein Fenster, sondern das Gemälde eines florentinischen Meisters an der Wand, dessen Scheibe Immerjahn schloss, so oft er dort mit Andacht stand, und er fragte nie, warum sie blieb, weil er es wusste.

Durch das Fenster, das in das Ende des Korridors eingelassen war wie ein selten bunter Edelstein, sah man neben einem Autobahnknoten am anderen Ende der Senke die Wohnblöcke stehen, in denen Katka gewohnt hatte, verloren an eine weitere Fabrik gedrängt. Und dahinter das beginnende Bergland mit dem ausgetrockneten Flüsschen, das immer schon zu uneben und löchrig gewesen war, es mit Einkaufszentren zu bebauen, dessen seltsame Schönheit vom Hagebuttenberg aus aber nicht zu sehen war.

Katka hatte ihn aus dem Nichts heraus, an einem Dienstag im April angerufen und gesagt, er solle sie holen. Mit Stuhl, Bett, Kommode, einer Schultertasche, drei notdürftig mit einem Halstuch zum Paket gebundenen Büchern und ihrer Vase in der Hand war sie vor den Wohnblöcken gestanden. Er war so überrascht gewesen, genau wie später auch, als Katka vorschlug, sie sollten jetzt heiraten, sofort. In Windeseile hatte er einen Beamten und Marek und Frau Manzur als Trauzeugen organisiert.

Er war so glücklich darüber gewesen, dass sie zu ihm zog, weil er sich insgeheim schon damit abgefunden hatte, dass sie dort im Wohnblock bleiben würde, wo sie sich weiterhin alle zwei Tage träfen.

Es kam vor, dass sie den Schemel aus dem Badezimmer in den Korridor trug und dann dort saß, unter dem Luster, den Kopf in den Nacken gelegt, vollkommen still, nur ihre weit auseinander stehenden Augen folgten dem Schwingen der Kristalle im Luftzug mit großer Verzögerung. Er erkannte an ihren Augen, wenn sie gerade aus dem Korridor kam, ihr Gesicht blass und glatt wie immer, die Augen aber verändert, als wäre etwas in ihnen aufgestöbert worden. Aufgeweicht vom Licht, spielte die Farbe ihrer Iris bald ins Grüne, ins Graue, und erst nach einiger Zeit, als sänken wirbelnde Farbpartikelchen auf den Grund zurück wie trübe Schlammteile, verwandelten sich ihre Augen in die ihm vertrauten. Ihre Farbe reinstes dunkelstes Braun, beinahe schon Schwarz, das undurchdringlich wie etwas Hartgebranntes war.

Immerjahn sah sich um. Er überlegte, wo sie sein könnte, im Italienischen Garten oder in ihrem Schlafzimmer, im Speisezimmer. Der Schemel stand nicht im Korridor, vielleicht war sie im Badezimmer. Von Anfang an war sie, für die das Haus kein Haus war, sondern eine Landschaft, die sie durchwanderte, in der sie sich ab und an niederließ, um zu ruhen, schwer aufzuspüren gewesen, manchmal auf den Kartoffelsäcken in der Speisekammer, dann wieder zwischen den Heizkesseln hinter der Werkstatt, manchmal auch in seinem Bett. Kaum je war sie in ihrem Zimmer anzutreffen, einer Kammer, in der Frau Manzur seit Immerjahns Geburt schon Olivenöl verstaute, in die Katka dann aber ihr Bett und ihre Kommode, die gelbe Vase, die rote Blume und den Stuhl gestellt hatte. Es war ihre zweite Bedingung gewesen, zu ihm zu ziehen. Mittlerweile war sie in das ehemalige Schlafzimmer seiner Mutter übersiedelt und stellte in der Kammer lediglich die Schuhe ab, die sie momentan nicht häufig trug. In der letzten Zeit aber kam es vor, dass er sie manchmal tagelang nicht im Haus traf, ohne dass er so genau hätte sagen können, wo sie denn gewesen sei, fragen wollte er sie auch nicht, wusste er doch, dass jedes Drängen dazu führte, dass sie sich verschloss oder, so wie letztes Jahr, einfach abhaute. Knapp bevor er die Polizei einschalten wollte, hatte sie eine Handvoll Postkarten aus Paris gesandt. Schwarzweiß der Eiffelturm, die Seine mit ihren Brücken, Notre-Dame. In Farbe nur der Flughafen Charles de Gaulle auf der vierten Karte. Er hatte ihr keinen Vorwurf gemacht.

Aber er hatte sich Modersohn-Beckers *Selbstbildnis nach halblinks, die Hand am Kinn* gekauft, weil er es besitzen musste. Um jeden Preis. Nicht eine einzige Sekunde überlegte er. Er sah es in einem Katalog, an einem der Tage, an denen er wartete, dass Katka endlich zurückkäme aus dieser verdammten Stadt Paris. Er holte es persönlich ab. Befestigte es im Schlafzimmer. Er, der niemals noch ein Bild im Schlafzimmer an der Wand gehabt hatte. Wenn man im Schlafzimmer die Wand berührte, dann war sie glatt und nicht, wie in jedem anderen Raum im Haus, aufgeraut durch mit dem Nagel gestoßene Löcher. Er hängte es zur linken Seite des Bettes, dorthin, wo Katka schlief, wenn sie denn bei ihm geschlafen hatte. Obwohl er Kunsthistoriker anstrengend fand, begann Immerjahn mit der Lektüre eines Buches über Modersohn-Becker. *Da hat mich mein lieber Mann ziehen lassen*, schrieb sie einer Freundin, als sie 1906

Worpswede verließ, um, es war lächerlich, aber so war es, in Paris zu leben. Diese Stadt, nervtötend, aufkaufen müsste man sie. Er bestellte sich gleich noch den Briefwechsel zwischen Modersohn-Becker und Rilke und studierte ihn, er dachte sich, er könnte Katka so vielleicht besser verstehen. Er las aufmerksam, die Freiheit und so weiter, gut, Katka war keine Künstlerin, aber auch sie musste manchmal fort. Dann war sie zurück, sagte über Paula Modersohn-Beckers pfirsichroten Mund, sie hätte gerne auch so einen Lippenstift, allerdings benutze sie entschieden zu wenig Wimperntusche und dafür zu viel Rouge, sogar um die Augen und auf den Ohren, das sei schon etwas übertrieben.

Lustigerweise hatte Katka aus Frankreich ein Bild mitgebracht, von einem Flohmarkt neben einer Autobahn, das nicht nur so aussah wie ein Jackson Pollock, sondern es auch war. Ein Original aus Bergen von Schrott. Sie hatte ein Gespür dafür. Und er wusste nicht, ob für Kunst oder Geld. Oder ob das das Gleiche war.

Er lehnte sich leicht zur Seite und zog die Türe links von sich auf. Etwas klirrte nieder, er duckte sich weg und sah einen Kleiderhaken aus Metall in der Tür des Badezimmers liegen. Ein Läufer aus Licht fiel von den Lämpchen des Schminkspiegels in den Korridor. Drinnen ein Schemel, Teppiche über den Fliesen, ein Waschbecken, der Spiegel, in dem die Lämpchen verdoppelt brannten, sonst aber nichts. Im Licht, das aus dem Badezimmer fiel, sah er eine Mücke in die Dämmerung des Korridors fliegen. Hinauf zu den Kristallbrocken stieg sie, bewegte sich schwarz zwischen den sich glänzend drehenden Teilen und taumelte wieder hinunter, ganz so, wie sich die Mücken dieses unerträglich heißen Sommers aus den Büschen, den Bäumen fallen ließen, sobald jemand vorüberging. Sie war von beträchtlicher Größe, wirkte, als zerfiele sie zu schwarzem Mehl, sobald seine Hand sie träfe, machte aber keine Anstalten, sich auf seine Haut zu setzen, und flog gemächlich durch die untersten Kristallreihen des Lusters hindurch. Das Fenster am Ende des Korridors stand offen. Der Himmel war von dunstigem Blau. Die Sonne stand genau über dem Berg am Horizont, und die Mücke flog vorbei an Immerjahn hinaus, als hielte sie sich für einen Vogel.

Immerjahn sah die Auffahrt hinunter, die leicht abfallend zwischen Wald und Steinwiesen hindurchschnitt. Das Pflaster war am Ende aufgerissen und lose, durchsetzt von Grasbüscheln, die dort, wo Marek seine Harken liegen gelassen hatte, verschwanden, abgelöst von glattem Stein, der sich bis zum Haus, dem Vorplatz und der dort gelegenen Einfahrt, die überdacht von einem halboffenen Pavillon war, erstreckte. In den Fugen lag Sand, und auch über die Steine hatte sich eine feine Schicht gebreitet, die unter seinen Sohlen knirschte, sich mit jedem Schritt zerrieb, als er begann, das Haus zu umrunden, weil er, um abzunehmen, sich unbedingt mehr bewegen musste. Die Auffahrt kam ihm jetzt vor wie bedeckt von weichem Schnee, in den er seine Spuren trat, er sah nicht hin, es klang wirklich wie feinster zarter Pulverschnee, obwohl er natürlich wusste es war Sand, denn es schneite hier gewöhnlich nicht in den letzten Wochen des Augusts.

Wasser fiel in die breite Schale des Brunnens, das, von einer Bö Wind getrieben, auf das Pflaster am Boden prasselte. Er betrat den Westgarten, der, von einem Mäuerchen ummantelt, in tiefem Schatten lag, und widerstand der Versuchung, sich auf die Exedrabank dort zu setzen. An ihrer Seite ein Brombeerbusch, voller dunkelroter Früchte. Von Katka zu seinem fünfundvierzigsten Geburtstag gepflanzt, war er bereits im Begriff, die gesamte Steinfläche zu überwuchern. Er holte sein Notizbuch aus der Tasche und vermerkte, dass Marek ihn zurückschneiden müsse, steckte es ein und ging rasch weiter, keine Pausen wollte er machen, dreimal zügig vom Brunnenplatz zum Italienischen Garten gehen, zügig, aber ohne zu laufen. Er durchschritt das Türchen und ging mit gesenktem Kopf an der Kante des Reflexionsbeckens entlang, an der still das Wasser leckte, immer weiter in die Steinwiesen hinein und drehte sich an der äußersten Stelle des Beckens um.

Er sah die Kolonnaden des Peristylhofes, die sich im Wasser spiegelten. An diesem Punkt hatte sich die Lieblingsstelle seines Vaters befunden. Hier, wo die Wasserfläche, auf die der Wind immerzu Staub blies, abgelöst wurde von der Unbewegtheit der Steinwiesen, war sein Vater zu einem Landschaftsarchitekten geworden, geschult von dem Gebäude, das mit solcher Eleganz auf dem dürren Hügel stand, sich mit größter Anmut in die flache Landschaft fügte. Die eingeschossigen Seitenflügel hielten den zweistöckigen Mittelteil sacht am Boden, und mit welcher Leichtigkeit die Säulen am Rand des Wassers standen, als würden sie sich wieder entfernen, wenn sie nur wollten, um das Haus herum in den Kiefernwald verschwinden, der vermischt mit den mächtigen Stämmen steinalter Platanen der Rückseite des Hauses folgte. Unlängst hatte Frau Manzur, die sich seufzend auf einen Sessel fallen ließ, um sich vom Bürsten seiner Schuhe zu erholen, weswegen er sie nicht gleich verstehen konnte, erzählt, sein Vater habe eine Zeit lang den Plan gehabt, quer über die Steinwiesen eine Mauer zu bauen, die den Blick auf die Senke verstelle, nur durch eine Öffnung am Westgarten würde man die verwachsenen Dörfer sehen, damit der Blick immer frisch bleibe auf sie. Sie deutete im gleichen Atemzug auch an, sein Vater sei nur so gerne im Garten gewesen, weil dessen erstaunlich blasser Vater sich andauernd im Haus aufgehalten habe und er durch das Studium der Landschaftsarchitektur einen Grund gehabt habe, ihm aus dem Weg zu gehen.

Immerjahn hatte von seinem Großvater ein sehr undeutliches Bild, er war noch klein gewesen, als dieser gestorben war, er erinnerte sich aber noch an einen Ausflug, den Benedickt sen., Benedickt jun. und er selbst zu einem Garten unternahmen, den sein Vater nach englischer Art gestaltet hatte, als Vorbild diente der Muskauer Park von Hermann von Pückler-Muskau sowie mehrere Ansichten der Gemälde von Poussin und Rubens in Kombination mit einem verfallenen Tempel von Claude Lorrain. Sein Vater pflanzte Blutbuchen und Pappeln, legte einen verwunschenen See an, der in einer Senke, am Grunde üppig blühender Wiesen lag, es war ein schöner Tag, bis sein Großvater seinen Vater fragte, ob denn noch wirklich niemandem in den Sinn gekommen sei, den Rasen zu mähen. Immerjahn wusste nicht mehr genau, was dann war, aber sein Vater ging kurz weg, und als er zurückkam, war er sehr seltsam und wurde immer seltsamer, er war da, aber auch wieder nicht, war überdreht und stolperte, und Immerjahn nahm ihn an der Hand und ging mit ihm zum Auto, in das sie stiegen. Zurück zum Hagebuttenberg fuhren sie schweigend, nur sein Vater kicherte manchmal, der Großvater mit Hut am Steuer, obwohl ihm wegen der Gicht längst der Führerschein entzogen worden war, und Immerjahn fürchtete sich. Als sie zurückkamen, warf seine Mutter die Türen zu und sein Vater johlte und sein Großvater ging in den Großen Ausstellungssaal und Großmutter Etel erzählte Immerjahn, sein Großvater sei kein böses Geschöpf, und wenn er manchmal so wirke, dann sei daran nicht er schuld, sondern die Erziehungspersonen, die aus Großvater dem Linkshänder Großvater den Rechtshänder gemacht hatten und dabei etwas in seinem Inneren durcheinandergebracht. Sie verriet ihm, dass sein Name, Gotthold, die persönliche Kreation von Benedickt sen. sei, niemals jemand vor ihm so geheißen habe, und erzählte, er habe früher Geschichten erfunden und aufgeschrieben, sich aber nie entscheiden können, ob er es denn nun mit der linken oder rechten Hand tun solle, und war deswegen ganz froh gewesen, ein für allemal damit aufzuhören und sich der Errichtung zahlreicher Zementfabriken zu widmen. Ob er, Gotthold, auch einmal Zementfabriken bauen wolle? Ein lohnendes Geschäft. Ganz zum Schluss sagte sie, ihr Sohn habe wirklich ein Drogenproblem. Immerjahn wusste zwar nicht, was das war, nur dass es mit der guten Laune seines Vaters in Beziehung stand. Sie strich ihrem Enkel über die Haare und sagte, es gehe vorbei, vielleicht in wenigen Tagen schon, und Immerjahn wusste, es ging vorüber in zwei oder drei Stunden schon, und wie immer, wenn sein Vater aus dem Drogenproblem aufwachte, würde er besonders nett zu ihm sein und sich kümmern, und sie würden Zeit verbringen miteinander und zu dritt, aber anstatt mit dem Großvater mit seiner Mutter Gabrielle eine Reise unternehmen zu den Gärten von Stourhead oder von Rom, würden den Botanischen Garten von Lissabon besichtigen und Versailles, dort war es am lustigsten, weil sein Vater immer heimlich gegen die Buchsbaumkugeln trat. Sein Vater erzählte ihm alles über Gärten, was er wusste, und Immerjahn wusste alles über die Entwicklung der Gartenkunst Europas unter besonderer Berücksichtigung der britischen Inseln und Madeiras, wusste alles über André Le Nôtre, den Erfinder von Versailles, William Beckfords finster ummauerten Garten Fonthill und dessen Gärtner Vincent, ganz zu schweigen vom utopischen Gartenreich Irenopolis. Sein liebstes Buch, Pücklers *Andeutungen über Landschaftsgärtnerei,* nahm er überallhin mit, Frau Manzur schnitt es ihm mit dem Küchenmesser in drei praktische Teile, weil es für ihn so bequemer zu tragen war. Schleierhaft war ihm allein gewesen, wie das mit den Jahrhunderten denn nun war. Er schwieg darüber, um nicht ungebildet zu erscheinen, denn er kannte zwar alle Jahrhunderte dem Namen nach, aber wusste nicht einmal, wie lange zwanzig Jahre dauerten. Die Spanne seines sieben Jahre währenden Lebens diente ihm als Maßstab aller Zeiten. Hundert Jahre enthielten so viele Male sieben, aber wie lange allein sieben Jahre waren. Was die Menschen Jahrtausende über gemacht hatten ohne durchzudrehen, war ihm ein Rätsel. Er wusste nur, ein Jahrhundert bestand aus Lebenden, die später Tote waren, und die Toten waren die, derer man später gedachte. Er selbst war Nachfahre von Toten, was unheimlich war, aber es stimmte.

Sie fuhren herum mit dem Auto, seine Mutter Gabrielle bezeichnete es als *Grand Tour* und rezitierte in jeder verfügbaren Ruine Gedichte von Lord Byron, aber irgendwann bekam sein Vater den gelangweilten Blick, verlor den Mut. Seine beiden anderen Interessensgebiete neben der Landschaftsarchitektur, die Frauen und die Drogensucht, nahmen wieder überhand, und er, der gerade noch melancholisch war und geplagt von Schuldgefühlen wegen seiner Exzesse, der seine Eitelkeit vergessen hatte, fuhr so schnell wie möglich mit ihnen zurück auf den Hagebuttenberg, setzte sie ab und fuhr in die Stadt oder aufs Land, zu einem der von ihm gestalteten Parks, denn in diesen Parks standen Schlösser, auf denen es Feste gab, und Vater, gertenschlank, hoch gewachsen, war ein hervorragender Gast. Gerne auch mit Gabrielle, aber kam er alleine, blieben die Frauen länger und lachten öfter und lauter. Immerjahn war dann wieder allein, weil sich seine Mutter in ihrem Zimmer einschloss, aber später dann, als sein Vater schon ziemlich weit weg war, kam sie wieder heraus, angetan mit mehreren Schichten durchsichtiger und undurchsichtiger Kleider übereinander. Gabrielle Immerjahn war bekannt für ihren Stil, eine semitransparente Pluderhose, eine durchsichtige Bluse und darüber ein blickdichtes Minikleid zu tragen, sich um die Schultern eine flatternde Weste und Blumen und Bänder in die Haare zu binden, sie wurde oft kopiert und manchmal im Fernsehen interviewt, wo sie Witzchen über ihre Vorbilder machte, mit denen ihr todernst war in Wirklichkeit. Immerjahn fand damals, sie sehe mit all ihren Schichten aus wie ein Schmetterling, dem beim Fangen irrtümlich die Flügel geknickt worden waren, weswegen sie nun um seinen Körper hingen, was auch erklärte, warum der Schmetterling, der seine Mutter war, den Verlust der Fähigkeit zum Fliegen auszugleichen versuchte durch Pantoffeln mit enorm hohem Keilabsatz, damit sie dem Himmel über dem Boden möglichst nahe war. Er mochte es, wenn seine Mutter lief, nur tat sie das nie, schon gar nicht, bevor sie ausging, obwohl es besonders lohnend gewesen wäre, die vielen Ausgehschichten ihre volle Wirkung entfalten zu sehen. Er hatte früh schon verstanden, dass es nichts Gutes verhieß, wenn seine Mutter so hoch war, es bedeutete, sie ging aus dem Haus und sein Vater würde auch gleich verschwinden, wenn er nicht schon längst gegangen war, und er selbst wieder allein herumsitzen, als gäbe es ihn nicht. Noch viel schlimmer aber war, wenn sie ihn bei einer Tante dritten Grades absetzten, die einen Sohn in seinem Alter hatte. Immanuel Immerjahn und Gotthold Immerjahn kannten sich schon aus dem Kindergarten, Immanuel war dort sein einziger Freund gewesen. Er verfügte über eine leicht despotische Natur und behandelte Immerjahn, als wäre er sein Diener, seitdem ihm Immerjahn gestanden hatte, nicht alle Immerjahns besäßen gleich viel Geld und gleich viele Fabriken. Seitdem er herausgefunden hatte, dass sich Immerjahn ungern über den Tod unterhielt, war er Hauptgesprächsthema. Immanuel gab die Frage aus, wie sie gerne sterben wollten, und erörterte sie stundenlang, während Immerjahn, immer kleiner werdend, auf dem Sofa zwischen vergoldetem Nippes und einem Plastikspiegel saß, der dem aus Jan van Eycks Arnolfini-Hochzeit nachempfunden war, der das Brautpaar von hinten und den Maler von vorne zeigte, und darüber Immerjahns Gesicht gespiegelt. Von Zeit zu Zeit schlich er sich auf die Toilette, malte sich dort aus, wie schön es gerade auf dem Hagebuttenberg in seinem stillen Zimmer wäre. Bei Immanuel und seiner Tante dritten Grades hatte er alles, was man wissen musste, über Heimweh gelernt. Kam er wieder zu Immanuel ins Wohnzimmer zurück, war es weitergegangen wie vorher. Eine populäre Frage war: Konnte man, während man schlief, denn sterben? Nach Immanuel kam der Tod durch das Auge in den Körper, hielt man sich die Augen zu oder trug Sonnenbrille, war man in Sicherheit, so gesehen konnte man sich gut auch im Schlaf verstecken, weil der Tod zwischen dem Schlaf und sich selbst nicht unterscheiden konnte. Dann wiederum ging es um den Zustand des Totseins an sich.

Immerjahn hatte nur eine vage Vorstellung vom Tod. Wenn ihn Immanuel zwang, seine Todestheorie zu formulieren, stammelte er erst einmal etwas, um Zeit zu gewinnen und um seine eigentliche Idee vor Immanuel geheim zu halten. Wenn Immerjahn an den Tod dachte, dachte er an etwas Buntes. Ein leiser bunter Ort weit weg war der Tod, aber nicht zu bunt, gerade richtig, und es gab keine Langeweile dort. Dies war der erste Vorteil des Todes nach Gotthold Immerjahn, nach Immanuel Immerjahn verhielt es sich anders. Das Totenreich war direkt neben dem der Lebenden, und alle Türen standen offen, man konnte leicht und jederzeit hinübergehen und würde dann dort liegen. Nur liegen, liegen, liegen, und die Arme waren am Oberkörper festgebunden und die Beine am Sarg. Wenn Immerjahn gerade bei Immanuel war, war der Hagebuttenberg eine Verlockung, war er aber wieder zurück, lag er meist in seinem Zimmer, mit einem Buch in der Hand, und sah sich alle Bilder an, gab nur vor zu lesen, immerzu fürchtend, Überdruss könnte ihn zwischen jeder einzelnen verschwommenen Zeile packen. Er rieb sich die Augen, weil ihm das das Gefühl gab, er könnte so besser sehen. Sie waren deswegen immer wieder entzündet. Vielleicht aus diesem Grund war seine liebste Farbe immer Blau, sehr kühl für seine Augen.

Er las in seinem Zimmer, starrte Buchstabenketten an. Es fing ganz harmlos an: Er ließ das Buch sinken und sah sich um, überlegte, ob es vielleicht etwas noch Interessanteres anzusehen gab, stand auf, um sich weitere Bücher aus dem Regal zu holen, eines über Zugvögel, eines über ungiftige und giftige Pilze und ein anderes über nordeuropäische Ritter. Jedes Buch, das ihm gefiel, zog er halb aus dem Regal und schritt es noch einmal ab, zog die Bücher, die ihn am meisten unter den schon vorgerückten interessierten, noch ein kleines Stück weiter hervor. Nur schwach noch steckten sie zwischen den anderen Büchern, nie aber konnte er sich für eines entscheiden, weil es schwierig war, das Beste zu finden, und entsetzlich, eines zu bevorzugen, weswegen er sich vor das Bücherregal setzte und wartete, bis eines der Bücher von alleine vor ihn auf den Boden fiel. Er wartete am Anfang noch ein wenig gespannt, gebannt von der Instabilität der Lieblingsbücher, mit der Zeit aber noch gelangweilter, als er beim Bilderansehen zuvor schon gewesen war, er stand dann auf, um Einbrecher zu spielen im Haus. Das Spiel war zuerst immer lustig. Er schlich sich von einem Raum in den anderen und wettete gegen sich selbst, wie weit er kommen würde, bis ihn jemand entdeckte und ansprach mit seinem Namen. Wurde er nicht angesprochen, war es in Ordnung, einfach so schnell und leise wie möglich fortzulaufen, und das Spiel ging weiter, nur unter größerem Druck, verstand sich, mit verstecktem Verfolger, falls jemand begann, ihm nachzugehen. Die Kehrseite des an sich aufregenden Spiels aber war: es entdeckte ihn meist niemand. Fast jedes Mal fand er sich auf dem Brunnenplatz im Angesicht des Waldes wieder, theoretisch bereit, ungehindert in ferne Lande fortzuziehen, und machte doch nur wieder kehrt. Die Räume, in denen sich seine Eltern befanden, stellten die leichtesten Abschnitte dar, seine Mutter, die am Flügel Lieder von Nick Drake spielte und immer nur für ein paar Sekunden den Text zu ihnen sang, oder sein Vater, der auf dem Lieblingssessel des Großvaters im Salon saß und döste. Schon viel schwieriger zu überwinden war die Speisezimmerpassage und die der Küche, des Epizentrums der Hausaufmerksamkeit. Frau Manzur war wie ein Pfau, umgeben von einem Fächer voller Augen. Er wusste, die glitzernden Sachen auf ihren Kleidern waren nicht Plastiksteinchen, nicht Juwelen, Augenlichter waren das. Sie sah in der Nacht gleich gut wie am Tag, und größter Lärm beeindruckte sie nicht mehr als Totenstille. Frau Manzur war, obwohl sie nicht so aussah, ein Wiesel, Falke, Luchs, war ein pfeilschneller Fisch, der unvorhergesehen um eine Ecke schoss. Hatte sie ihn gefangen und wieder zurück in sein Zimmer gebracht, lag stets ein Haufen Bücher auf dem Boden vor dem Regal. Der Tag dauerte entweder noch zu lange, und er würde ihn damit verbringen, die Bücher so schön er konnte wieder in das Regal zu stellen, oder er ging schon auf den Abend zu, und Immerjahn würde die Bücher einschlichten, seine Arbeit bald aber unterbrechen müssen und morgen weitermachen, weil zwischen heute und morgen die Nacht lag, die furchterregend war. Um es genauer zu formulieren, nicht die Nacht selbst war es, die ihm Angst machte, sondern das Mondlicht, das sich mit perfider Zartheit in sein Zimmer schlich, in dem er Dinge sah, die er so zusammensetzte, dass sie mit Gewissheit Ungeheuer ergaben.

Besonders schlimm war es im Hause seiner Tante dritten Grades, der Mutter von Immanuel. Bei ihnen sehnte er die Nacht herbei, weil Immanuel in der Nacht schlief und den Mund hielt dabei, aber sobald Immanuel in seinem Zimmer war, wurde Immerjahn die Nacht zum Problem. Immanuel hatte sein eigenes in hellem Gelb gestrichenes Zimmer, während Immerjahn unter eine viel zu dünne Decke auf das Sofa im Wohnzimmer gebettet war, über dem ein Poster des *Bildnis des Filippo Archinto* wachte, perfides Machwerk Tizians. Es gab kein Bild auf der Welt, das ihn nach wie vor mit derartigem Grauen erfüllte. Der Mann mit schlohweißem Haar, der sein Gesicht zum größten Teil hinter einem durchsichtigen Vorhang verbarg. Die Hände dieses Mannes. Die Rechte, beringt, die Finger leicht gespreizt, wurmhaft gekrümmt, auf die Lehne seines Stuhls gelegt. Der Mittelfinger der Linken war zwischen die Seiten eines Buches gesteckt. Er saß dort und wartete nur, dass Immerjahn wegsah oder einschlief, sich unbedacht im Schlaf zum Poster drehen würde, und schon wäre er am Ärmel gepackt und weg, mitsamt der viel zu dünnen Decke verschwunden in Filippo Archintos Zimmer.

Die Nächte am Hagebuttenberg waren nicht ganz so schlimm, viel angenehmer waren sie aber nicht. Sah er schon schlecht bei Tage, sah er besonders schlecht bei Nacht. Insbesondere temporäre Bücherhaufen auf dem Boden, die Pullover und T-Shirts, die er auf den Stuhl geworfen hatte, oder Hosenbeine, die am Silberschlüssel des Kleiderschranks hingen, stellten bei Nacht im Zusammenspiel mit seinen Bärentatzenhausschuhen ein Problem dar.

War das Licht gelöscht, waren da keine Bücher mehr, keine Kleider, sondern aus dem Erdinneren in das Haus am Hagebuttenberg hochgestiegene Gespenster, von denen welche bärenfüßig auf den Kasten kletterten, obwohl sie ihn, der stockstarr im Bett lag, suchten. Die Astlöcher im Parkett auf dem Boden waren Augen, und sie alle sahen ihn an. Auf dem Stuhl in seinem Zimmer sah er jemanden sitzen mit gekrümmtem Rücken. Die Nacht entfaltete eine ganze Nacht lang nie gehörte Geräusche, nie gesehene Gesichter, und er hasste sie, weil sie nie vollkommen dunkel war, überall dieses Mondlicht, das so grässlich spielte mit seiner Phantasie. Da die Eliminierung der Nacht als Ganzes schwierig oder besser gesagt unmöglich war, er auch keine Lust hatte, sein Zimmer Tag für Tag vollkommen aufzuräumen, wählte Immerjahn die Strategie, das Zwielicht, das des Nachts in seinem Zimmer herrschte, mit Hilfe Frau Manzurs zu vernichten. Im halben Dunkel lagerten Gespenster, demnach musste die Finsternis, in der er schlief, vollkommen sein, sodass alles aufging in ihr.

Die lückenlose Herstellung von Dunkelheit war schwer. Jeweils drei aneinander genähte Pelzmäntel seiner Großmutter verdeckten die beiden Fenster, den Mond mit seinem Licht hinter ihnen. Vier zusammengerollte Pullover halfen, den Lichtstreif unter der Tür mit ihrer schwarzen Farbe aufzusaugen. Immerjahn lag da, in einer Dunkelheit, dicht und sanft wie ein künstliches Lid, und erwartete den Schlaf mit offenen Augen. Alles wäre perfekt gewesen, hätte nicht Frau Manzur wieder das Zimmer verlassen müssen und damit die ganze Dunkelheit verdorben. Der Schlaf, den er zuvor schon an einem Zipfel gepackt gehabt hatte, war über alle Berge, und Immerjahn sah der grauenvollen Nacht, bestückt mit Bärentatzen, Pferden und

Gesichtern, entgegen, die sich ganz besonders häuften, wenn seine Eltern nicht zu Hause waren.

Seine Mutter, ein ehemaliges Mannequin, das nicht gerne rauchte, es nur noch ihrer Stimme zuliebe tat, wurde abends stets abgeholt von ihrer Clique, die ausschließlich aus Frauen bestand, die man aus Filmen und dem Theater kannte. Sie fuhren dichtgedrängt in einem Auto in die Stadt, gingen in Clubs, in denen der Rauch wie ein mysteriöser Nebel stand, verursachten eine Stille in allen Räumen, die sie betraten, und gleich darauf einen Sturm. Seine Mutter besaß viele Verehrer, meistens waren sie schüchtern, was er daran erkannte, dass sie seiner Mutter Briefe schrieben, sie sammelte Herzen wie andere Frauen Ketten, und Frau Manzur sammelte die Briefe, die sie gemeinsam mit den Fotos von Gabrielle und Benedickt jun., die sie aus Gesellschaftsmagazinen schnitt, in dicke Mappen sortierte. Darin gab es auch Fotos aus der Zeit, in der seine Mutter in schwarzem Kleid und weißem Cape auf den Stufen zum Eiffelturm posierte. Sie hatte ein einprägsames, markantes Gesicht, dessen Schönheit nicht sofort ins Auge stach, wie ihm eine ihrer Freundinnen einmal versicherte, weil er aus Trotz behauptete, seine Mutter sehe aus wie ein Junge ohne Bart. Spätnachts kam sie krachenden Schritts auf den hohen Keilabsätzen wieder zurück, er hörte sie ins Ankleidezimmer poltern, das zwischen ihrem und seinem Zimmer lag, führte Selbstgespräche mit kratziger Stimme und legte sich schlafen, um sich am Morgen, wenn auch ihr Mann, nach einer anderen Frau riechend, zurückgekommen war, von ihm zu trennen, um gegen Mittag aber wieder mit ihm zusammenzusein. Die Frauen, seine Mutter inklusive, liebten Benedickt jun., er musste nichts weiter tun, als den Raum zu betreten und sich irgendwo in diesem Raum zu platzieren, es reichte auch, wenn er vor einer Grube stand, in der ein frisch verpflanzter Baum steckte, an dessen Wurzeln er entweder einen toten Hund oder eine tote Katze legte, eine Methode, die er von seinem Idol Fürst Pückler-Muskau übernommen hatte, weil sie besonders bei alten Bäumen so gute Resultate zeitigte. Die Frauen sahen ihm zu, wie er die Grube zuschaufelte, und ohne dass sich irgendjemand dafür interessierte, woher sein Vater so viele tote Tiere nahm, kamen sie angelaufen und wollten sich gerne von ihm verführen lassen. Die Spannungen zwischen seinen Eltern verstärkten sich überraschenderweise noch nach dem Tod seines Großvaters, der auf den Treppen, die den Salon mit dem ersten Stock verbanden, einen Herzinfarkt erlitt, nachdem ihn seine Terrier Volta und Watt angesprungen hatten. Hatten seine Eltern ihre Eroberungsfeldzüge so lange Zeit außerhalb des Hauses an getrennten Orten durchgeführt, wurde fortan auf dem Hagebuttenberg ungehindert freie Liebe praktiziert, nach kurzer Zeit schon war er Schauplatz legendärer Feste, die sein Vater immer verkleidet als Fürst Hermann Ludwig Heinrich von Pückler-Muskau, Baron von Groditz und Erbherr zu Branitz in seinen verschiedenen Lebensabschnitten bestritt. Er war Pückler-Muskau mit Lungenentzündung in einer kalten Dachkammer, erregte Aufsehen als Pückler-Muskau beim Kauf des Mädchens Machbuba am Kairoer Sklavenmarkt, in rot-goldener Uniform als junger Pückler bei der preußischen Garde, war Pückler in orientalischer Tracht, der reisende Pückler in der Postkutsche und Fürst Pückler als englischer Dandy, der soeben die *Briefe eines Verstorbenen* verfasste. Im Jahr vor ihrem Tod veranstalteten seine Eltern nach Vorbild einer Kaiserin, die lange schon verstorben war, im Hochsommer eine Schlittenfahrt über die Steinwiesen auf Salz, bei der sich sein Vater den Arm brach, weil er maskiert als Fürst-Pückler-Eis nicht die

Bewegungsfreiheit besaß, die es brauchte, auf einem rasenden Schlitten das Gleichgewicht zu halten.

Immerjahn sah sich manchmal diese Feste an, gab sich als das Kind anderer Personen aus und zog sich in sein Zimmer zurück, sobald ihm niemand widersprach. Dachte dort darüber nach, was mit seinem Vater war, da dessen Frauen seiner eigenen so sehr glichen, dass Immerjahn dazu tendierte, ihre Existenz als Verwechslung zu interpretieren. Er hatte sich geirrt, das war es. Seine Mutter behauptete eine Zeit lang, zwei andere Männer zu haben, denen sie aus Gründen der Anonymität die Namen *Montagsmann* und *Mittwochsmann* verlieh, über deren Physiognomie aber nichts in Erfahrung zu bringen war, selbst Frau Manzur sah sie nie. Eventuell um sich von den Verstrickungen auf dem Hagebuttenberg abzulenken, versuchte sich Gabrielle in der Nachahmung des Tagesablaufs von Bernard Berenson, über den sie in einer Zeitschrift einen Artikel gefunden hatte. In einer Villa in den Hügeln über Florenz hatte er sich niedergelassen, wo er als leicht dominanter Gastgeber eine Heerschar von Dienern jeden Tag am frühen Nachmittag in allen Zimmern die Fensterläden schließen ließ, weil er dachte, dass jeder Gast, wie der Hausherr auch, nach dem Essen schlafe. So lag auch Gabrielle nach dem Mittagessen im dunklen Zimmer. Im selben Artikel stand beschrieben, dass der Kreis um Berenson einem philosophischen Jahresablauf folgte, in dem jeder Monat einer anderen Thematik gewidmet war. Im März dem Gott der Gottgläubigen, im April der Jugend, im Mai den Liebenden, der Juni galt den großen Heroen, September dem wehmütigen Bedauern, Oktober dem maßvollen Hedonismus, an den Rest konnte sich Immerjahn nicht mehr erinnern. Dass wieder ein neuer Monat begann, erkannte Immerjahn daran, dass ihm seine Mutter seltsame Fragen stellte. Sie meisterte das alles, einzig wie Berenson nie zu telefonieren, kam nicht infrage für sie.

Immerjahn ging selten zum Reflexionsbecken, er hielt sich am liebsten im Haus auf, und wenn er es schon verlassen musste, dann lieber an der zum Wald gewandten Seite, die kühl und einigermaßen geschützt vom Wind war, der im Winter unausgesetzt über die Steinwiesen schnitt und das Wasser so schnell aus dem Becken fegte, dass es Marek einmal wöchentlich auffüllen musste, damit seine Oberfläche spiegelnd auf gleicher Höhe mit den Wiesen lag. Ebenso einmal wöchentlich in windstillen Sommern wie diesem, weil das Wasser rasch verdunstete. Selbst heute im Morgengrauen war am Beckenrand eine fiebrige Briese zu spüren gewesen. Katka, die seinen Vater nie kennengelernt hatte, liebte das Becken beinahe so wie dieser selbst. Oft saß sie wehmütig an seinem Rand, die Beine im seichten Wasser. Sie war eine ausgezeichnete Schwimmerin. Ihr Gesicht, als sie entdeckt hatte, Tage erst nach ihrem dreißigsten Geburtstag, dass er es ausheben lassen hatte, als Überraschung. Ihr Lachen, so froh; ihr rabenschwarzes Haar, ein Winken, und dann nur noch ihr Kopf, kleiner werdend, weil sie schon begonnen hatte, das Becken zu durchschwimmen, von Breitseite zu Breitseite, dreißig Meter hin, dreißig Meter zurück.

Er ging langsam weiter, an der Längsseite des Beckens entlang, siebzig Meter, und zählte im Stillen bis zur vierten Säule der Kolonnaden von rechts. Dort, genau an dieser Stelle, war auf einer Fotografie von 1914 die Gestalt seiner russischen Großmutter, der schwarzäugigen Etel Schenja Immerjahn, zu sehen, Cousine zweiten Grades seines Großvaters, was diesen nicht hindern konnte, sie zu heiraten, weil er ihre Schüchternheit fälschlicherweise für Fügsamkeit hielt. Die Aufnahme tauchte immer wieder in Publikationen zu Mies van der Rohe auf, das Haus weiß auf der flachen Kuppe des Hagebuttenbergs, vor dem Haus eine Wiese aus Stein und hinter ihm ein Wald, *weil ich immer, bei allem, was ich tue, gern einen Hintergrund fühle, aber vor mir möchte ich gern viel Raum, eine große gewöhnliche Wiese haben,* wurde Mies manchmal zitiert, sein Großvater aber hatte immer behauptet, er habe in Wirklichkeit *Steinwiese* und ganz sicher nicht *gewöhnlich* gesagt.

Oft wurde angegeben, bei der Gestalt in den Kolonnaden handle es sich um Mies van der Rohe selbst. Sein Vater erzählte ihm, wie gekränkt seine Großmutter darüber gewesen sei, die ihr ganzes Leben lang bereute, sich wegen des schlechten Wetters an jenem Nachmittag den schweren Mantel ihres Mannes um die Schultern gelegt zu haben, wodurch ihr Kostüm, dessen grafisches Muster auf die Kolonnaden abgestimmt war, nicht im Geringsten zur Geltung kam. Eine Reproduktion dieses Fotos stand auf Holms Schreibtisch. Immerjahns Vater hatte sie ihm geschenkt.

Er näherte sich jetzt dem Ostflügel, der weiter als jener im Norden in die Steinwiesen griff. Die Ausstellungssäle lagen hier, im größten von ihnen lag Holm.

Immerjahn hatte, nachdem seine Eltern bei einem Autounfall ums Leben gekommen waren, mit ihm verabredet, er könne hier wohnen bleiben, solange er sich um das Haus kümmere und etwaige Arbeiten an Marek und Frau Manzur delegierte, die ebenfalls im Anwesen blieben. Er selbst stand so unter Schock, dass er jahrelang dachte, er trauere nicht. Bedrückt hatte ihn lediglich sein schlechtes Gewissen, weil er seine Eltern, seitdem er ausgezogen war, nur viermal besucht hatte in fünf Jahren. Von Fritzwalters Schlafzimmer aus sah er das Haus am Hagebuttenberg, ähnlich wie man von manchen Wohnungen in Athen aus die Akropolis sah, weswegen er das Zimmer mied, um sich nicht schlecht zu fühlen, obwohl es seine Eltern nicht zu stören schien, dass er nie da war. Sie waren dann tot gewesen, plötzlich, ohne Ankündigung, so wie Immanuel es immer befürchtet hatte, nur schneller, als er gedacht hatte. Sie fuhren fort, waren weder irgendwo eingeladen, noch beschlossen sie, kurzfristig zu verreisen, denn sie wären niemals verreist, ohne Frau Manzur um fünf Sandwiches pro Kopf zu fragen. Sie fuhren also fort ohne Sandwiches und ohne Whiskey, in der Nacht stand dann die Polizei am Hagebuttenberg und fragte nach ihm, Gotthold Immerjahn, und hatte ihr, Frau Manzur, alles berichtet, obwohl sie schon alles wusste. Frau Manzur hatte Migräne an Tagen, an denen Gutes geschah, und am Tag des Todes seiner Eltern fühlte sie sich leicht und gut, fast sehr gut, obwohl ihr sonst immer alles wehtat. An jenem Tag machte sie zwanzig Schritte mit der Leichtigkeit von einem und bückte sich, als ob sie eine Primaballerina wäre, trug drei Kisten Orangen anstelle von zweien und einen Beutel mit Äpfeln in der linken Hand noch dazu. Den Speisezimmertisch putzte sie so schnell wie ein Fensterbrett, und wie ein Vogel Strauß, der mit seinen weichen Federn dreimal der Länge nach durch den Porzellangang rannte, fegte sie über die Vitrinen. Misstrauisch war sie da schon längst, auch weil sich Gabrielle an diesem Tag von seinem Vater trennen wollte, an einem Nachmittag, und die Tageszeit dafürsprach, dass sie es diesmal ernst meinte, eventuell. Und dann kam wirklich die Polizei und informierte sie, der Unfall habe sich ereignet in den Abendstunden am Ufer eines Sees, berühmt für den Turm einer Kirche, der an seinem Rande aus dem Wasser stak. Das Auto seiner Eltern habe aus irgendeinem Grund die Fahrbahn verlassen und sei, direkt an einem alten Bauern vorbei, mit Krach ins Wasser hinein geschossen, und kurz sei er erstaunt gewesen, weil das Auto genau an der Stelle aufs Wasser traf, unter der sich, zwanzig Meter tiefer, sein geflutetes Dorf mitsamt der alten Römerstraße verbarg, als wäre sie noch befahrbar wie die letzten zweitausend Jahre auch.

Fritzwalter hörte vom Tod der Immerjahns im Radio und weckte ihn. Sie wussten nicht, was sie tun sollten, also gingen sie in die Bar, so, wie es sich bewährt hatte. Er rief von einer Telefonzelle aus Katka an, erreichte sie aber nicht, weil wohl viel Betrieb in der Kantine war, aber später, gegen vier Uhr früh, nach ihrer Schicht, kam sie. Immerjahn war da schon so betrunken gewesen, dass er das Gefühl hatte, durch wirklich nichts zu erschüttern zu sein. Sie gingen dann zu dritt im Morgengrauen zu Fuß zum Hagebuttenberg. Durch Kronen, am Rande Ostendorfs entlang, erreichten Oberberg und stiegen dann hoch über die Steinwiesen hinauf zum Haus. Weder Fritzwalter noch Katka waren zu diesem Zeitpunkt schon einmal bei ihm zu Hause gewesen.

Katka hatte sich ein einziges Mal mit Immerjahns Mutter unterhalten, sie fragte sie, welche Nachspeise sie wolle, wenn sie am Samstag zu Besuch komme, und Katka antwortete, etwas mit Kirschen. Seine Mutter sagte darauf *Kirschen rot, Handel tot,* was der Lieblingsspruch seines Großvaters zur

Sommerflaute in der Zementindustrie war, was Katka jedoch nicht bekannt war, von da an weigerte sie sich, seine Eltern besser kennenzulernen, weil sie dachte, sie machten sich nur lustig über sie.

Alles war ruhig gewesen, es sah so aus, als ob selbst das Reflexionsbecken noch schliefe, sie umgingen den Westgarten und erst, als sie schon den Brunnen am Vorplatz sahen, bemerkten sie die Fotografen um den Brunnen herum. Sie schlichen sich zurück zur taufeuchten Mauer, und als sie entdeckt wurden, da rannten sie. Es gab eine Bilderserie, verwahrt von Frau Manzur, auf der man sah, wie ein schmaler junger Mann in einem mit Blumen gemusterten Anzug über die Steinwiesen den Hügel hinunterlief. Diese Bilder waren in drei unterschiedlichen Farbschattierungen in mindestens zehn Boulevardblättern abgedruckt worden, auf ihnen immer nur der schmale junge Mann, keine Spur von Katka und Fritzwalter, die ihn in die Mitte genommen hatten und wieder auf Oberberg zugerannt waren.

Er hatte sich nicht vorstellen können, je wieder in dieses Haus, das jetzt das Seine war, zu ziehen, wusste nur, er wollte sein Leben nicht ändern, wie es das Vermögen, das auf ihn gekommen war, gebot. Er wohnte mit Fritzwalter zusammen, mit Toilette am Gang, Fließwasser ausschließlich im Badezimmer, sodass eine Tasse Tee zu kochen eine für ihn irgendwie reizvolle Umständlichkeit darstellte, die er nicht willens war aufzugeben. Er wollte bleiben bei Fritzwalter und die ehemalige Küche inklusive anschließendem ehemaligem Heizraum bewohnen, die so verschieden waren von den Räumen, in denen er aufgewachsen war. Fritzwalters Wohnung hatte an die zweihundert Quadratmeter, war ein verschachteltes Ungetüm, für das sie fast nichts zahlten, da es von Fritzwalter schrittweise renoviert wurde. Manchmal geriet Immerjahn in Bereiche, die noch voller Baugerüste standen, in einer Flucht aus drei Zimmern unter einem löchrigen Abschnitt des Dachs waren zahllose Kübel nebeneinander aufgereiht, und dann gab es auch den Bereich, der den Frauen Fritzwalters vorbehalten war, der sich zu hundert Prozent mit den einzig beheizbaren Räumen überschnitt. Dort stand auch Fritzwalters Klavier, das, wenn man einen Knopf drückte, fünfundzwanzig Minuten lang die schönsten Sonaten von Mozart und Chopin automatisch von sich gab.

Fritzwalter hatte keine Lust zu zeichnen, und Katka meldete sich mindestens zweimal in der Woche in der Kantine krank. Sie saßen in ihrer Wohnung herum und tranken Kaffee, und wenn sie ausreichend unruhig geworden waren, verließen sie das Haus. Immerjahn hatte vor dem Tod seiner Eltern nicht gewusst, dass einen nicht nur Freude zum Rennen brachte, sondern auch Trauer. Es war in dieser Zeit sehr schwer für ihn, einfach so, in normalem Tempo die Straße entlang zu gehen, deswegen rannten sie. In eine Bar, in Supermärkte, Buchgeschäfte, in eine Pizzeria, auch ins Kino liefen sie, tranken dort in den dunklen Reihen heimlich mitgebrachtes Cola mit Whiskey, bis sie lachten.

An einem Nachmittag mit schlechtem Wetter, es war allmählich Herbst geworden, und ein Gemisch von Eis und Regen fiel seit Stunden schon vom Himmel, fuhren sie zu einem Ferrarihändler und kauften einen Testarossa. Fritzwalter lenkte zuerst, fuhr so langsam, dass ihnen eine Handvoll Kinder ohne Mühe folgen konnte, bis er Sitz und Seitenspiegel ungeduldig in optimale Position brachte und mit hoher Geschwindigkeit in Richtung eines Autobahnzubringers bog, diesen aber knapp verpasste und schon mitten im Labyrinth von Kronen gefangen war, aus dem auch Katka nicht herauskam, nachdem sie hochmütig das Steuer übernommen hatte, worauf Immerjahn das Auto parkte und den Schlüssel stecken ließ. Fritzwalter ging zur Busstation, Immerjahn und Katka aber setzten sich unter das Vordach eines Cafés und warteten im Schutz nasser Platanen, bis jemand das Auto mitnehmen würde, wie sie sagten. In der ersten Stunde stellten sie noch fiebrig Wetten auf, in der zweiten machten sie Pläne, welche Fahrzeuge sie als Nächste kaufen könnten, nach drei Stunden aber ging ihnen auf, sie hatten sich die Sache spannender vorgestellt. Bis zum Hereinbrechen der Nacht warteten sie, und auch als sie die Türen sperrangelweit öffneten, um das Auto einladender zu gestalten, blieb es noch da. Sie gingen nach Hause, und Fritzwalter, der blendender Laune war, erzählte ihnen, er habe sich gerade von seiner Freundin, die sie Mädchen nannten, getrennt. Sie saßen am Fenster, gossen Wasser auf Vorübergehende im Regen, und als Mädchen nicht aufhörte, Fritzwalter anzurufen, hob Katka ab und gab sich als seine italienische Mutter aus. Sie schliefen nicht, an den Fenstern warteten sie, bis es hell wurde, dann gingen sie tanzen.

Ein einziges Mal ging Immerjahn mit Katka auf den Hagebuttenberg. Sie wollten nicht läuten, aber Frau Manzur hatte sie da schon entdeckt. Sie servierte Innereien mit silbernem Besteck, und Katka, die keinen Bissen hinunterbrachte, erklärte ihm, sie habe sich gefühlt wie auf Staatsbesuch. Um ihr zu beweisen, dass sie ihm wichtiger als das Haus war, hatte er ihr angeboten, den ganzen Wohnblock zu kaufen, nur für sie beide. Darüber waren sie in Streit geraten, sie hatten schließlich auf dem Dach eines Hotels geschlafen, und obwohl er es dort schrecklich fand, hatte er ihr bereitwillig seine Jacke geliehen. Am nächsten Tag kaufte er ihr fünf Kleider, und sie zog sie übereinander an, weil ihr noch immer kalt gewesen war.

Immerjahn schenkte Katka Käferbroschen, gefertigt aus Rotgold und Mondstein, die ihr nicht gefielen, und als es schon Winter geworden war, da flehte er sie an, ihm doch endlich zu sagen, was er ihr mit seinem Geld denn kaufen solle. Sie überlegte lange, Immerjahn kam es wie Stunden vor, sie hörten alles von Mozart und Chopin, gespielt von Fritzwalters Klavier, und schließlich gestand sie ihm, sie würde gerne Kirschen essen und wurde rot dabei. Er machte sie darauf aufmerksam, so kostspielig seien Kirschen auch wieder nicht, aber sie waren losgegangen, zu dritt, im Dezember Kirschen aufzutreiben. Sie kauften einer Obstverkäuferin ein paar Handvoll nicht zum Verkauf gedachter Kirschen ab, die nicht nach einer Frucht, viel eher nach roten Wachskugeln schmeckten, und spuckten die Kerne auf Autos von einer Brücke aus. Es begann zu schneien in kirschkerngroßen Flocken, als wollte der Himmel sie unterstützen, und Immerjahn war wieder glücklich. Seine Eltern waren zwar tot, aber alles war gleich. Seine Freundin war seine Freundin und sein Freund sein Freund. Auf dem Nachhauseweg entdeckten sie durch einen Zufall nur, dass der Ferrari zwar noch immer da war, aber jemand hineingepinkelt hatte. *Geiler Fick* stand auf die Motorhaube geschrieben.

Es gab ein Foto von der Kirschennacht, Immerjahn hatte es gemacht, Fritzwalter hatte seinen Arm vorsichtig um Katka gelegt. Ganz rot waren ihre Lippen.

Katka fasste erst Jahre später, durch die Geschichten, die er ihr immer wieder von seiner Großmutter und Mutter erzählte, Zuneigung zu ihrem Haus am Hagebuttenberg. Katka hatte, als er sie kennenlernte, noch nie etwas von seiner Mutter gehört und auch nicht von seinem Vater, das war für Immerjahn sehr ungewohnt und angenehm. Sie las alle Zeitungsausschnitte in den Ordnern, die Frau Manzur angelegt hatte, betrachtete Gabrielle an der Seite von Musikern, Modeschöpfern, Künstlern und einer entthronten Kaiserin, okkupierte ihr Zimmer und begann, die Kleider, die noch immer in ihrem Kleiderschrank hingen, anzuprobieren. Das meiste passte ihr zu seiner Erleichterung nicht, weil Katka viel größer war, was sie aber vermutlich nicht abgehalten hätte, sie zu tragen, wenn sie nicht, vielleicht einmal feucht geworden, unerträglich modrig gerochen hätten. Die meisten gab Katka weg, den frei gewordenen Platz begann sie nach und nach mit elfenbeinfarbenen Kleidern zu füllen.

Immerjahn umrundete das letzte Stück des Beckens, über dem der schwüle Himmel hing, als wollte er sich baden, und folgte der Außenseite des Großen Ausstellungssaals, es beharrlich vermeidend, zur Seite zu sehen, an jene Stellen, wo die Sonne das flache Dach des Haupthauses, die höchsten Kiefernwipfel grell umriss. Er widerstand der Versuchung, durch eine der Flügeltüren zu Holm hineinzugehen, der sicher noch immer halbtot auf der Matratze lag. Andererseits drängte die Zeit, dachte Immerjahn, er musste, wenn er schon nicht Katka fand, alles mit Holm besprechen.

Unmöglich zu sagen, dass Holm, der dreimal pro Woche in einer Bar arbeitete und jeden Montag einen Kurs für erstsemestrige Studenten an der Universität hielt, um den Kontakt zu jungen Männern nicht zu verlieren, obwohl er gerade auf der Suche nach wahrer Liebe war, ein großer Architekt war, aber er kannte das Anwesen wie kein anderer. Immerjahn klopfte beiläufig an das saalhohe Fenster, an dem er gerade vorüberging, und etwas später klopfte er an das nächste. Er hatte sich immer gut mit Holm verstanden, abgesehen von einer Phase, in der er vermutete, dass Holm und seine Mutter eine Affaire hatten. Immerjahn fühlte sich in seiner Gegenwart, als müsste er sich zäh durch Undurchdringlichkeiten denken, hinge allem nach, Holm hingegen, immer so schnell, so blitzschlagend und trotzdem strukturiert, als wäre die Welt und alles, was man denken konnte in dieser Welt, tief zu seinen Füßen zu seiner Ansicht ausgebreitet. Er war sich sicher, dass Holms Verstand auch das schwierigste Buch so las, als würde man auf die aufgeschlagenen Seiten Wasser schütten und Holm könnte beim Lesen jeder Seite schon die Aussagen aller folgenden durch das nasse Papier hindurchscheinen sehen. Er begann, und alles war vertraut für ihn.

Schwieriger war Holms Beziehung zu Katka. Anfangs, da hatte Immerjahn mit Argwohn verfolgt, mit welcher Aufmerksamkeit Holm sie beobachtete, wann immer er sie traf, bis Holm ihm erklärt hatte, dass er das nur tat, weil ihre Mutter aus Casarsa stammte, jenem Dorf im norditalienischen Friaul, in dem Pier Paolo Pasolini aufgewachsen war, und er in ihrem Gesicht nach den Zügen Pasolinis suchte und nach Ähnlichkeiten zu seiner Philosophie in den Dingen, die sie sagte.

Er hatte wohl nichts gefunden, dachte Immerjahn und rief durch ein offenstehendes, vom Boden bis zur Decke reichendes Fenster Holms Namen. Aus dem Ausstellungssaal das Rascheln einer Decke, das Klirren eines Glases, das über Parkett rollte, erst schnell, dann immer langsamer werdend. Immerjahn ging weiter, blieb auch nicht stehen, als er Holm verschlafen fragen hörte, was er denn wolle, er sei wach. Er durchschritt zwei Säulen, hinter ihnen augenblicklich wüste Blütenpracht, ein Schwirren aus Gold und Grün und Rot und Gelb und wieder Grün, alle Nuancen von Grün, Tannengrün, Schwarzgrün im Schatten, leuchteten Pflanzen und Bäume smaragdgrün, kobaltgrün, die Unterseite der Blätter lindgrün im Licht. Immerjahn hielt sich die Hand vor die Augen und rief in Richtung Holms zurück *Besprechung in einer halben Stunde*, ohne sich zu kümmern, ob er ihn auch verstand.

Ein Kanal verlief wie ein breites blankes Band durch die im Osten liegenden Italienischen Gärten, die nach den Plänen Mies van der Rohes mit Zypressen, Oleander, Palmen, Orangenbäumen und Zitronen, Oliven, mit hellblau blühendem Rosmarin und schwarzvioletten Bougainvilleen bepflanzt worden waren, zu denen sein Vater noch Platanen, Feigen, Akanthus und zwei riesige Nussbäume hinzufügte, an deren Wurzeln man jeweils das Skelett eines toten Terriers finden würde, wenn man nur grub. Die früher akribisch arrangierte Wildnis war mittlerweile ein wenig außer Kontrolle geraten. Marek war mit der Instandhaltung der Gärten überfordert, Immerjahn konnte ihn zwar, wann immer er sich draußen aufhielt, irgendwo in den Himbeeren, dem Brennnesselgestrüpp oder mit dem Rechen im Morast stehen sehen, wo er an Wurzeln und wilden Ranken riss, Wirkungen erzielte er aber keine. Die Bougainville überwucherte weite Teile der den Gartenmauern vorgelagerten Kolonnaden, hatte ihre Ranken schon nach dem Gewächshaus gestreckt, Rosmarin kroch die Kanalränder entlang, Statuen waren umgestürzt, lagen moosbewachsen im tiefen Gras, das struppig halbe Büsche unter sich verbarg, die einmal, kugelrund geschnitten, hier gestanden waren.

Schilf und Binsen stießen an seine Beine. Er rupfte ein paar Halme aus und streifte einen tief hängenden Ast dabei, der, über und über besetzt von schwarzen Blättchen, über den Gräsern schaukelte. Die Blättchen, die eigentlich schwarze Schmetterlinge waren, taumelten von den Ästen. Mücken, Blüten fielen aus den Gräsern, wohin auch immer er trat, und Immerjahn riss den Arm hoch, legte ihn schützend vors Gesicht und nieste entsetzlich laut.

Er wollte sich die Nase putzen, aber das Taschentuch lag auf der Schwertlilie im Salon, also wischte er sich mit dem Ärmel der Weste über die Nase und sah auf, ob jemand ihn gesehen hatte. Vor ihm die Außenseite eines der kleinen Ausstellungssäle, die Mauer von Fenstern aufgebrochen, in einem spiegelte sich ein Mann, der, die Hand halb erhoben, am Rand des Kanals stand, während hinter ihm ein Ast noch leise wippte, der wieder dicht besetzt von schwarzen Blättchen war.

Immerjahn sah sich im Spiegel eines Puderdöschens, das so tief an der Wand des Salons befestigt war, dass er sich bücken musste, wollte er sein Gesicht betrachten, was ihm schmeichelte, denn er war nicht groß. Er fuhr sich durch die Haare, sie saßen gut. Die Ringe unter seinen Augen waren aus dieser Perspektive noch tiefer, sein Blick aber spöttisch, und er wandte sich wieder von Pollys Spiegel ab. Es störte ihn die übertriebene Stille im Salon, jeder seiner Schritte viel zu laut auf dem steinernen Boden. Alle Sitzgelegenheiten kahl, weil Polly ihre T-Shirts und Pullover mitgenommen hatte, auf denen Bands abgebildet waren, in denen schreiende Frauen spielten, auch kein Ohrring abgelegt auf den Flügeln seiner Bewegungsstudie einer Möwe, die Boccioni und Duchamp vorwegnahm, am ungewohntesten aber war, dass es nicht raschelte wie sonst, weil er wieder an einem ihrer Zettel angekommen war, und kurz überlegte er, ob er sie denn vermisse.

Ein halb kaputter Kopfhörer lag auf dem Stuhl. Immerjahn schob ihn zur Seite und setzte sich. Er zog mit dem Fuß den Papierkorb an sich heran und begann, die Klebezettel, die er zuvor weggeworfen hatte, aus dem Papierkorb zu holen, versuchte sie einigermaßen zu glätten und klebte sie wieder an seinen Sezessionsschreibtisch von Henry van de Velde, es würde vielleicht noch etwas von Pollys Notizen brauchbar sein. Als er damit fertig war, verließ er wieder den Salon.

Er drehte sich noch einmal zu seinem Schreibtisch um. Das

Ehepaar Kröller-Müller hatte sich schließlich, nachdem sie fünf Architekten verschlissen hatten, für einen Entwurf van de Veldes entschieden, der, stark modifiziert, mit einer Verspätung von sechzehn Jahren umgesetzt wurde. Der Sezessionsschreibtisch machte Immerjahn zufrieden. Am Hagebuttenberg wurden die Dinge zurechtgerückt. Das Haus war von Mies, der Tisch von van de Velde.

Im ersten Ausstellungssaal feuchte Luft, die scharf nach Putzmitteln roch, nach Speckbrot und Kren, oder bildete er sich das ein, nur weil er Hunger hatte, und er sah sich um, ob Frau Manzur vielleicht irgendwo ein Speckbrot hingestellt hatte, aber nirgendwo eines, und er sah auf die Uhr, fünfundzwanzig Minuten waren schon vergangen, fünf Minuten bis zum Treffen mit Holm, fünf Stunden noch bis zum Abendessen. Immerjahn betrat die Halle, den quadratischen Knotenpunkt zwischen den Ausstellungssälen, und Polly, nackt, kam ihm wieder in den Sinn. Holm nackt, der Redakteur der *Hefte für Kunst und Denkmalpflege* ebenso nackt.

Er wusste, verstört hatte ihn die Szene, weil ihm in diesem Moment wieder der von seiner Mutter verfasste Ratgeber in den Sinn gekommen war, dessen erstes Drittel eine auf Anraten ihrer Freundinnen eingefügte Abhandlung über das richtige Verhalten bei Gruppensex enthielt, bei dessen Präsentation er im Alter von neun Jahren unabsichtlich zugegen gewesen war. In der Zeit, in der Frau Manzur in einen Streik wegen ihres Gehalts trat, in der sein Freund Immanuel, was Immerjahn ungerührt auf dessen Expertise in Bezug auf das Sterben zurückführte, bereits von einer Lungenentzündung dahingerafft war, ihm seine Tante dritten Grades im Auftrag Immanuels den Arnolfini-Spiegel vermachte und Großmutter

Etel, die im Alter ein wenig durcheinandergeraten war, nicht mehr unbeaufsichtigt auf ihn aufpassen durfte. Sie nannte ihn Godeholdia und schminkte ihn so stark, dass er einen Ausschlag bekam, weswegen es sich seine Eltern zur Angewohnheit machten, ihn auf Feste mitzunehmen. Und weil er immer früh müde wurde und ihm fremde Zimmer unheimlich waren, besorgten sie ihm ein Zelt, das sie am Rand von Hecken, dicht an hohen Büschen oder versteckt hinter einer Allee aufstellten, damit es nicht gleich jeder sah. In dem kleinen dunklen Zelt in immer anderen dunklen Parks legte sich Immerjahn dann in seinem Pyjama zum Schlafen nieder, lag aber wach und horchte auf Geräusche, starrte auf den schwarzen Himmel aus Stoff, so dicht über ihm, der in Wirklichkeit vom Blau des blauen Himmels bei Tage war, und hoffte, dass niemand der bekifften Freunde seiner Eltern auf die Idee käme, ihn zu entführen. Am Abend der Buchpräsentation seiner Mutter, das Zelt stand hinter als Schwarm von fliegenden, flatternden, stürzenden, segelnden Vögeln zugeschnittenen Buchsbäumen, gelang es ihm zum ersten Mal, in seinem Schlafzelt einzuschlafen.

Er schrak dann hoch, mitten in der Nacht, weil jemand lachte, nicht weit entfernt von seinem Zelt. Er hörte die Stimme seiner Mutter, die klang, als lese sie etwas laut vor aus einem Buch. Er horchte und versuchte, sich seine Ohren mit dem Kissen zuzuhalten, aber das Kissen war klein, und er hatte nur eines, also presste er das eine Ohr auf das Kissen und auf das andere seine Hand, die aber nicht ganz dicht abschloss, in etwa so, wie ein Pullover immer noch Tageslicht durchließ, wenn man ihn sich über den Kopf zog, also hörte er seiner Mutter zu, die jetzt mit gedämpfterer Stimmer las, man solle nie vergessen, jemanden, der beispielsweise an einen Kasten gefesselt worden sei, wieder loszubinden, bevor man mit jemand anderem weitermache. Sie erwähnte leichtes Schuhwerk in Verbindung mit Duftöl, Seile, aber es dauerte noch lange, Immerjahn schlief erst mitten in einem Rezept für eine selbstgemachte Gesichtsmaske ein, die Honig und Joghurt und ein paar Tröpfchen Urin vom Morgen enthielt. Am nächsten Tag kletterte er leicht verstört aus dem himmelblauen Zelt, und jener Leitfaden zu Gruppensex war Jahre noch seiner Wahrnehmung aller Mädchen aufgeprägt.

Nicht zuletzt aber war es jener Passage zuzuschreiben, dass von dem Ratgeber Tausende Exemplare verkauft wurden, sodass seine Mutter, das sagte sie seinem Vater gerne im Scherz, ihm eine Säule der Kolonnaden abkaufen hätte können, wenn sie gewollt hätte.

Seine Mutter war eine kleine Frau gewesen, so zart, dass er immer geglaubt hatte, wenn sie sterben müsste, irgendwann, würde sie nicht sterben wie echte Menschen, sie würde zerbrechen wie buntes Glas, das auch dann noch funkelte. Sie war Balletttänzerin gewesen und durfte keine schweren Dinge heben, zum Beispiel Kinder. Fragil waren ihre Knochen. Sie hielt sich immer sehr aufrecht. Meist trug sie einen Fuchs um den Hals, auch im Sommer. Wenn jedem draußen heiß war, hatte seine Mutter immer noch kalte Hände. Sie saß gerne im Salon am Flügel, wo sie ein Lied von Françoise Hardy sang, am liebsten *Träume*, oder die Etüden eines Komponisten für Fernsehen und Film klimperte, mit denen sie Frauen reihenweise betören hätte können. Wenn sie nicht Klavier spielte, arrangierte sie flämische Stillleben in der Eingangshalle auf einem Beistelltisch, wie das ihre Freundinnen mit Blumensträußen taten. Besonders interessierte sie sich für die Gemälde des Pieter Claesz und des Frans Snyders, mit Ausnahme jener, die tote Tiere oder Totenköpfe zeigten. Sie bevorzugte wiederum jene, auf denen eine aufgeschnittene, im Idealfall aber eine halb geschälte Zitrone im Zentrum stand, deren Schale sich wachsig über Teller, Körbe oder Tischkanten lockte, die Innenseite samtig weiß, und darunter das Fruchtfleisch, glasig und aus sich selbst leuchtend wie geschliffene gelbe Steinchen, sodass man die süße Säure der Zitrone schon auf den Lippen schmeckte. Aufgebaut hatte sie die Stillleben von Claesz und Snyders aber nur selten, weil sie so aufwendig waren. Sie musste Kelche auftreiben und Karaffen, aus Glas, Gold, Zinn, die in keinem Antiquariat mehr, nur noch in Museen standen, samtene Vorhänge auf den Tisch hieven und, vor ihrem Gewicht kapitulierend, wieder sinken lassen. Gläser mit Weinen von beinahe schwarzer Farbe füllen, mit unbekannten Säften, die schon silbern waren und die sie, um einen besonders düstren Weißwein zu erhalten, mit einer Prise Zigarettenasche vollendete. Um einen dunkelrot glänzenden Saft zu gewinnen, verstärkte sie das Rot des Rotweins mit rubinroten Pigmenten und gab noch etwas Johannisbeersirup zu. Ließ sich wegen einer speziellen blauen Blüte, die niemand mehr benennen konnte, zu weit entfernten Blumenmärkten fahren. Buk für Georg Flegels *Stillleben mit Brot und Zuckerwerk* helles kastenförmiges Brot und fügte mit einer Klebepistole Kandiszucker mit winzigen Bergkristallen und Styroporstücken so lange aneinander, bis sie Zuckerkreisel und Kringel ergaben. Belegte zur Herstellung von Giorgio Morandis Stillleben einen Töpferkurs gemeinsam mit Frau Manzur, wobei sich seine Mutter auf Schalen und Frau Manzur auf Flaschen spezialisierte. Schnitt die Blätter eines Straußes Sonnenblumen, die etwas zu spitz gewachsen waren, mit der Nagelschere rund, verfuhr ebenso mit einem Weinblatt, das nicht über dieselbe Krümmung wie jenes über Caravaggios Obstkorb verfügte, und wies Frau Manzur an, aus den Gärten in der Senke unreife Birnen zu besorgen, deren grünen Backen sie mit roter

Leuchtstiftfarbe den Anschein von Reife verlieh, ehe sie sich in der Sonne gelb verfärbten, nicht mehr brauchbar gewesen wären für ein Birnenstillleben nach Cézanne. Andere wiederum wurden ihr vom Zufall diktiert. Fand sie im Arbeitszimmer ihres Mannes eine Mandoline, machte sie einen Kirchner aus ihr. An Tagen, an denen sie Kopfschmerzen hatte, wandte sie sich Modersohn-Becker zu, legte mit Übung eine Tomate, eine Orange und, mittig, eine große Zitrone auf einen Teller, der weiß war, blau und gelb geblümt, und verbrachte ganze Tage damit, alle halben Stunden die Orangenspalte des Stilllebens in der Halle durch eine neue zu ersetzen, die frisch und saftig glänzte wie auf dem Original. Dazwischen stand sie vor dem Tisch und grübelte über die Zeit vor ihrer Zeit im Schweizer Internat, dessen Park von Immerjahns Vater gestaltet worden war.

Frau Manzur führte nach dem Tod seiner Mutter ihre Gewohnheit fort, was Immerjahn Jahre später erst begriff, da sie den Schauplatz der Stillleben von der Eingangshalle in die Speisekammer verlegte. Er ertappte sie bei einem seiner seltenen Besuche im Haus auf dem Hagebuttenberg dabei, wie sie vor einem mit Akribie zusammengefügten Geflügelbild stand, das sie, nach einem winzigen Moment des Innehaltens nur, wieder zu zerlegen begann. Er schlich sich zurück in die Küche und versuchte, nicht zu weinen, weil er so gerührt war. Es überraschte ihn aber, wenn er darüber nachdachte, auch nicht wirklich, Frau Manzur war gegenüber seiner Mutter zurückhaltend, aber einmal äußerte sie leichte Zweifel in Bezug auf ein Stillleben, das seine Mutter gerade vorbereitete, das *Stillleben mit Steinkrug und Äpfeln* von Émile Bernard. Sie sagte seiner Mutter, dass die Äpfel auf dem Gemälde keine Äpfel, sondern der Form nach definitiv Quitten seien und riet ihr, wegen der Gemäldetreue auf die Äpfel zu verzichten und an ihrer Stelle Quitten zu nehmen.

Es dauerte bestimmt ein paar weitere Jahre, bis sich Frau Manzur ihrerseits bewusst geworden war, warum Immerjahn, als er wieder auf dem Hagebuttenberg lebte, mehrmals täglich unbestimmt suchend in die Küche kam. Meistens richtete sie die Stillleben auf einem Bord in der Speisekammer an, in ganz seltenen Fällen in der Küche, er wusste nicht genau, aus welchem Grund, ob sie sich allmählich ein Publikum suchte oder ob sie am Küchentisch nur für die Speisekammer probte. Ihre Auswahl der Stillleben faszinierte ihn, und er hatte das Gefühl, Frau Manzur sei eine begabtere Sammlerin als er selbst. Sie bewies Geschmack, hatte, im Gegensatz zu seiner Mutter, eine gewisse Vorliebe für Vanitasmotive, repräsentiert von Hühnern oder Gänsen mit ihren schlanken, umgedrehten Hälsen.

Er ließ die Hand länger als nötig auf der Klinke ruhen, seinen Zeigefinger in der von Mies van der Rohe dafür vorgesehenen Kuhle an der Innenseite, wollte Holm Zeit geben, sich anzuziehen, falls er noch nackt war. Staubkörnchen durchschwebten sacht die Luft in der Halle. Es kam ihm noch immer unwirklich vor, dass seine Sammlung, die so lang nur ihm gehört hatte, jetzt auch für andere sichtbar sein sollte. In ungefähr zwei Wochen würde er hier an fremden Personen vorübergehen. Sie würden hier stehen, ganz genau wie er gerade auch, nur hoffentlich ein bisschen gespannter, denn er, das dachte er sich, wann immer er in der letzten Zeit durch diese Säle ging, hatte sich sattgesehen. Manchmal erschrak er über den Verdacht, dass er Kunst vielleicht gar nicht mehr liebte, einmal abgesehen von Modersohn-Becker und Menzel und seinem

Étienne-Jules Marey, der kein Künstler, sondern Physiologe gewesen war, dann de Chirico und, das sagte er niemandem, weil es so gewöhnlich war, Lehmbruck, Giacometti, abgesehen davon den frühen Fritzwalter, was wahrscheinlich auch niemand wusste.

Er hatte nie vorgehabt, aus seiner Sammlung ein Museum zu machen, und hätte ihm vor zwanzig Jahren jemand mitgeteilt, er werde zwischen neun Uhr früh und neun Uhr abends nicht mehr allein in seinem Haus sein, er hätte sich auch eine Sammlung von Gewehren zugelegt. Die Phantasie eines Museums, seine diskrete, gemäldebedingte Unsterblichkeit hatte er maximal auf die Zeit nach seinem Tod bezogen. *Denk an Deine Sterblichkeit*, schrieb Plinius, *von der Du Dich durch dieses eine Denkmal befreien kannst.* Mittlerweile amüsierte ihn die Vorstellung aber irgendwie. Es musste viel passiert sein in den letzten Jahren, vielleicht aber einfach auch zu wenig.

Katka und er hatten vor fünf Jahren Virgo Dopoul, den einzigen Sammler, mit dem sich Immerjahn jemals näher befreundet hatte, auf dessen Insel nahe Waikiki besucht. Katka und er waren da nicht besonders gut miteinander ausgekommen, sie hatte begonnen, abends ein spezielles Hautöl aufzutragen, das ihr Gesicht rutschig machte, herb nach Lavendel und irgendwelchen Hölzern roch und es ihm verunmöglichte, sie zu küssen. Jeden zweiten Tag unterhielten sie sich über die Vorteile einer Scheidung. Katka war es am Hagebuttenberg generell zu langweilig, von dort aus sah sie auf ihre Stadt, aber was half das, wenn sie nicht dort war. Sie präsentierte ihm Tabellen über die Luftwerte am Hagebuttenberg, die wesentlich schlechter waren als beispielsweise die in Schlussburg, um ihn zu einem Ortswechsel zu bewegen. Aber Immerjahn hatte keine Lust. Vielleicht als Strategie, sich irgendwie zu unterhalten, suchten sie stets nach dem kleinsten Korn an Differenz, das zwischen ihnen gelegen war, holten es hervor, beleuchteten es, bis es lange Schatten warf, und schufen mit Leichtigkeit aus jeder Winzigkeit einen sich über Tage entfaltenden Streit. Der geringste Anlass war gut genug, egal, ob Immerjahn die falsche Sockenfarbe wählte, Katka sich eine Blüte ins Haar steckte, die schlecht roch, oder, wenn sich sonst gerade nichts fand, Katka Immerjahn, der im Begriff war, etwas zu sagen, das Wort abschnitt, er solle aufhören, sie wisse ganz genau, was er sagen wolle, und dann warf sie ihm all die Dinge gesammelt vor, die ihr in den Sinn kamen, worauf Immerjahn die neuesten Fältchen auf Katkas Gesicht aufzuzählen begann, als würde er mit einem Restaurator ein Bild besprechen. Auf der Insel im Pazifik lernten sie das zivilisierende Potential fremder Personen kennen. Sobald Dopoul oder dessen Frau sich im selben Raum befanden, herrschte Friede, leichte Harmonie, und noch im Flugzeug zurück besprachen sie, wie sich das Konzept der Insel auf den Hagebuttenberg übertragen ließe, da sowohl Raffael als auch Marek und Frau Manzur nicht mehr über den idealen Effekt auf sie verfügten. Sie kehrten fröhlich aus dem Urlaub zurück, vergaßen ihn aber gleich wieder, weil Raffael versucht hatte, sich unterdessen umzubringen. Sie hatten seine Melancholie, seine Lebensmüdigkeit immer für eine Pose von ihm und seinen Freunden mit den schwarzen Augenringen gehalten. Raffaels Widerborstigkeit aber fand Immerjahn sehr liebenswert. Im Alter von neun Jahren wünschte er, ausschließlich in einem schwarzen Pyjama zu schlafen, und lehnte kurz darauf auch tagsüber bunte Kleidung ab. Sein kleines weiß gepudertes Gesicht mit den langen schwarzen Wimpern unter den weiß gepuderten Gesichtern seiner Freunde, denen er erzählte, wie er im Alter von zwei Jahren seines Vaters Käfersammlung aufgegessen hatte. Was natürlich nicht Absicht gewesen war, aber er erzählte es so, als wäre es Absicht gewesen. Nieten steckten in den Schulterteilen seiner Jacken, sodass man ihm nicht mehr aufmunternd auf die Schulter klopfen konnte, und die Haare machte er mit Gel stachelig, sodass eine Berührung seines Kopfs aus ästhetischen Gründen nicht mehr infrage kam. Immerjahn freute sich, dass sein einsamer Sohn auf dem Hagebuttenberg Freunde gefunden hatte, die wesentlich netter waren als sein Immanuel, und war gepackt von blankem Entsetzen, als Frau Manzur ihm den noch tropfnassen, blaugefrorenen Raffael präsentierte, der an diesem blassen Spätsommertag Stunden schon versucht hatte, im Reflexionsbecken zu ertrinken. Vierzehn Jahre alt war Raffael, das Gel war aus seinen Haaren gewaschen, die Lederjacke mit den Nieten hatte er aber noch immer an. Frau Manzur war zwar schon einundsechzig Jahre alt, konnte sich aber selbst mit einem von massiven Glitzersteinen beladenen Hauskleid noch gut genug über Wasser halten, um Raffael aus dem Becken zu holen. Katka war achtundvierzig Jahre alt, genau wie er selbst, Immerjahn, aber so weinen hatte er sie davor noch nie gesehen. Fritzwalter, ein Jahr älter als sie beide, verließ seine Geburtstagsfeier, die in Acapulco bereits in vollem Gange war, und stieg sturzbetrunken ins Flugzeug, weil er Raffael schon immer besonders mochte. Sie verbrachten daraufhin sehr viel Zeit mit Raffael und seinen blassen Freunden, und Immerjahn versuchte zu verdrängen, dass beim Anblick seines halb bewusstlosen Sohnes zwischen hundert sorgenvollen Gedanken auch der gewesen war, Raffael könne sein Grab nehmen. Er schämte sich noch immer. Nach einem halben Jahr begann Raffael, Schwimmstunden zu nehmen, und kaufte sich eine Maus, um die er sich zärtlichst kümmerte. Hörte auf zu kiffen, weil sich das mit dem Schwimmen wahrscheinlich nicht so gut vereinbaren ließ, und Fritzwalter berichtete die Entjungferung Raffaels durch Polly. Sie betrachteten die Krise als überstanden, Fritzwalter reiste wieder ab und kam beinahe wieder zurück, als sie herausfanden, dass die Maus keinen Namen trug, weil es sich nicht lohnen würde, ihr einen zu geben, wie Raffael zu ihrem Entsetzen erklärte, bis sich wiederum herausstellte, dass sie nur keinen Namen trug, weil er sie nie rufen musste, weil er sie immer irgendwo am Körper trug.

Raffael begann zum Erstaunen seines Trainers, einem Veteranen des niederländischen Kaders der Olympischen Spiele von 1956 in Melbourne, der wegen des sowjetischen Einmarsches in Ungarn nicht an den Spielen teilgenommen hatte, diesen an Geschwindigkeit bald weit hinter sich zu lassen. Seine Spitzendisziplinen wurden Brustschwimmen und Kraulen. Vor einiger Zeit hatte Immerjahn schon aufgehört, besorgt zu sein, dass Raffael, seitdem er Teenager war, mehr Zeit seines Lebens unter Wasser als auf dem Land verbrachte, als wäre er eine Amphibie, und seine Autobiographie mit dreißig und nicht mit sechzig schreiben würde. Immerjahn war selbst schuld, gab es außer Schwimmen auf dem Hagebuttenberg doch nichts zu tun, mittlerweile aber beneidete er Raffael um sein Durchhaltevermögen, und manchmal dachte er, vielleicht brauchte er selbst auch einen Trainer, der ihm aus jedem Tag eine Aneinanderreihung übersichtlicher Einheiten machte.

Vor einem Jahr dann, Raffael verbrachte den Sommer in einem Trainingslager in den Bergen, hatte Katka unablässig nach Ostendorf fahren wollen, ins Theater gehen, zu Konzerten, ins Kino, auf Eröffnungen. Und jedes einzelne Mal hoffte er, sie würde vielleicht noch krank, über Kopfweh klagen im letzten Moment oder sich ein paar Stunden verspäten, sodass sie dann nur essen gingen. Er hatte es so satt, in die Senke zu fahren, um dort Dinge zu tun, die ihn nicht interessierten, andererseits aber sah ihn Katka manchmal an, als wäre er zumindest siebzig Jahre alt, ein betagter Herr, der am liebsten halb lag, halb saß in seinem Fauteuil, mit einer seiner Originalausgaben auf dem Schoß, dabei aber weniger las, als vielmehr aus dem Fenster schaute, was Katka aber glücklicherweise nicht wissen konnte. Er hätte gerne all diese Bücher gelesen, die sich zu beiden Seiten des Fauteuils stapelten, als wollte er unauffällig eine Höhle aus Bücherblöcken um sich bauen, aber immer wieder schweifte er ab, kam nie ans Ziel, eine neue volkswirtschaftliche Theorie zu entwickeln, obwohl sie ihm immer notwendiger schien. Leer die heutige Seite des Notizblocks neben ihm, gestern hatte er notiert, *Proudhon!, Mutualismus, Geschlechtsgebrechen*, daneben *Gier* und *Bescheidenheit*, aber alle Gedanken, die diese Worte für ihn am Tag zuvor zu einem großen Pamphlet verbunden hatten, hatte er heute schon wieder vergessen. Gestern Abend, daran war die Erinnerung noch frisch, hatte er den Einfall gehabt, Frau Manzur zum Parameter etwaiger Berechnungen, vielleicht gar zu einer neuen Maßeinheit zu machen. *1 Manzur* stand da, vielfach unterstrichen. *1 Barren Gold ist gleich stündliche Arbeitsleistung von 5000 Manzur.* Aber auch darüber musste er sich gründlicher Gedanken machen. Gut geeignet wäre der *Manzur* zum Beispiel auch als Währung. Auf der Seite, auf der zuoberst das vorgestrige Datum vermerkt war, hatte er zwei Aussagen von Marx festgehalten, der immerzu auf eine Krise hoffte und die Revolution, die sie heraufbeschwören würde. Aus London hatte er an Engels in Manchester geschrieben: *Die americanische Crise (...) ist beautiful.* Und an einen anderen Freund: *So sehr ich selbst in financial distress, habe ich seit 1849 nicht so cosy gefühlt als bei diesem breakout.*

Aus Trägheit aber hatte Immerjahn nicht vermerkt, in welchem der Bände über Karl Marx er sie entdeckt hatte, und wusste, es würde ihn Tage kosten, sie wieder aufzustöbern. Zu seiner Entschuldigung konnte er leicht anführen, er habe so etwas noch nie gemacht. Er war kein Forscher, der Zeit seines Lebens schon in Archiven hing und vertraut mit jeder Finesse der Recherche war, aber er war überzeugt, es würde ihm gelingen, etwas Vernünftiges, vielleicht gar Weltbewegendes zustande zu bringen. Er musste nur gründlich sein. Zuerst alles in den letzten Jahrhunderten zu Ökonomie und Politik Erschienene lesen, dann schreiben. Er hatte oft schon darüber nachgedacht, sich Assistenten, Sekretäre, Bibliotheken, Datenbanken zuzulegen, die Budgets der Universitäten waren im Vergleich zu seinem Erbe ein Witz, leicht wäre es für ihn, sich einen Professor zu engagieren, der ihm alles erklärte, aber er war noch nicht so weit, er musste sich erst ein wenig einlesen, damit seine Unwissenheit nicht sofort ins Auge fiel.

Er hatte vor einem halben Jahr aus seinem Bücherstapel einen Band gezogen, *Das Elend der Philosophie* von 1847, und weil es von Karl Marx war, hatte er mit Karl Marx begonnen, wobei er dieses erste Buch noch immer nicht ausgelesen hatte. Gleichzeitig hatte er versucht, sich in die Artikel zu vertiefen, die Marx für die Rheinische Zeitung geschrieben hatte, zehn Jahre, bevor *Der achtzehnte Brumaire des Louis Bonaparte*, fünfundzwanzig bevor *Das Kapital* erschienen war. Er merkte sich kaum etwas. Las zur Hilfe eine Biographie, von deren Lektüre kaum mehr als der voreheliche Geschlechtsverkehr Karls mit Jenny in seinem Kopf hängen blieb, Marx' ungebrochene Betrunkenheit in seinem ersten Studienjahr in Bonn, ein Duell mit Schusswaffen, abgefeuert aus zwanzig Metern, verhindert im letzten Moment. Marx lispelte, seine Lieblingsblume war der Seidelbast. Aber es war fraglich, ob diese Informationen für Immerjahns Theorie von Bedeutung sein würden. Dazu kam, er hatte eine Art Blockade. *Die Tradition aller toten Geschlechter lastet wie ein Alp auf dem Gehirne der Lebenden*, schrieb Marx im *achtzehnten Brumaire*, vielleicht war es das. Immerjahn setzte sich voller Interesse mit den Gründen von Ungleichheit auseinander, legte aber jedes Buch aus der Hand, kurz bevor die Methoden zur Sprache kamen, mittels derer ihre

Aufhebung angestrebt wurde. Er verlor sich. Und das, obwohl er für sein Werk nicht ewig Zeit hatte, die Möglichkeit bestand, dass jemandem vor ihm der große Coup gelänge. Unlängst hatte er von einem Mann in einer engen Jean geträumt, der ein goldenes Buch in den Händen hielt und, auch als Immerjahn ihn angefleht hatte, partout nicht aufhören wollte zu sprechen. Aufgefahren war er mitten in der Nacht, an Schlaf war nicht mehr zu denken gewesen.

Sollte er die Angestellten der ehemaligen Immerjahn-Fabriken bitten, sich zu erheben? Jeden Menschen, den er traf. Aber wie? Er war kein guter Redner. Das Revolutionspotential von Frau Manzur war minimal, ganz abgesehen davon würde sie sicherlich eine Diktatur errichten. Er sah schon die Arbeiter der Immerjahn-Fabriken, Spuren von Zement auf den Wangen, in die prallvollen Zuckertöpfe fassen, die überall in den Fabriken verstreut waren, damit sie voll Energie weiterarbeiteten und deswegen alle nur noch schwarze Zähne oder gar keine mehr hatten, vor seinen Augen stehen, wann immer er sie schloss. Er fühlte sich verpflichtet, ganz abgesehen davon konnte er letzterdings kaum dem Drang widerstehen, sein Leben immer wieder neu in Abschnitte zu unterteilen. Er ging dabei vor, wie die Historiker bei der Benennung ihrer Jahrhunderte verfuhren, und hatte aus den wichtigsten Epochen seines Lebens als Gedächtnisstütze ein Diagramm gemacht, das große Ähnlichkeiten hatte mit einem Giebeldach, das er durch die zwingenden Höhepunkte, die seine Publikation und die Eröffnung des Museums doch darstellten, noch in das Sheddach der Fabriken umzuwandeln gedachte, wobei es natürlich schwierig war, so etwas zu behaupten, da, solange er noch lebte, nichts abschließend zu sagen war. In besonders mutigen Momenten schwebte ihm ein Buch vor, eine Kombination aus Memoiren und volkswirtschaftlicher Theorie. Vorbild würde Anthony

Powells *A Dance to the Music of Time* sein, nur kürzer, ein Band statt zwölf. Er hatte in seinem Leben nicht so viel erlebt, war doch nichts als ein melancholischer Kunstsammler in seinem von Mies van der Rohe erbauten Haus. Titel wäre schlicht *Mein Kapital* oder: *Die Deutung meines bisherigen Lebens mithilfe »Halls Dictionary of Subjects and Symbols in Art«*. Aber da musste er noch überlegen.

Vielleicht sollte er als Erstes seine Originalausgaben, vollgestopft mit spitzen Buchstaben in Fraktur, gegen gemeine Taschenbücher tauschen. Katka hatte ihm letztes Weihnachten alles von Marx, Malthus, Smith und so weiter geschenkt, auch Werner Sombart war dabei, der Schuft, der eine Affaire mit Paula Modersohn-Becker gehabt hatte, *es war eine ziemliche Desillusion*, hatte sie darüber geschrieben. Aber weil Katka die letzten zweihundert Jahre Wirtschaftsgeschichte allein als Geschenk nicht würdig genug erschienen, hatte sie jede der Originalausgaben mit einem Panzer aus Edelstein versehen. Das *Kapital* steckte fest unter aus Rauchquarz gefügten Fabriken, aus deren Schornsteinen Achat in grauen Wölkchen kroch, und es war kalt, schräg über den Einband fielen winzige Perlen einer Gruppe von Arbeitern ins blattgolden glänzende Gesicht, ihre Uniformen gefertigt aus Rubinen, an den Ellenbogen mit braunem Jaspis geflickt. Adam Smiths *An Inquiry into the Nature and Causes of the Wealth of Nations* war mit einer Hand aus wässrig durchscheinendem Aquamarin geschmückt, umgeben von durchscheinendem Aquamarin, sodass man sie nicht sah, nur wusste, sie war da, denn das Buch war schwer, als würde dauernd jemand an seinem Einband ziehen. Auf Thomas Malthus' *Essay on the Principle of Population* lagen Babys, geformt aus Rosenquarz, von denen jedes zweite mit schwarzem Obsidian durchgestrichen war.

Diese Bücher wogen schwer, sodass er sie nie länger als ein

paar Sekunden zu seinen Augen heben konnte. Abgesehen davon sahen sie aus wie alte Torten, deren Haltbarkeitsdatum lange abgelaufen war, belegt mit glitzerndem Gelee und Marzipan. Katka hatte recht, er mochte Ausgefallenes, aber die Bücher waren dann doch übertrieben. Vor ein paar Tagen hatte sie im ganzen Haus einen aus dem Einband gebrochenen Stein gesucht. Sie verdächtigte Frau Manzur, eine von Smiths durchsichtigen Händen an sich genommen zu haben.

Es war schwierig mit Katka, seitdem sie Konsumistin war. So wie Katkas Lebensinhalt einst das Arbeiten gewesen war, war es jetzt das Kaufen. Sie erstand, bald nachdem sie zu ihm gezogen war, wahnsinnig viele Kleider, als brauchte sie für Mies van der Rohe jeden Tag eine neue Haut, aber vor ein paar Jahren fing es an, dass sie um sechs Uhr dreißig in der Früh Pakete von einem Internetversand bekam. Hatte sie eben noch selig neben ihm geschlafen, war sie eine Sekunde später in elektrisiertem Zustand wach und lief hinunter in die Halle, erst einmal in der Woche, dann zweimal, dreimal, schließlich beinahe jeden Tag, dem Boten Pakete aus den Armen zu nehmen. Sie riss die Schachteln auf, als müsste sie Sekunden später mit ihren Einkäufen flüchten, riss Zettelchen ab und schlüpfte behutsam in Schuhe oder Hosen oder Kleider hinein. Wenn sie nicht passten, rief sie nach Marek, der, wie ein Sisyphos, der vergessen hatte, bergauf zu gehen, unermüdlich mit immer riesigeren Paketen die Steinwiesen zum Oberberger Postamt hinunter schritt. Es gab bald niemanden in diesem Haus, der konsumkritischer als Marek war. Er mochte nicht einmal mehr das Geräusch großer Fahrzeuge in der Auffahrt hören.

Immerjahn war aufgefallen, dass sie sich letztens vor allem abgeschabte, irgendwie kaputte Dinge kaufte. Sie besaß so viel, es war ihr unmöglich, ein Paar ihrer Schuhe, eine ihrer Westen wirklich abzunutzen, also überließ sie es Maschinen, Geschichten in ihre Kleidung zu reißen, die sie selbst nicht mehr erlebte.

Das Schlimme an den Paketen aber war, dass Katka, weil Immerjahn erwähnt hatte, er wolle um sechs Uhr dreißig gerne seine Ruhe haben, meist nur noch in ihrem Zimmer schlief. Der Kapitalismus machte ihn melancholisch. So viele Abschiede brachte er mit sich, von Hunderten Dingen, die man wegwarf, ohne sie im Geringsten gebraucht zu haben. Die Menschen flogen überall umher und kehrten jahrelang nicht wieder, weswegen man aus Katalogen neue Menschen wählte. Er mutmaßte, vielleicht sei er so traurig, weil er die Bilder, die ihm nicht mehr gefielen, nicht wegwarf, so wie man es sonst auch mit jeder Sache machte. Holm sagte, dass Pasolini sagte, die Bourgeoisie zerstöre in ihrer güterseligen Dummheit jede Kultur. Die repressive Herrschaft des Konsums höhle Köpfe und Herzen und Seelen aus, bis ein Heer von gleichförmigen hohlen Menschen bleibe, die, um überhaupt zu existieren, fröhlich ihren Besitz um sich präsentierten.

Er hatte gelesen, sich Dinge zu kaufen sei Substitut für Religion, Ausdruck von Angst und großer, blind machender Leere. Man konnte sich Dinge kaufen gegen die Angst. Katka kaufte Kleider und er Bilder. Bilder machten wenigstens keinen Mist, aber dennoch hatte er beschlossen, damit aufzuhören. Er hatte es ein paar Wochen schon ausgehalten. Es war erst das zweite Mal in seinem Leben, dass er keine Bilder kaufte. Das erste Mal, nachdem er mit der Vespa seiner Mutter an den norditalienischen See gefahren war. Später, längst wieder zu zwei Bildern pro Woche zurückgekehrt, hatte er sich eingeredet, je mehr er das Geld seiner Eltern ausstreue, desto freier sei er. Bis er sich dabei ertappte, über Wochen ausschließlich Bilder gekauft zu haben, die seine Mutter am liebsten mochte.

Er machte einen Schritt nach vorne, um Frau Manzur auszuweichen, die konzentriert eine Vase mit einem Strauß welker Blüten an ihm vorbeischleppte, aus dem bei jedem ihrer Schritte knisternd Blättchen auf das Parkett fielen, das hier eine Spur dunkler war als in den Sälen selbst, weil das Sonnenlicht nie direkt auf diesen Teil des Bodens fiel.

Er erinnerte sich, es war noch nicht lange her gewesen, am Beginn des Sommers, Blütenblättchen waren auf dem Wasser getrieben, als Raffael und Holm und Katka die Schwimmsaison im Reflexionsbecken eröffnet hatten, und Immerjahn war mit den Beinen im Wasser, die Strahlen der untergehenden Sonne im Gesicht, bei ihnen gesessen. Sie bewegten sich vor ihm im Becken in verschiedenen Stilen und Geschwindigkeiten umher, und aus dem Nichts heraus, Immerjahn konnte sich bei bestem Willen nicht erinnern, wie es begonnen hatte, ergab sich ihre erste große Sitzung zum Thema Museum. Die ganze Zeit über unterhielten sie sich, diskutierten im Wasser, riefen ihm immer wieder Dinge zu, wenn sie sich zu weit entfernten vom Rand. Raffael war derjenige, der sich am vehementesten gegen die Eröffnung sträubte, weil er gerne weiterhin unbehelligt im Reflexionsbecken trainieren wollte. Holm schlug ihm vor, einen Teil des Beckens mit Planen zu verhängen, aber Raffael lehnte ab, die Planen seien auch schon egal, denn irgendwann müsse er ja das Becken verlassen, und spätestens da würden ihn Kunstliebhaber begaffen. Immerjahn versuchte ihn zu beruhigen, so früh, wie er trainiere, sei noch gar niemand auf dem Anwesen, aber Raffaels Ablehnung war nicht gewichen. Wäre das Datum der Olympischen

Spiele nicht Jahre im voraus von einem Komitee festgesetzt gewesen, sie hätten gemeint, Raffael hätte ihren Termin persönlich auf Ende August gelegt, um bei der Eröffnung nicht anwesend zu sein.

In Opposition zu Raffael gab es das Lager der radikalen Befürworter des Museums, das sich, neben Katka, vornehmlich aus Frau Manzur und Marek zusammensetzte, die überglücklich waren, dass durch eine Kooperation mit dem Schlussburger Stadtmuseum neben einem Shuttlebus und der Errichtung einer Shuttlebushaltestelle an der Auffahrt ein Team für allfällige Reparaturen sowie ein Putztrupp für die Zeit nach der Eröffnung bereitgestellt wurde, was auch Katka begrüßte, da das Haus insgesamt sehr staubig war. Immerjahn freute sich schon auf den Bus. Es war verabredet, dass er dreimal täglich von der Stadt zum Hagebuttenberg fahren würde, die Haltestellen wie auch seine Routen aber sollten immer andere sein. Die Besucher müssten sich in der Stadt auf der Suche nach diesem Bus auf die Lauer legen.

An jenem Abend entschied sich im Reflexionsbecken, dass das gesamte Erdgeschoss des Hauses, einschließlich Speisezimmer, Speisekammer und der Küche, geöffnet werden sollte, nicht nur die Säle. Das entscheidende Argument brachte Katka ins Spiel, es sei gleichgültig, ob die Personen, wie sie die Besucher seither nannten, offiziell nur die Eingangshalle, den Porzellangang und die Säle betreten dürften und permanent unerlaubt im Speisezimmer oder Salon aufkreuzten, um sich dort nach dem Weg zu den Sälen zu erkundigen. Es wäre einfacher, gleich alles zu öffnen, auch den Salon, alles, lediglich das obere Geschoss ausgenommen, in dem sich ihre Schlafzimmer und Raffaels Zimmer, die Bäder befanden. Wegen Raffaels steigender Wut setzte Holm zwei Tage später ein weiteres Treffen an, diesmal aber im Salon, im Glauben, in spätestens achtundvierzig Stunden würde niemand mehr sein Leben veröffentlichen wollen, aber dann vergingen zwei Tage und alles war gleich, und dann waren vier Monate vergangen, und Immerjahn wollte das Museum immer noch, und auch Katka war anhaltend begeistert, weswegen sie sich vereint, als Eigentümer des Hagebuttenbergs, gegen Raffael und Holm, der nun aus dem Großen Ausstellungssaal ausziehen musste, durchsetzten.

Katka leuchtete regelrecht, sie freute sich so über die Veränderung, sie schliefen einen halben Tag miteinander, und sie erzählte ihm, ihr gefalle am meisten die Vorstellung, hier am Hagebuttenberg eine vollendete Gastgeberin zu sein. Ganze Klassen hübscher Kunststudenten würden kommen und sie sehen in ihrem bodenlangen elfenbeinfarbenen Kleid, wie sie zweimal täglich, nicht berechenbar zu welcher Zeit und an welcher Stelle, mit einer Tasse schwarzen Kaffees auftauchen würde. Sie hatten irgendwann, als sie leicht betrunken waren, verabredet, er würde ihr eine Chaiselongue zum nächsten Geburtstag schenken, die sie, vielleicht in einem Abstand von gut vier Gemälden zu Berthe Morisots *Julie rêveuse* platzieren würden, auf der Katka sich dann manchmal mit gelöstem Haar niederlassen und Julie in ihrer hellstrahlenden Trauer Gesellschaft leisten würde. Julie war die Tochter von Morisot gewesen, die das Bild kurz nach dem Tod ihres Mannes, Julies Vater, gemalt hatte, Julie traurig und hochmütig und gelangweilt und erotisch, der Hintergrund hinter ihr schwarz wie die Oberfläche eines finstren Teichs, durch den sich hellgrün Algen zogen, gelber Blütenstaub war auf ihn gestäubt, und irgendwie roch das Bild überreif, dachte Immerjahn.

Er fand die Vorstellung mittlerweile unangenehm, weil es ihn an seine Mutter erinnerte, aber Katka sagte, sie würde ein gutes Motiv für Fotografen abgeben, und Holm pflichtete ihr bei, es würde die Corporate Identity des Hagebuttenbergs stärken. Immerjahn interessierte das Internet nicht, vor allem, weil er dort so oft auf Fotos von Katka stieß, wie sie mit einem Glas in der Hand in immer anderen Umgebungen stand, und das mochte er nicht. Aber es war jetzt nicht mehr nötig, in die Stadt zu fahren. Sie hatten in dreizehn Tagen ihre eigene Eröffnung zu Hause, sie würden nicht mehr so viel streiten, und wenn es denn wirklich sein musste, dann im Obergeschoss. Er dachte an den Film von Hitchcock, den er letztens gesehen hatte, im Keller lag das Unbewusste, das Erdgeschoss gehörte dem Ich, ganz oben im ersten Stock saß das Über-Ich, und er überlegte, was das nun aussagte über ihn und alle anderen in diesem Haus am Hagebuttenberg. Sie hatten kein Es, traten das Ich gerade an die Öffentlichkeit ab. Was passierte, wenn sie nur noch im Über-Ich ungestört zusammenkamen?

Wenn er aus dem Fenster des Schlafzimmers sah, war eines der wenigen Gebäude Schlussburgs, das mit bloßem Auge zu erkennen war, das Stadthotel. Es hatte neun Stockwerke, die man aus schneeweißen Blöcken Kalksandsteins und Algenkalks erbaut hatte, und überragte nun, hundertfünfzig Jahre nach der Grundsteinlegung, pechschwarz alle anderen Häuser. Schwindelerregend ragten zwei neogotische Türme an seinen Seiten in die Höhe, die abgeschlossen von einer Kugel waren, aus deren Mitte eine Eisenspitze fünf Meter in den Himmel stach. Die eleganten Turmspitzen, nachgeahmt in vielen Städten, verfügten über jeweils einen auf der Kugel Wache haltenden Ritter, bewehrt mit Streitaxt, zwei Musketen, einer sportlichen Jagdflinte, voll funktionstüchtiger Rüstung inklusive aufklappbarem Helmvisier und aufsehenerregend spitzen Eisenschuhen. Auf dem linken Turm stand der Ritter majestätisch, behelligt in den Monaten November bis Februar nur von den Schwärmen der Stare, die sich in Schleifen um ihn warfen und gleich wie fliegende Fischschwärme weiterzogen über die Stadt. Auf der rechten Spitze ein ebensolcher Ritter, der aber auf das Dach hinuntergeklettert war, sich mit einer Hand noch an der Kugel hielt und die andere zu seinem Morgenstern streckte, der weit unter ihm auf der Regenrinne lag. So stand es in den Reiseführern der Stadt geschrieben, allein den Staren bekannt war hingegen, dass sich die Augen des auf der linken Turmspitze stehenden Ritters jede halbe Stunde bewegten. Ausgelöst von einem sich seit vier Menschenleben von selbst aufziehenden Mechanismus, von dem seit dem Tod des vorletzten Hausmeisters, der von einem blauäugigen Nazi im Schlaf erdrosselt worden war, niemand mehr wusste. Dem Tod des Hausmeisters entgegen, der bei Dienstantritt noch gelernt hatte, man müsse ein bestimmtes Rädchen tief in den Kellern des Stadthotels einmal jährlich mit einem Löffel Schmalz bestreichen, sah der linke Ritter noch immer besorgt zum rechten hinüber, nicht geschmeidig wie früher, leise knirschten seine metallenen Augäpfel von links nach rechts zum rechten Ritter und eine halbe Stunde später von ihm weg. Dies war die Idee von Immerjahns Urgroßvater Vicktor Immerjahn gewesen. Er war einer der Hauptinvestoren des Stadthotels, dessen obersten Stock er sofort nach der Fertigstellung mit seiner schönen, aus den Bergen stammenden und unter enorm niedrigem Blutdruck leidenden Gattin Magda und dem schweigsamen Sohn Benedickt bezog, der, anstatt den Ausführungen seiner Privatlehrer vor den Atlanten zu lauschen, aus dem runden Fenster seines Zimmers schaute, den Flug der Stare über der Stadt verfolgte und träumte, der Himmel wäre aus Zement gemacht.

Im Alter von fünfzehn Jahren hatte Vicktor von seinem Vater, der bei Nacht und Nebel mit einer Näherin von Futteralen nach Kanada ausgewandert war, eine schlecht gehende Manufaktur für Handfeuerwaffen übernommen. Vicktor stellte den Betrieb wegen einer persönlichen Vorliebe auf die versteckt am Körper zu tragende Taschenpistole um und entschloss sich, nachdem sein Stand in Schlussburg wegen einer Unzahl an Duellforderungen unhaltbar geworden war, zu einer Teilnahme am Krimkrieg auf osmanischer Seite, um das Modell *Original Taschenpistole I.* unter besten Bedingungen fortzuentwickeln, mit besonderem Augenmerk auf Verminderung des Rückstoßes sowie Trefferstreuung. Er ließ sich von seiner Mutter, die, technisch begabt, mehrere Prototypen der Pistolen geschaffen hatte, eine Liege aus Eisenstangen und festem Leinen anfertigen, die sich auf die Größe eines Koffers zusammenklappen ließ, und reiste damit und einem Sack voller Waffen und Munition nach Balaklawa, südöstlich von Sewastopol, und richtete sich in den Ausläufern eines Waldes mit seiner Liege ein. Den Tag verbrachte er mit Schießübungen, am Abend kehrte er zu seinem Feldbett heim, das, sobald er außer Sichtweite war, in Beschlag von nicht sehr reinlichen Soldaten in prächtigen Uniformen genommen wurde, weswegen er nach zwei Tagen zur Bewachung seiner Liege einen jungen Bauern anheuerte, den man ihm am dritten Tag erschoss, weswegen Vicktor auf der Liege zum Schutz vor Schläfern morgens eine Handvoll Nadeln verstreute, die er abends wieder in eine leere Munitionsschachtel las. Diese Maßnahme funktionierte nur bedingt, da sich erschöpfte Soldaten nicht ausreichend um Nadelstiche kümmerten. Nach seiner überstürzten Rückkehr bewog der Erfolg der Liege Vicktor, von Handfeuerwaffen auf die serienmäßige Produktion von Feldbetten umzuschwenken, zum Kassenschlager der rasch expandierenden Manufaktur wurde das Feldbett Modell *Vicktory*.

Den unzerstörbaren Prototypen verstaute Frau Manzur in einer großen grünen Tasche, verschlossen mit mehreren Schichten Klebeband, beschwert von ausreichend Gerümpel irgendwo im Speisezimmer, weil Soldaten aller Nationen zu ihr im Schlaf von ihren heroischen Toden sprachen, sobald *Vicktory* ausgepackt in irgendeinem Zimmer stand. Die Liege war nach dem Krimkrieg bei jedem anderen Krieg auch dabeigewesen, Solferino, Tarnow-Gorlice, Verdun, Mandschurei, Berlin und viele mehr, ihre Sternstunden stellten allerdings jene Minuten dar, in denen Florence Nightingale einen Karton Mullbinden auf ihr abstellte, um ihre Haarklammer aufzuheben, und jene, in denen Immerjahn und Katka Raffael auf ihr zeugten.

Auf einer der Fotografien, die Vicktor zeigten, trug er so spitze Schuhe, dass es wirkte, als würde er dem vor ihm stehenden Knaben damit in die Fersen stechen. Mittels dieser Aufnahmen ließ sich belegen, wie die Gesetze der Vererbung mit Übermut einen Satz über mehrere Generationen gemacht hatten und schließlich, komprimiert durch die Faktoren Zeit und Sprunggeschwindigkeit, mit doppelter Pirouette alle Parameter von Vicktors Physiognomie auf Klein-Immerjahn niederprasseln ließen, dessen man erst gewahr wurde, als er Teenager war. Selbst Immerjahn blieb nicht verborgen, dass er immer mehr dem Urdespot mit dem massiven Schnauzbart zu ähneln begann, was seine Stimmung verfinsterte. Auch Benedickt sen., der ihm mitteilte, diese Ähnlichkeit betreffe ausschließlich seine körperliche Hülle sowie die Exzentrik der Kleider, die er über sie stülpte, konnte nicht helfen. Immerjahns Inneres war seinem Großvater zufolge mit einem undefinierbaren Mischmasch aus allen möglichen Immerjahns gefüllt, dessen Bestandteile unmöglich auf eine einzelne Person zurückzuverfolgen wären, benennen konnte er lediglich, dass der Blick von Immerjahns weibisch schönen Augen wie aus jenen von Benedickt sen. Großmutter Julia fotokopiert war, tot nun schon seit über einhundertundfünfzig Jahren; der Tonfall, in dem er in besonders schlechter Laune Konversation betrieb, rührte von Etels Schwester Iskra her. Den Rest von Immerjahns Psyche familiengeschichtlich zu entwirren, davor musste Benedickt sen. kapitulieren, abschließend festzustellen bei jeder seiner genealogischen Prozeduren blieb für ihn einzig, dass er auf Tag und Ort und Stunde genau mit Vicktor den Geburtstag teilte, weswegen es nur rechtens sei, wenn Immerjahn an Vicktors Todestag keine wagemutigen Dinge unternehme.

Zwei Zahlen waren auf Vicktors Grabstein in allerbester Lage am Schlussburger Stadtfriedhof gemeißelt: 1836 und 1926. Immerjahn legte dort in Vertretung seiner Eltern jeden Frühling ein paar Sträuße Maiglöckchen nieder, aber dieses Jahr hatte er sich nach dem Besuch von seines Urgroßvaters Grab noch tagelang unwohl gefühlt, bis ihm bewusst wurde, dass die Lebensdaten Vicktors wie zwei Mauern die Entstehungsjahre aller Bilder seiner Sammlung umschlossen. Vor zwei Wochen erst war er nachts mit einem Meißel in der Tasche über die Friedhofsmauer gestiegen, um seines Großvaters Geburtsdatum um ein Jahr nach oben zu korrigieren, damit zumindest ein Bild, das er besaß, außerhalb seines Großvaters Leben lag, falls ihn einmal jemand ansprach darauf.

Weiters aus dem Rahmen fielen die Bilder, die Raffael in seinem Zimmer hortete, das für Immerjahn neben seiner Funktion als Schrein für Bands, deren blassgesichtige Mitglieder sehnsüchtige Texte schrien, eine Art Arche Noah für gescheiterte Künstler darstellte. Die Decke des Zimmers war von drei nebeneinandergelegten, einen infernalischen Sonnenuntergang mit Kokospalmen und sich an einer Wasserlache labenden Salamandern darstellenden Gemälden gepflastert, daneben besaß Raffael die Portraits, die Benedickt jun. und Gabrielle von befreundeten Künstlern von sich anfertigen ließen, farbenfrohe Werke versehen mit einem Hauch von Manierismus, die Immerjahn, wann immer er seines Sohnes Zimmer betrat, erinnerten, wie riskant es war, auf noch nicht kanonisierte Künstler zu setzen.

Außerhalb von Vicktors Lebenszeit standen natürlich noch jene zwei Gemälde, die er von ihm geerbt hatte. Wie Bilderbrüder hingen sie nebeneinander im Salon, Jan Brueghel des Älteren *Blumenstrauß in Tonvase* neben Johann Baptist Drechslers *Blumenstillleben*, das Frau Manzur nie zum Vorbild ihrer Sträuße wählte, da sie die beiden roten Lilien, die wie eine schiefe Schleife über Tulpen, blauem Windling, Rittersporn und Nelken hing, komplett missraten fand.

Zuerst hatte Vicktor den Drechsler für seine Gattin Magda gekauft, die die Anwesenheit von Blumen eines sofort einsetzenden Schnupfens wegen genauso wenig ertrug wie deren völlige Abwesenheit. Keine Sekunde war das Bild an den mit ultramarinblauer Seide bespannten Wänden platziert, Vicktor stellte das Bild ganz wie ein wahres Bukett in die Mitte des Tisches, an dem sie die Speisen einnahmen, und begann, sich bald nach einem weiteren umzusehen, um ihre Gäste, so selten sie sich auch in den obersten Stadthotelstock verliefen – da ihr hochmoderner Personentransportkorb als Attraktion nur zwischen dem siebenten und dem achten Stockwerk verkehrte – nicht mit der Ansicht eines nackten Leinwandrücken zu brüskieren. Er sah sich in Antiquariaten um und in den Werkstätten der Kunsthandwerker von Kronen und fand schließlich ein Bild, das ihm selbst rasend zusagte, nur zögerte er, es mit ins Stadthotel zu bringen, da er ahnte, seine Frau hätte eventuell etwas gegen seinen finstren Hintergrund, die hoffnungslos hängenden Rosenköpfe und auch etwas gegen den Käfer einzuwenden, der hinterlistig am Fuße des Tongefäßes saß und auf irgendetwas wartete. Der Händler machte ihm das Angebot, er solle sich das Bild ausleihen, seine Gemahlin an den Käfer gewöhnen und ihm nach Ablauf von zwei Jahren fünfhundert Kronen zahlen, zusätzlich einer kleinen Leihgebühr, die sich auf etwas weniger als den Preis des Bildes belief. Vicktor schluckte, dies war Wucher, kehrte aber mit dem Brueghel unter dem Arm in den neunten Stock zurück. Nach einem Jahr hatte sich Magda mit den Rosen und einer, wie ihr vorkam, blutverschmierten Tulpe arrangiert, Vicktor war zuversichtlich, dass in weiteren zwölf Monaten auch die unsympathische Ausstrahlung des Käfers gewichen wäre, und als Magda ihn schon nach wenigen weiteren Wochen zärtlich Anastasius Hummel nannte, legte Vicktor ein Kuvert mit Geld zurecht, das sein Sekretär anstelle des Bildes zum Händler brachte. Den aber traf er nicht an, wie sich herausstellte, war er verstorben. Der Brueghel, den Magda von da an nicht mehr Blumenbrueghel, sondern Gratisbrueghel nannte, pflegte Vicktor ein kaufmännisches Lächeln zu entlocken, wann immer sich seiner und der Blick des Käfers streiften.

Auch Immerjahn hatte eine Zeit lang im Stadthotel gewohnt, nachdem Fritzwalter wegen des Verkaufs des ganzen Hauses der Mietvertrag gekündigt worden war. Es war wegen des überdimensionierten Stadthotels einfach, ein Zimmer, wenn nicht eine ganze Etage, zu bekommen, da es in Schlussburg so gut wie keine Sehenswürdigkeiten gab. An den Wänden grünstichige, gelbstichige Drucke von van Gogh, Monet und Cézanne, die er aus Ärger über ihre schlechte Qualität durch die Originale ersetzte. Seitdem er für den Beckmann keinen Platz mehr an den Wänden seiner Zimmer fand, weil Bilder dicht an dicht, in Petersburger Hängung, die Wände bedeckten, zog er in Betracht, zurück in das Anwesen seiner Familie zu ziehen und seine Sammlung, die er erst ab dieser Sekunde als Sammlung betrachtet hatte, in den Ausstellungssälen unterzubringen, in denen damals noch immer zahllose russische Ikonen hingen. Frau Manzur und Marek waren, wie er durch Zufall erfuhr, ein halbes Jahr auf Urlaub in Rumänien gewesen, und er wollte Holm, der zwischenzeitlich alle Ausstellungssäle bewohnte, wieder in den einen Saal zurückdrängen.

So erleichtert er war, die Ikonen schließlich loszuwerden, er hatte deswegen auch ein schlechtes Gewissen. Zwischen seinem sechsundzwanzigsten und zweiunddreißigsten Lebensjahr war er kaum mit anderem beschäftigt, als die Sammlung seines Großvaters zu zerschlagen. Damals kümmerte er sich noch selbst um den Verkauf, ohne Assistentin, vollkommen allein, und es dauerte noch Jahre, bis er Bilder in großem Umfang zu kaufen begann. Er schickte auch nicht Marek vor, wie später dann auf Auktionen. Viele Sammler hielten Marek nach wie vor für einen der wohlhabendsten Männer der Welt. Er sprach zwar mit heiserer Stimme und starkem Akzent, aber seine Hand heben konnte er wie kein anderer. Einmal nur kaufte er aus Versehen das falsche Bild.

Immerjahn war auf der Maastrichter Tefaf ein allseits beliebter Mann gewesen, dennoch tat ihm irgendwie leid, dass er nur noch eine Handvoll Ikonen aus der Sammlung besaß, darunter eine des Typus Christus Pantokrator, die weder wertvoll war noch selten und deswegen nicht zu einem ernstzunehmenden Preis zu verkaufen war.

Jahrelang bewahrte er den Christus Pantokrator im Kasten hinter seinen Tennissachen auf, mittlerweile hing er im Speisezimmer in unmittelbarer Nähe des Fritzwalters. Unter seinen quergestreiften Poloshirts und den dunklen Angorapullovern brachte er mittlerweile ein Mäppchen unter, das eine Skizze von Menzel enthielt, Adolph Friedrich Erdmann von Menzel, geboren 1815 in Breslau, gestorben 1905 in Berlin. Der Menzel war sehr billig gewesen, um genau zu sein: umsonst. Aus dem Berliner Kupferstichkabinett brachte er ihn im Todesjahr seiner Eltern an sich, es war der erste Tag im Jahr, an dem es warm genug zum Schwimmen war, und er brachte es nicht übers Herz, das Notizbuch, in dem sich die *Bewegungen einer Stubenfliege* befanden, zu schließen und das Insektchen in der Finsternis, der Kühle des Archivs zurückzulassen. Also schlug er es gleich wieder auf, nicht dass er so etwas öfter machte, aber sie war ganz sicher unter keinen Umständen zu erwerben. Ein einziger Riss, nur ein Fetzchen der Nachbarseite hing rechts unten am Papier, aber das war nicht so schlimm. Frau Manzur fand das Mäppchen einmal, als sie die Kleiderstapel in seinem Kasten sortierte, aber Frau Manzur war glücklicherweise vollkommen ahnungslos, was Kohleskizzen betraf, mit an Arroganz grenzender Achtlosigkeit legte sie die Ansichten einer Stubenfliege beiseite, als müsste sie tote Insekten entsorgen, und verstaute sie erst, als Immerjahn sich hinter ihr räusperte, wieder in der Mappe und schob sie sorgsam, als wäre nichts gewesen, Kante an Kante, unter die Poloshirts. Es war sein liebstes Bild. Einmal von *Selbstbildnis nach halblinks, die Hand am Kinn* und Fritzwalters Skizze einer Schulter abgesehen, die sich beide ebenfalls in seinem Schlafzimmer befanden, aber nicht im Kasten, sondern gegenüber seinem Bett. Paula Modersohn-Becker sah auf ihrem *Selbstbildnis* so aufmerksam aus, sah er es länger an, begann er, sich ganz ungewohnt ruhig zu fühlen. Daneben die Schulter, nicht ganz schön, wenn man sie als Schulter einer Frau nahm, eher knochig, vielleicht sehnig, die Frau, der diese Schulter gehört hatte, sie musste stark gewesen sein. Es war eine namenlos gebliebene Skizze Fritzwalters, die er ihm geschenkt hatte, als sie sich noch die Wohnung geteilt hatten in Ostendorf. Im Stillen nannte er sie Schulterskizze, aber das Wort Schulter war zu schwer, strebte zu wenig auf, um den Schultergeist zu umfassen, den dieses Bild in sich barg, es war eine Studie über das Fliegen ohne Federn, über eine Höhe, die kaum je ein Mensch erreichte, selbst wenn er Helikopter und Flugzeuge, Raketen zur Verfügung hatte, eine Zeichnung, die ihm ein Gefühl von Weite gab, das ihn ganze Tage lang nicht mehr verließ. Eine Schulter, ausgestattet mit der Anmut und Kraft von Dürers Flügeln. Menzels Fliegen waren anders, sie ruhten nicht in sich, der Stubenfliege war ein endloses Suchen und Streben jedem Füßchen, Fühler, Flügelchen gegeben, noch dazu erinnerten sie ihn an die Comics von Marvel, an Spiderman und Hulk, die er früher gelesen hatte, es schien ihm plausibel, würden die Fliegen in Sprechblasen Worte an ihn zu richten beginnen. Rechts oben auf Menzels Skizzenblatt die Fliege kopfüber an der Außenwand eines dick gebauchten Gefäßes. Ein Likörglas war es. Menzel hatte das Blatt mit eben jener Zeichnung begonnen, viel ausführlicher war sie als die anderen. Links daneben saß die Fliege am Glasrand, sich die Fühler putzend. Der Rand angedeutet nur durch gebogene Striche. Ebenso darunter zwei Striche, auf ihnen die Fliege halb aufgerichtet, gierig kam sie Immerjahn vor, hungrig, und auf der Zeichnung daneben sah es aus, als wollte sie gebückt wie ein Räuber zum nächsten und weiter gleich zum wieder nächsten süßen Zuckerflecken tappen. Ein Ausschnitt zeigte die Fliege an der Glasaußenseite saugend, ein weiterer die eine Hälfte ihres Körperchens über dem Rand, die andere, schemenhaft gestrichelt, verborgen hinter Glas. Und ganz unten auf der Seite in einer Position, als würde sie gleich fliegen, schon war sie fort, und Immerjahn begann sich die Seite, beginnend rechts oben, gleich wieder von vorne anzusehen. Eine Studie, die trotz aller Flüchtigkeiten das Wesen der Fliege einfing, wie es präziser kaum möglich war.

Menzel war klein wie ein Zwerg, aber immer schon der Größte gewesen. Kam überall zu spät, sodass ihn Abgesandte des Königs zur Gewährleistung von Pünktlichkeit vor Empfängen abzuholen pflegten, scherte sich nicht um das Gerede, wenn er während offizieller Anlässe auf Stühle oder Tische kletterte, weil er von dort einen besonders guten Blick auf feiste Herren, die Spiegelungen eines Lusters am Parkett oder eine mit feuchten Fingern Austern verspeisende Dame hatte. Menzel skizzierte fortwährend, als könnte er durch das Zeichnen die Welt, die ihn in seiner Winzigkeit, seiner Kurzsichtigkeit, fest im Griff hatte, für Momente nur erobern. Sie festhalten und durch das Zeichnen ihre Vergänglichkeit, ihre Instabilität bannen, alle Unordnung durch zeichnerische Aneignung besiegen, selbst die von Brettern, Baugerüsten, er zeichnete sie besonders gerne, kurz bevor sie endgültig ins Kippen gerieten.

Immerjahn liebte Menzels Fliegen. Ging manchmal zum Kasten, schob die Pullover beiseite und öffnete die Mappe. Sah das Blatt an, bewunderte die Beinchen, Fühler, Flügel, steckte es dann wieder weg, ohne Zögern. Wenn es ihm aber schlecht ging, hielt er sich fest an dem Glas und der Fliege auf ihm. Er trug den Menzel dann immer bei sich. Sooft er alleine war, verfolgte er die Bewegungen der Fliege, ihr Tasten, ihre Unrast, ihren Hunger, ihre Schnelligkeit. Das Irren der Fliege, jedes einzelne ihrer acht Abbilder, stand dann für ihn. Immerjahn mit drei, mit dreizehn, Immerjahn, der mit neunzehn Jahren vom Hagebuttenberg auszog, Immerjahn, der ab einundzwanzig mit Katka war und ab dreiundzwanzig ohne Eltern, Immerjahn mit sechsundzwanzig zurück am Hagebuttenberg, Immerjahn mit seinen Bildern und Immerjahn jetzt, wie die

Fliege auf einem Zuckerflecken festgeklebt und rundum sichtbar, doch ernsthaft gefangen in der unendlichen Halböffentlichkeit eines eigenen Museums. Der Rand des Glases die gekrümmte Linie seines Lebens. Dass der Tod der Fliege, die tote Fliege von Menzel nicht dargestellt war, machte nichts, eine Fliege, die lebte, war immer schon so gut wie tot. Aber eine Stubenfliege war keine Eintagsfliege, immerhin. In einem anderen Skizzenbuch Menzels eine Mücke, der Titel des Blattes *An der Fensterscheibe*, und *2 Tage später*, so Menzels Kommentar, *tott*. Daneben die Zeichnung. Ein langes leichtes Körperchen rücklings gestürzt auf seine Flügel, nach oben gestreckt fädchendünne Beinchen, eins davon gekrümmt.

Dass es ihm wieder besser ging, erkannte er daran, dass beim Anblick der acht Stubenfliegenpositionen, an denen er sich zuvor nicht hatte satt sehen können, leichter Widerwille aufkam in ihm. Langeweile. Dann wusste er, er hatte es geschafft. Brachte die Mappe wieder in den Kasten zurück. Daher kam es auch, dass er sich nach knapp überstandenen Krisen mit der Hand oft über das Sakko fuhr, sich vergewisserte, die Stubenfliegen waren wirklich weg.

Er stellte sich den zwergwüchsigen Menzel vor, wie die Fliege ihm unfreiwillig Modell gesessen hatte. Menzel unbestimmt schauend an einem Tisch, das Glas vor sich, leicht gelangweilt ein Butterbrot kauend. Sah vielleicht hinaus auf die Straße. Der Wind zog den Vorhang aus dem Fenster hinaus, eine Schleifenverkäuferin, deren Rufe er hörte, schob ihr Wägelchen unten vorbei. Es dauerte, dann flog jene Fliege an. Landete am Glasrand, setzte sich auf den Tisch. Menzel legte langsam das Butterbrot auf den Teller. Wischte sich die Hände an der Hose ab, weil ihm das Taschentuch herauszuholen als zu riskant erschien. Fischte den Skizzenblock, das Zimmermannsblei aus eigens eingenähten Fächern an der Innenseite seines Mantels. Mit gespannter Haltung. Menzel nun vor dem Likörglas sitzend. Lief den raschen Bewegungen der Fliege nach mit dem Stift auf dem Blatt. Drei, vier Minuten, nicht länger, war sich Immerjahn sicher, war er an den Bewegungen der Stubenfliege gesessen, dann war die Fliege wieder fort und diese Skizze hier fertig, für die Ewigkeit.

Einer der Gründe, warum Holm Fritzwalter nicht mochte, lag gerade in dieser Skizze. Ohne dass sie wussten, dass Immerjahn sie besaß, hatten sie sich über die *Stubenfliege* unterhalten. Fritzwalter behauptete, Menzel habe sich absichtlich mit der Fliege eingeschlossen, um sie zu studieren, bis zu ihrem Tod. Holm lachte ihn aus, Menzel sei kein Sadist, sagte aber nichts mehr, als Fritzwalter die Türe, alle Fenster schloss, sich neben Holm auf den Boden setzte und wartete, bis die Schmeißfliege, die die ganze Zeit schon auf der Fensterscheibe saß, das Käsebrot vor seinen Füßen entdeckte und herangeflogen kam. Fritzwalter, so erzählte Holm viel später Immerjahn, habe sie gezeichnet, unermüdlich und nach ein paar Stunden, in denen die Schmeißfliege unverändert lebendig auf seinem Käsebrot gesessen war, mit dem Federpenal kaputtgeschlagen. Kein Tropfen Blut, nur schwarzer Staub war auf dem Käsebrot gewesen.

Wie Immerjahn das von Menzel verwendete Rot liebte, insbesondere das, das auf *Ansprache Friedrichs des Großen an seine Generale vor der Schlacht bei Leuthen* auf preußischen Krägen glühte. Wie sympathisch ihm die Leerstellen dieses Bildes waren. Die gespensterhafte Lücke Friedrichs. Gerade die Hauptperson fehlte, alle Generäle hingewandt zu einem weißen, auf zertretenem Schnee stehenden Geist, der einen schwarzen Dreispitz aufhatte. Menzel stellte das Gemälde nie fertig, kratzte die Augen mehrerer Generäle aus Unzufriedenheit mit dem Messer ab. Der Starrsinn des kurzsichtigen Außenseiters in der selbstgewählten Einsamkeit seines Ateliers, der trotz mehrmaliger Intervention des Hofes Friedrichs Position im Leuthenbild nicht änderte. Friedrich der Große auf der senkrechten Mittelachse von Prinz Moritz von Dessau und General Lentulus in den Hintergrund gedrängt, nur von einer schlanken Birke im Rücken gestärkt. Auch auf *Die Bittschrift* weigerte sich Menzel, den Weg, auf dem der König auf zwei Bittsteller zuritt, von Unebenheiten und morastigen Stellen zu reinigen. Ob Menzel dieses Bild jemals verkaufte, wusste Immerjahn nicht mehr zu sagen, das Bild zur Schlacht bei Leuthen, auf dem unter einem drückend schneegrauen Himmel lilafarbene Soldaten im Hintergrund zergingen, hing jahrelang halbfertig gemalt in seinem Atelier. Immerjahn besäße es gerne, aber es befand sich in der Nationalgalerie Berlin.

Die Stubenfliege jedoch gehörte nur ihm allein, und er fragte sich, ob sie ihm auch so am Herzen läge, hätte er früher etwas anderes als Käfer gesammelt. Nicht ausschließlich Käfer, er war schon immer ein großer Eklektiker, Stringenz interessierte ihn nicht. Er sammelte alles, was ihm an Insekten unterkam, Schmetterlinge, Libellen; Wespen und Bienen nur, wenn sie schon tot waren. Sein Vater nahm ihn öfters mit in seine Parks, die gerade im Entstehen begriffen waren, wenn niemand Zeit hatte, auf ihn achtzugeben. Immerjahn saß stundenlang am Rande frisch aufgerissener Schlammpisten, aus denen einmal die berühmten Wiesen seines Vaters werden würden. Begonnen hatte er, da war er vielleicht fünf. Das benommene Zirpen der Grillen, der Geruch von geschnittenem Gras, ein Hirschkäfer am Fuße einer gefällten Eiche, braun wie eine Nuss. Er hielt sich fest am Hosenbein seines Vaters, heute noch spürte er die Textur des groben Schnürlsamts. Der Käfer glücklich gefangen in einer Streichholzschachtel, mit Gras gefüttert ein paar Stunden lang. Später verwahrte er tote Käfer in leeren

Zigarettenschachteln seines Vaters, im Brillenetui seines Großvaters und in den Vitrinen des Porzellangangs. Kleinere Insekten ließ er in sein Käferbuch laufen. Schlug das Buch zu. Es tue ihnen nicht weh, hatte ihm Immanuel gesagt. Ihr Tod sei ihnen im Moment, in dem er eintrete, schon zu vertraut, um ihnen bewusst zu sein. Gleich danach hatte er die frisch toten Käfer, um ihren Tod zu ergründen, nach ihrem Aufenthaltsort befragt. Und auch wenn sie nicht antworteten, so verbuchte er dies als Erfolg für sich, der die These Immanuels über das Liegen und die Langeweile nach dem Leben widerlegte, denn wenn sie nicht antworteten, dann nur, weil sie zu beschäftigt waren dafür. Mit Klebeband klebte er sie dann wieder in Form.

Insgeheim hegte er den Verdacht, Insekten hätten ihn immer so fasziniert, weil er sie wegen ihrer geringen Größe und seiner schlechten Augen so lange nicht gesehen hatte.

Immerjahn beobachtete, wie Frau Manzur das Blumenwasser aus einem der Fenster in den Italienischen Garten schüttete. Er wollte das Betreten des Großen Ausstellungssaals doch noch etwas hinauszögern, wie gerade alles andere das Museum Betreffende auch, es wäre gut, bis zur Eröffnung noch ein paar Monate zu haben, er fühlte sich im Moment ein wenig leer, wenn er daran dachte, und er überlegte, vielleicht hatte er insgeheim Polly entlassen, damit nun doch nichts zustande komme. Ungefähr zwei Wochen noch bis zur Eröffnung, unvorstellbar, was er danach tun sollte, wie er, mit einem mit Besuchern angefüllten Haus, jemals wieder ungestört in seinem Fauteuil sitzen konnte oder vor seinen Bildern stehen, die er aus Gewohnheit mit Missfallen betrachtete, was die Besucher natürlich abschrecken würde. Eine Lösung wäre, er käme in der Nacht in die Säle herüber, was aber unweigerlich dazu führte, dass er die Liste, die er über Bilderfehler führte, abändern müsste, da bei Nacht die Kategorie der falschen Farben völlig nutzlos war. Holm hatte ihm vor Tagen den Vorschlag gemacht, er solle sich nach Vorbild Pasolinis in einen Turm zurückziehen, der umgeben von Wäldern auf einer Anhöhe stand, und bis zum Ende seines Lebens nur noch lesen, was er überhört hatte, weil er nicht gerne Treppen stieg. Ganz abgesehen davon stand das Haus schon auf einem Hügel, halb umgeben von Wald, sollte Holm in einen Turm ziehen, wenn er denn umziehen wollte.

Er schloss die Augen. Die meisten Personen würden über die Auffahrt den Brunnenplatz betreten und durch den Porzellangang schnurstracks in die Ausstellungssäle gelangen. Aber es würde auch die geben, die über die Steinwiesen liefen, im Wald übernachteten oder im Italienischen Garten. Jederzeit konnte jemand auftauchen, dem die Öffnungszeiten des Museums nicht geläufig waren, und an die Türen der Schlafzimmer klopfen, mitten in der Nacht. Die Dusche im gläsernen Badezimmer benutzen. Das gesamte Erdgeschoss würde zugänglich sein, das Speisezimmer, die Küche. Die Personen könnten sehen, wie Frau Manzur am Küchentisch die Früchte für den Nachtisch schnitt. Wie sie Innereien zubereitete. Wie Frau Manzur eine gemeine Bemerkung gegenüber Katka machte, die verletzend war, aber so unterschwellig, dass niemand außer Katka sie verstehe, wie sie nie zu erwähnen vergaß. War Immerjahn dabei, war Frau Manzur besorgt, fragte Katka andauernd, ob sie denn noch einen Imbiss aus zerschnittenem grünem Gemüse wolle. Jemand könnte Katkas privaten Kühlschrank in der Küche entdecken, der mit einem Vorhängeschloss verriegelt war, um zu verhindern, dass Frau Manzur zu den Speisen Zugang hatte, die Katkas Eltern zweimal im Monat ihrer Tochter brachten. Gebratenes Hühnchen, Lasagne oder Auberginenpastete, wovon Immerjahn und Katka so gerne aßen, der Haltbarkeit halber in durchsichtigen Beuteln vakuumiert. Frau Manzur aber konnte mit Konkurrenz nicht umgehen und warf alles fort, sobald sie konnte.

Irgendjemand könnte all das mitbekommen. Andererseits fand er die Idee, dass sich Personen, vollkommen fremde, frei in seinem Haus bewegen konnten, irgendwie interessant. Er stellte sich Männer und Frauen vor, die eine Porzellanblume hier, ein silbernes Löffelchen da mitgehen ließen, vielleicht ein Bild. Dabei spannte sich Immerjahn etwas an, aber würde wirklich eines verloren gehen, es wäre vielleicht nicht schlecht als Werbung. Er malte sich in der letzten Zeit sehr gerne aus, wie die Personen durch sein Anwesen gingen. Es war ein Spiel, er liebte es, sich selbst damit zu unterhalten, aber gerade erzielte es nicht die gewohnte Wirkung. Die ganze Organisation wurde ihm ohne Polly zu viel. Er wusste inzwischen genau, wie es war, wenn seine Stimmung kippte und er gerne alles rückgängig gemacht hätte, was mit diesem Museum in Beziehung stand, und weil er schon so oft gezaudert hatte, hatte ihm Katka eine rote Kordel gekauft, damit er sich vor Augen halten konnte, an ihr vorbei würden keine Personen kommen. Das Obergeschoss war unzugänglich, war seine Burg, abgesperrt von einer roten Schnur.

Früher wäre es unmöglich gewesen, seine Bilder zu zeigen. Mit Mitte dreißig, als die Ikonen bereits in alle Welt verstreut waren, favorisierte er eine streng psychologische Art der Hängung. Er las, es würde helfen, durch Vergegenwärtigung schlimme Eindrücke abzuschütteln. Er setzte sich hin an einem Nachmittag, erstellte eine Liste der unangenehmsten Momente in seinem Leben und kaufte sich dann die passenden Bilder dazu. Er setzte sich, Bild für Bild, die bedrückenden Geschichten aus dem Gemalten zusammen, ein Bild neben dem anderen, und durchbrach diese Stränge zur Tarnung seiner Traumata vor Familienmitgliedern und Personal mit anderen Bildern, zwischen den unangenehmsten Sequenzen immer wieder ein vollkommen bedeutungsloser Petersburger Bilderschwarm. Ein Saal stand für eine Situation, und er hängte jeden der Säle immer wieder um, nur die Urszenen blieben gleich, Jahr für Jahr. Er sah sie sich an, um sie zu überwinden. Es war zeitaufwendig, und heute noch konnte er nicht sagen, ob es effektiv gewesen war, aber es tat gut, aus den Stücken, die er sammelte, etwas Ganzes zu fügen. Zeitweise vergaß er wirklich etwas in seiner Sammlung, das allgemeine Gewirr der Welt und das spezielle Gewirr, das in ihm selbst bestand, manchmal ließ ein kleiner Schmerz nach. Es kam ihm vor, als hätte er durch die Unruhe der Pinselstriche, die doch zumindest fest verstaut in ihrem Rahmen blieben, das Weltgewirr ersetzt. Seine vier Ausstellungssäle plus Halle waren seine fünf Traumata, und hätte er jemanden durch die Säle geführt, es wäre für Immerjahn sehr intim gewesen. Der erste der kleinen Säle repräsentierte zu jener Zeit ein Erlebnis aus dem Kindergarten. Er hatte vor versammelter Gruppe in die Hose gemacht, und beim Versuch, durch Fortschleichen sein Gesicht zu wahren, da war er gestürzt, weil Immanuel ihm auf die Ferse trat. Saal Nummer zwei widmete sich einem Zwischenfall mit seinem Vater, der ihn betrunken fragte, ob er denn eigentlich ein Depressiver sei, weil er schon wieder so weinerlich rede, ein Kind, das immerzu alle Bücher aus dem Regal werfe und dann zwischen ihnen auf dem Boden sitze, den ganzen Tag. Im dritten Raum trat seine Mutter auf, die sich an einem Mittwochabend mit einem Fremden nackt auf dem Boden ihres Zimmers befand. Ebenfalls um seine Mutter ging es in der Halle, repräsentiert durch Modersohn-Beckers Stillleben mit Orange, Zitrone und Tomate. Der Große Ausstellungssaal wiederum widmete sich zwei Fotografien. Die erste war am offenen Sarg seines Großvaters aufgenommen, neben dem er trotz großer Angst, der Großvater könne ihn packen und mitnehmen, stehen musste, bis seine aufgeregten Eltern den Fotoapparat, an dem irgendetwas kaputt gewesen war, gerichtet hatten. Die zweite war das Foto seiner toten Eltern, das irgendwo veröffentlicht worden war. Sie sahen nicht schlimm aus, nur ein bisschen blass. Vergilbte Stücke einer Zeitung, die neben Immerjahn hergetrieben waren, als er spazieren gegangen war. Knisternd flogen sie über Wiesenstreifen, zwischen weißen Halmen, grünen Blüten, Asphalt, Schotter, Split, stießen gegen einen Laternenpfahl und trudelten dann weiter in die Mitte der Straße, wo Immerjahn, der sich von dem Flattern des Blattes zunehmend herausgefordert fühlte, auf es trat. Aus reiner Langeweile blieb er darauf stehen und versuchte die Überschriften der Artikel zu entziffern, bis er das Foto sah.

Er versuchte sich auszumalen, was für eine Abwechslung es wäre, ohne jede Anstrengung mit fremden Personen Umgang zu haben, er könnte, wann immer er wollte, vom Obergeschoss ins Erdgeschoss hinuntergehen, konnte selbst so tun, als wohnte er nicht hier, und sich unter die Fremden mischen, er konnte sie sich ansehen, sich mit ihnen unterhalten, nur wenn er wollte, zu nichts verpflichtet wäre er. Es war dann nicht mehr nötig, sich von Marek ins Dorf fahren und wieder abholen zu lassen, wenn er jemanden zu Gesicht bekommen wollte, den er nicht gut kannte. Und wenn er genug hatte, von Gesprächen mit den Personen in seinem Haus, zöge er sich einfach hinter die Kordel, in sein Schlafzimmer zurück. Auch Frau Manzur hatte sich inzwischen ein Glöckchen gekauft, das sie warnen würde, wann immer jemand in die Küche trat.

Sobald er die rote Kordel besessen hatte, hatte sich allerdings die Streitfrage ergeben, sollte sie am Fuße der Treppen oder oben, am Ende des Flurs, erst gespannt werden. Sollten sich die Personen bei Regenwetter auf den Treppen erholen können, lungern, wie das Frau Manzur nannte, und mitgebrachte Brote essen, alles vollbröseln und dabei vielleicht noch Gitarre spielen? Dies war das Horrorszenario von Frau Manzur. Sie entschieden, es sollte erlaubt sein, im Salon zu essen und zu trinken, aber nichts Mitgebrachtes, Frau Manzur würde edle Brote zubereiten und verkaufen, der Erlös würde an sie und Marek gehen.

Vor kurzem schlug Katka sogar vor, sie könnten doch Eintritt verlangen. Er ging darüber hinweg, mit einer Selbstverständlichkeit, als hätte sie nichts gesagt, aber es tat ihm weh, wie sehr sie sich in manchen Dingen gewandelt hatte. Nicht vollkommen, ihre Augen waren noch immer ihre Augen, ihre Schläfen ihre Schläfen, die Flügel ihrer Nase die Flügel ihrer Nase. Sie ging noch immer morgens um sechs spazieren, am liebsten am Hang, auf den abschüssigsten Stellen. Ihr Akzent überzog jedes ihrer Wörter wie raue Glasur, aber auch etwas Neureiches war an ihr, von dem sie selbst nichts wusste, ihre Großzügigkeit und dann wieder Knausrigkeit, immer in den falschen Momenten, wie sie die Gabel hielt und mit Pomp mit der Serviette die roten Lippen tupfte, aber er würde darüber hinwegsehen, weil sie es war, die er trotz all dieser Eigenschaften liebte. Zum ersten Mal war ihm diese neue Seite an ihr aufgefallen, als sie ihm vor neunzehn Jahren eröffnet hatte, ihr Sohn würde Rubens heißen, und er sie nur mit Not mit dem Argument umstimmen konnte, dass Vasari einen gewissen Raffael als *sterblichen Gott* beschrieben habe. Er las ihr vor aus einem alten Buch: *Mit welch grossmütiger Freigiebigkeit der Himmel bisweilen über einen einzigen Menschen den ganzen Reichtum seiner Schätze, alle Talente und hervorragende Fähigkeiten ausschüttet, die er sonst im Lauf eines langen Zeitraums auf viele zu verteilen pflegt, zeigt sich deutlich an Raffael Sanzio von Urbino, der sich nicht minder durch sein einzigartiges Genie als durch seltene persönliche Liebenswürdigkeit auszeichnete.* Niemand hatte wissen können, dass ihres Raffael größtes Talent das Schwimmen war.

Anfangs war sie verzagt, wenn er ihr Kleider schenkte oder Schmuck. Sie hortete sie im Wohnheim wie etwas Gestohlenes, in einem Plastikbeutel am Grund des Papierkorbs. Sie trug die Kleider nie, genauso den Schmuck. Vor ihren Freundinnen verleugnete sie ihn, sie hatten sich nur sehen können, wenn zufällig alle ihre Mitbewohnerinnen in der Arbeit waren, allein das Stadthotel zu betreten, war für Katka unmöglich. Immerjahn fand ihr Verhalten irgendwie befremdlich, aber genauso imponierte sie ihm, ihre Zuneigung kam ihm vor wie etwas Reines, das sich nur auf ihn richtete, nicht auf die Dinge, die er besaß, und er war erleichtert, endlich eine Frau kennengelernt zu haben, die sich verhielt, als könne sie eine einzige Unze Gold umbringen. Oder hätte er ihr misstrauen sollen, von Anfang an, weil ihre Lieblingsblumen Tulpen waren?

Neben der Tür ein *Schlafender Fischer* von Constant Permeke und gleich daneben ein Seestück des flämischen Expressionisten, schlammige Brandung unter rauchigem Himmel. Am Boden das dunkle Parkett, das auch in den anderen Sälen verlegt worden war, nur hier, im Großen Ausstellungssaal, führte ein Weg aus Kratzern und Turnschuhspuren hinein in den Raum und über dessen Mitte hinaus, bis sich der Pfad, der inmitten unversehrt glänzender Stellen lag, um einen Fernseher, ein Bett und einen Kühlschrank verlor, eine abgenutzte Abzweigung ausgenommen, die von dieser Spureninsel fortführte, aber nicht vor ein Bild, sondern ins Nichts zwischen dem *Bildnis des Pierre Leyris* und *Genfer See mit Mont Blanc im Morgenlicht*. Über diese beiden Bilder hatte Holm seine Lieblingssequenzen aus Plinius' Briefen als Gedächtnisstütze an die Wand geschrieben. *He Du! Du sagst dich zum Essen an und kommst nicht? Das Urteil lautet: auf Heller und Pfennig wirst Du mir die Kosten erstatten, und die sind nicht gering! Vorbereitet waren: ein Kopf Salat, für jeden drei Weinbergschnecken, zwei Eier, Speltgraupen mit Honigwein und Eis – denn auch das wirst du mit berechnen, ja besonders das, was auf dem Tablett schmilzt – Oliven, Mangoldwurzeln, Gurken, Zwiebeln und tausend andere nicht weniger köstliche Speisen*. Daneben hatte er notiert: *Was macht dein entzückendes Landgut in der Nähe der Stadt? Was jene stets frühlingshafte Säulenhalle? Was jenes tiefschattige Platanenwäldchen? Was der grüne wie Edelstein schimmernde Wassergraben?* Holm hatte in den letzten Tagen offenbar versucht, einige dieser Zitate auszuradieren, eine Wolke aus verschmiertem Bleistift und Radiergummispuren hing an manchen Stellen auf den Wänden, deutlich sichtbar dann wieder ein anderer Ausschnitt: *Von der mir zugefallenen Erbschaft habe ich kürzlich eine korinthische Statue erstanden, die zwar nicht besonders groß, aber doch gefällig und ausdrucksvoll ist, soviel ich davon verstehe, der ich vielleicht von jeder anderen Sache etwas verstehe, hiervon aber sicher nur sehr wenig. Doch diese Statue kann auch ich beurteilen. Sie ist nämlich unbekleidet, und so verbirgt sie ihre Mängel nicht, sofern sie welche besitzt, noch zeigt sie ihre Vorzüge zu wenig.*

Vor dem Kühlschrank stand Holm und schlichtete benutzte Teller in Frau Manzurs Weidenkorb, den er am Abend dann in die Küche bringen würde. Er war der Einzige, der nicht in der Küche aß, sondern in seinem Zimmer, seit ein paar Jahren schon machte er einen Bogen um Frau Manzur, die ihm einmal gesagt hatte, sie finde ihn faul, weil er immer nur herumsitze und lese.

Seine Haare, kinnlang, waren schon mit dreißig grau gewesen, und er humpelte an den Tagen nach den Nächten in der Bar ein wenig. Das Bemerkenswerteste an ihm aber waren seine Augen, von einem warmen kastanienfarbenen Braun, versehen mit grauen Splittern, als wären auch sie alt geworden, dennoch lag in ihnen immer ein Ausdruck auffälliger Aufmerksamkeit. Der Rest seines Gesichts, das sicher schön war, erschien farblos, eigenartig nichtssagend, weil alles gegen seine Augen abfiel. Immer schon fühlte sich Immerjahn neben

Holm verschwinden und sah weg, diesmal auf die Matratze, auf die er sich setzte.

Holm hob den Kopf und sagte: *Na, hast du schon ein paar Handwerker erreicht?* Immerjahn schüttelte den Kopf und sah auf den Korb vor ihm. Er mutmaßte, was es heute zum Abendessen geben würde, vielleicht irgendeine Art von Braten, die Reste einer Sauce klebten auf einem der Teller, umgeben von durchsichtigen Zwiebelschnitzen.

Tafelspitz, antwortete Holm, *davon, wenigstens, versteht sie etwas,* und ließ mit gespitzten Fingern eine Serviette in die Mülltonne neben seiner Matratze fallen. Immerjahn nahm sein Notizbuch aus der Weste und suchte nach der Stelle, an der er die Dinge notiert hatte, die er mit Holm besprechen wollte, blätterte über Zahlenketten und die Telefonnummern der Maurer hinweg und ohne hochzusehen ans Ende des Buches. Ein Glück war nur, dass Raffael schon abgereist war und sie ihre Besprechungen nicht mehr im Geheimen abhalten mussten. Raffaels Trainer hatte ihn und Katka vor zwei Monaten beiseite genommen und ihnen unumwunden gesagt, mit ihren Vorbereitungen für das Museum würden sie Olympisches Gold gefährden. Sie konnten sich das Lachen kaum verkneifen, so wie jedes Mal, wenn der Trainer mit ihnen sprach, weil er alles, was er in knappen Worten sagen wollte, mit einem derartigen Nachdruck formulierte, als würde ein hochnäsiger Bote des Königs eine Bulle vor ihren Füßen fallen lassen. Abgesehen davon waren sie beide fasziniert von der Haut des Trainers, die immer glänzte, auch wenn er sich nicht im Wasser befand oder es gerade verließ, selbst noch mit einem Handtuch in der Hand. Und weil er immer glänzte, nannten sie ihn Aal. Der Trainer hatte sie beschworen, mit allen Umbauten bis zu Raffaels Abreise zu den Olympischen Spielen zu warten, weil ihm die Dinge, die bei ihm zu Hause vorgingen, ganz genauso hatte es der Trainer formuliert, das Herz zerdrückten. Sie hielten seither Geheimbesprechungen im Italienischen Garten ab. Verschoben, obwohl die Zeit knapp war, immer knapper wurde, lediglich ein paar Möbel im Salon. Stellten drei weitere Stühle hinter van de Veldes Sezessionsschreibtisch, und Polly klebte ihre Notizzettelchen lediglich an jene Stellen, die im Vorbeigehen nicht sichtbar waren. Auf die Schubladen, die innere Kante der Schreibfläche und in alle vier Bücherfächer. Sie brachten Raffael mit Holm und Marek und Frau Manzur und Polly zum Flughafen, und eine Sekunde schon, nachdem er sich ein letztes Mal noch umgedreht hatte, um gleich darauf im Dickicht der Geschäfte zu verschwinden, teilte Polly Zettel aus, auf denen vermerkt war, wer zu welchem Zeitpunkt was zu tun hatte, inklusive eines Zeitplans, der exakt die Arbeitstermine aller engagierten Handwerker vermerkte, der nun aber leider nicht mehr aktuell war. Raffael hatte beim Abschied noch zerknirscht gesagt, vielleicht sei er in ein paar Tagen zur Eröffnung schon wieder da, da er sich wohl nicht für die Finalrunden qualifizieren werde.

Wie machen wir das jetzt mit den Fenstern, sagte Holm.

Immerjahn sah vom Rand der Matratze hinüber zu ihm und überlegte, ob er das Wort Fenster je zuvor so abfällig ausgesprochen gehört hatte. Gleich nach dem Tod des Großvaters hatte seine Großmutter Etel die Fenster in den Saal brechen lassen, weil sie ihn so deprimierend fand. Mies van der Rohe hatte ihn mit größter Überzeugung fensterlos gelassen, die hier gezeigten Kunstwerke sollten allein beleuchtet sein von künstlichem Licht.

Sie zuzumauern geht sich nicht mehr aus, sagte Holm.

Immerjahn nickte und zögerte, weil es ihm unangenehm war, sich bei Holm zum zehnten Mal schon zu erkundigen, wann er denn seine Sachen packen und ins Gewächshaus übersiedeln würde. Holm war gerade dabei, seine Habilitation fertig zu schreiben, in der es um ihr Haus auf dem Hagebuttenberg und Mies van der Rohe und Schinkel und Plinius und teilweise auch um Hermann Fürst Pückler-Muskau ging, der sich von Schinkel Pläne für den Umbau seines Familiensitzes als Wasserschloss zeichnen hatte lassen, die aus Geldnot aber nie verwirklicht wurden. In Pücklers *Andeutungen über Landschaftsgärtnerei* schienen Schinkels Entwürfe, als seien sie verwirklicht worden, in den Stichen auf.

Morgen, ok?, sagte Holm. *Ich muss noch dieses Kapitel fertig schreiben.*

Immerjahn nickte. Er dachte an die Italienischen Gärten, an deren Rand, hinter allerlei Gewucher versteckt, das Gewächshaus lag. Er war schon lange nicht mehr drin gewesen, von außen sah man nur, eine Scheibe war zerbrochen, ein Vogel flatterte durch das Loch im Glas. Immerjahn beobachtete das Licht auf Holms Genick und seinem Rücken, als der sich bückte und die Bänder seiner Turnschuhe schnürte.

Was machen wir mit dem Parkett?, fragte Holm. *Das Parkett sieht schrecklich aus.*

Vor allem dort, unter den Fenstern, vom Regen oder woher kommt das, sagte Immerjahn und sah fort von Holm, als wisse er nicht, dass Holm, sobald es die Temperaturen zuließen, die Fenster bei Regen offen stehen ließ, weil er das Geräusch der in das Reflexionsbecken fallenden Tropfen liebte.

Schleifen wir es, oder? Schleifen dauert weniger lange, als es zu ersetzen.

Immerjahn schrieb *Parkett schleifen* in seinen Kalender.

Holm stand auf und ging zu den Fenstern. Vor ihren offenen Flügeln begann er, auf und ab zu schreiten, während er sich mit einer Hand den Nacken rieb. Vor den Fenstern, umschlossen von den Kolonnaden, der Peristylhof, nur Beigetöne und schmutziges Weiß, das Reflexionsbecken nicht mehr als ein silbriger Streifen im Grau der Steinwiesen. Ein leises Knirschen auf Kies war zu hören und dann ein Vibrieren aus Immerjahns Hosentasche, ein verwischtes Schnattern und schneller, als Immerjahn reagieren konnte, die Melodie von *Once in a Lifetime* von den Talking Heads, sein Handyklingelton, den Holm sofort mit Inbrunst zu summen begann, während Katka schon sprach mit ihm, sie machte ihm Vorwürfe wegen Polly, der sie gerade begegnet sei, und Immerjahn sah draußen im Peristylhof Marek, der, die Leiter geschultert, auf die Kolonnaden zuging. In der Leitung war es still. Um von Polly abzulenken, fragte er, ob Raffael angerufen habe, sie verneinte, entgegnete aber sogleich, ob denn nicht heute Vortraining sei. Immerjahn dachte nach und sah dabei auf die schwarze Hülle seines Notizbuchs, als könnte er Datum und Uhrzeit des Rennens davon ablesen, aber als er etwas sagen wollte, hatte sich Katka bereits verabschiedet und aufgelegt. Seitdem Raffael ihnen anvertraut hatte, in seinem Kopf sei nur Lampenfieber und Schwindel, sobald er die Wörter Qualifikation, Semifinale oder Finale höre, hatten sie diese Begriffe durch *Vortraining*, *Zwischentraining* und *Haupttraining* ersetzt.

Holm hörte auf zu singen, blieb dicht vor einem der offenen Fenster stehen, folgte Mareks Weg durch den Hof und sagte: *Ich weiß schon, was wir machen, statt die Fenster rauszureißen, lassen wir sie drin.*

Immerjahn sah ihn fragend an.

Wir nehmen ein paar Rigipsplatten, dübeln sie innen und außen bündig in die Fensteröffnung. Dann wird das Ganze verspachtelt und gestrichen.

Immerjahn lächelte. *Das ist gut. Bemerkt kein Mensch, schön, weiß, billig.*

Holm grinste jetzt auch und strich über die Wand. *Niemand wird gegen die Wände klopfen.*

Immerjahn blätterte wieder zurück, auf die erste Seite des Notizbuchs, als suchte er nach einem Eintrag, der etwas genau zu dieser Sache Gedachtes enthielt, und während er so tat, als suchte er, fiel ihm ein, dass ihm sein Vater erzählt hatte, wie er als Kind im Großen Saal gestanden war, in vollkommener Dunkelheit. Wie er die Türe zur Halle öffnete und in dem Licht, das in den Saal fiel, erzählte sein Vater ihm, da leuchteten die Ikonen nahe der Türe auf wie große flache Bernsteinstücke, und je weiter entfernt von der Türe sie sich befanden, desto schwächer war ihr Leuchten, wie schwelende, versteckte Glut. Und er war dagestanden, so erzählte sein Vater, und staunte über das Funkeln wie in einem Stollen mit dunkelorangen und goldenen Diamanten. Und irgendwie freute er sich auf den neuen, dunklen Großen Ausstellungssaal. Die anderen Säle waren alle ausgestattet mit Fenstern, relativ klein in den kleinen Sälen und dann plötzlich so riesig hier, wo ihre schiere Größe reichte, für eine Ausstellung allein von Tageslicht. Bei schönem Wetter, gegen elf Uhr Vormittag, war der Saal gefüllt mit durch die Fenstertüren fallenden goldenen Feldern, die sich überschneidend auf dem Parkett lagen, dazwischen schattige Keile, die sich auch über die Wände zogen, die wanderten, sobald die Türen geöffnet oder die geöffneten Türen bewegt wurden. Er dachte an die Ikonen, die längst schon verkauft waren, die er nie in dem für sie vorgesehenen Dämmer zu Gesicht bekommen hatte, und fragte sich, ob dies vielleicht der Grund war, warum sie ihm lange so wenig bedeutet hatten. Holm hatte sich gegen ihren Verkauf gewehrt, hatte Immerjahn Blindheit unterstellt, Matisse zitiert, der die Farben russischer Ikonen liebte, und mit noch größerer Genugtuung hatte Immerjahn verkauft, Immerjahn mochte Matisse, Matisse aber mochte Ikonen, lächerlich. Er beobachtete Holm, der noch immer an den Fenstern stand und voller Missbilligung Marek beobachtete, der mit einer Energiesparlampe in der Hand auf die Leiter stieg und den Arm vorsichtig nach oben streckte. Holm hatte eine Abneigung gegen Marek gefasst, die Immerjahn unverständlich war, Marek war fröhlich und höflich, war eben ein bisschen langsam, weil er schon über siebzig Jahre war, und öfter hatte er bei Holm ein Wort eingelegt für ihn, der Marek trotz allem für einen opportunistischen Schmeichler und unberechenbaren Lügner hielt. Immerjahn stand auf vom Bett und ging an die Stelle zwischen Balthus und Hodler, an der ein helles Rechteck in der eingedunkelten Wand auf ein Bild verwies, das früher hier gehangen hatte. Holm sah nur kurz zu ihm und sagte: *Der Jesus aus dem Speisezimmer.* Immerjahn nickte. Es kam ihm unpassend vor, dass Holm ihn immerzu an familiäre Dinge erinnerte, die er vergessen hatte, aber er sagte sich, er müsse froh sein über Holms Gedächtnis. Ohne Holm würde er vielleicht nie erfahren haben, dass sein Großvater neben den Ikonen und seinem van Gogh eine beeindruckende Fotosammlung besessen hatte, deren Existenz aber erst spät ans Licht gekommen war. Etel, die immer dachte, dass sich Benedickt sen. nicht ernsthaft für Kunst interessiere, fand nach dessen Tod eine Schachtel, vollgepackt mit kreuz und quer liegenden Bildchen, die sie ihr sorgsam entnahm, geknickte Ecken glättete, vor sich auflegte, der Ordnung halber nach Themen zu sortieren begann und anschließend einen komplizierten Index erstellte. Aber auch nachdem sie sie erfasst und verpackt und wieder unter das Bücherregal geschoben hatte, ließen ihr die Fotos, die sie genau wie die Schachtel nie zuvor gesehen hatte, keine Ruhe. Als ein im Ausland lebender Freund Benedickts seinen Kondolenzbesuch auf dem Hagebuttenberg abstattete, entschloss sie sich nach minutenlangem Ringen, ihn auf die Fotos anzusprechen. Nach kurzem Zaudern wiederum gestand er, mit einer Offenheit, mit der er sich Etels Herz zu erobern gedachte, Benedickt und er hätten eine gewisse Vorliebe für einen unscheinbaren, aber in ihren Kreisen weit bekannten Schlussburger Herrenclub gehabt, in dem man den Darbietungen beinahe nackter Damen folgte, die, unterstützt von Requisiten, berühmte Gemälde des Barock, der Schwerpunkt auf griechischer Mythologie, nachstellten. Ihre Angewohnheit sei gewesen, mit Lorgnette auf der Nase diese Damen zu betrachten, nicht ein einziges Mal hätten sie auch nur eine von ihnen berührt, und wenn sie sich sattgesehen hatten, gingen sie nach Hause. Etel, erleichtert, dass die Kunstliebe ihres Mannes das Gebiet der Ikonen überschritt, ließ sich zu einem Abschiedskuss mit dem Freund hinreißen, der, angespornt durch diese Gunst, in Oberberg ein Häuschen bezog, von dem er zweimal wöchentlich exakt um fünfzehn Uhr aufbrach zu weiteren, hoffnungsvollen Versuchen, Etel zu umgarnen, die sich an den einen Kuss nicht zu erinnern schien, die er aber erst aufgab, als sie starb, worauf er wieder ins Ausland ging.

Ohne Holm wüsste Immerjahn auch nicht, dass Plinius den Winter über, nach der Arbeit, Rom verließ, um nach Laurentinum zu fahren. Einen von zwei Wegen wählte, die Via Laurentina oder die Via Ostiensis, wobei er von der Via Laurentina nach dem 14. Meilenstein, von der Via Ostiensis am 11. Meilenstein abzweigte, in einen sandigen Weg, der für sein *Pferdegespann etwas beschwerlich und lang, zu Pferd kurz* und viel angenehmer sei, wie Plinius Gallus anvertraute. Es war erstaunlich, wie oft Holm Plinius *Epistulae* in der Gesäßtasche seiner Hose trug, eine Angewohnheit, die er nicht aufzugeben bereit war, obwohl er wegen der Schwere des Bandes die Hose bei großen Schritten festhalten musste, damit er sie nicht verlor. Wenn Holm heiß war, nahm er als erstes das Buch aus der Tasche, noch bevor er sich die Jacke auszog, als verursachte seine Abwesenheit den mit Abstand größten Temperaturunterschied. Holm hatte seine Matratze nach der von ihm vermuteten Positionierung von Plinius Liege im Großen Ausstellungssaal ausgerichtet, Immerjahn mutmaßte, um der Matratze eine gewisse Würde zu verleihen, wobei Holm, wie er gerne wiederholte, nicht mit Sicherheit sagen könne, wie Laurentinum wirklich angelegt gewesen sei, es sei fast unmöglich, Laurentinum zu rekonstruieren, auch Schinkels Versuche nur eine Annäherung an ein lang zerstörtes Haus, das nur noch durch ein oder zwei von Plinius Briefen geisterte. Holm drehte sich um zu Immerjahn und sagte: *Quasi tria maria prospectat.* An dieser Stelle rückte er die Hose zurecht und sah wieder durch die Fenster hinaus, nicht auf drei Meere, sondern auf drei Reflexionsbecken. Einen einzigen Satz hatte Holm im Buch angestrichen, von dem ausgehend er gerne in Monologe über die Auffassung der Römer bezüglich Architektur und Landschaft verfiel. *Auf allen Seiten hat das Speisezimmer Flügeltüren oder Fenster, die nicht kleiner sind als diese Flügeltüren, und gewährt so von den Seiten und von vorne gleichsam einen Ausblick auf drei Meere. Quasi tria maria prospectat.*

Immerjahn legte sein Notizbuch zur Seite und nahm es dann wieder zur Hand und sagte, *Holm, ich weiß, kannst du dich bitte kurz auf die Eröffnung konzentrieren?*

Holm sah ihn an. *Wir sollten auch besprechen, ob wir noch etwas mit dem Speisezimmer machen.*

Was sollen wir damit machen, fragte Immerjahn, *abgesehen von der Tapete.*

Renovieren, sagte Holm.

Aber Immerjahn winkte ab. *Frau Manzur wird staubsaugen.*

Er schüttelte kurz den Kopf, die Zeit wurde viel zu knapp, er musste sich beeilen, um alles über Rigipsplatten herauszufinden, und mit dem Gefühl, damit Essentielles in die Wege zu leiten, trat er ans Fenster zu Holm und schrie *allgemeine Besprechung* zu Marek hinaus, der sich eben mit einer staubigen Energiesparlampe in der Hand und begleitet von hartnäckigem Quietschen an den Abstieg von der Leiter machte. Unruhe hatte Immerjahn ergriffen, er musste handeln, so schnell wie möglich. Ungeduldig sah er hinaus zu Marek, der sich immer noch in der Mitte der Leiter befand, er hätte seinen Zorn hinunterschlucken und Polly erst in vierzehn Tagen entlassen sollen. Und plötzlich wusste er, was notwendig war, jemand anders würde dazu ganz gewiss nicht in der Lage sein, und er sagte zu Holm, der rot wurde, als er ihren Namen nannte: *Ich sehe, das wird zu kompliziert ohne Polly, ich gehe jetzt Polly holen, mit ihr schaffen wir den Augusttermin. Sie kann dir auch beim Umzug helfen*, sagte er und ging.

Er bereute den Moment, in dem er Polly entlassen hatte, seine Wut, die ihm vorgegaukelt hatte, er brauche sie nicht, das Museum sei schon so gut wie fertig, obwohl es entschieden noch nicht fertig war. Die Laokoongruppe war so schlimm nicht, über die von Polly abbestellten Arbeiter könnte er hinweggehen, er würde sie anrufen und hatte das Telefon schon in der Hand, steckte es aber gleich wieder ein, weil er es unangemessen fand, sie lediglich anzurufen. Er sah auf die Uhr. Er könnte ihr Malven, Anemonen oder Dahlien bringen, sie würde zurückkommen. Er überlegte, ob ihre Eltern Geld hatten und ob es sein könnte, dass sie mit ihm als Arbeitgeber generell nicht zufrieden war. Ihre Straße wusste er, die zweite hinter der Kirche von Oberberg, sie war nicht weit entfernt, er musste sie persönlich bitten, dann käme sie zurück, sofort. Er rückte mit dem Stuhl näher an den Computer heran, und in der Sekunde, in der er ihre Hausnummer fand, dachte er sich, wenn er den Computer schon einmal hochgefahren hatte, könnte er ebenso gut den Termin der Eröffnung des Museums bekannt geben, mit Polly ginge es sich spielend aus. Er setzte das Datum in den Text, der sonst vollständig aufgesetzt war, und schickte ihn ab. Neunundzwanzigster August, neunzehn Uhr. Und er freute sich, Polly war gleich wieder hier und würde alles in die Wege leiten, mit ihren Postern, ihren Stiften, würde wieder Worte unleserlich auf Zettel schreiben, kleiner noch als Zigarettenpapier, und es fiel ihm ein, wie gern er heimlich mit ihr rauchte.

Auf einer Bank vor ihrem Haus saß Immerjahn und wartete. Er hatte dreimal erst an Pollys Tür geläutet, aber mit so großen Abständen, dass die Dahlien mit hängenden Köpfen, stark duftend, neben ihm lehnten und er zweifelte, ob es denn noch half, den Strauß zu überreichen, wenn sie nun endlich käme. Sein Gesicht war der Straße zugewandt, sein Rücken ihrem Haus. Bei jedem Geräusch drehte er sich um, aber bisher nur ein Licht, das blass in einem Fenster brannte, wo vorher keins gewesen war, und das verstohlene Quietschen einer Tür. Er hatte längst beschlossen, Polly alle Zeit der Welt zu lassen, denn er hatte viel davon, vorausgesetzt, sie kam zurück und arbeitete wieder für ihn. Er würde es aussitzen, bis zum Abend, wenn es sein musste, es lohnte sich, wenn er hier blieb. Also wartete er, schrieb eine SMS an sie, deren Inhalt ? und ! war, und sah zu, wie schwüler Dunst sich vor die Sonne schob. Hinten, bei den Fabriken, von denen bloß die Schornsteine zu sehen waren, hingen Gewitterwolken tief am Himmel, bläulich schwarz und an den Rändern grau zergehend. Er sah sie prüfend an, versuchte den Kern der Wolken, ihren dunkelsten Punkt zu entdecken und wischte sich über die Stirn, weil es so heiß war. Er dachte an die Talking Heads, wie immer, wenn er schwitzte. An David Byrne, dem er früher so ähnlich gesehen hatte, vor allem wenn er die Brille aufsetzte. Er zog nun doch die Weste aus und nickte mit dem Kopf zum Takt, in dem *Once in a Lifetime* gesungen war, und stellte sich grünes Wasser mit blauen Schatten vor. Er überlegte, ob er kurz weggehen sollte, sich einen Kaffee zu besorgen, sah sich um, ob an dem einen oder andren Ende der Straße vielleicht eine Bar war, und versuchte, dabei die mannshohe Sonnenblume zu ignorieren, die neben der Bank aus einem Flecken Erde wuchs, deren Stiel überwuchert von Blattläusen war, über die Ameisen hinabstiegen und hinaufwimmelten und wieder unten angekommen in einer Ritze zwischen Steinen verschwanden. Er zog sein Hemd zurecht und versuchte lässiger zu sitzen. Zwei Straßenzüge von hier entfernt befand sich die Kantine, in der Katka gearbeitet hatte, als sie sich kennenlernten. Er zögerte, dorthin zu gehen, da er Polly verpassen könnte, aber die Kantine war nicht weit entfernt, und obwohl das Personal nicht gerade freundlich war, war er dort Stammgast. Wann immer er in den letzten Jahren durch die automatische Türe gegangen war, hinter der es nach Zitronen, Zuckerguss, lange ausgegangenen Zigaretten und verbranntem Käseomelett roch, dachte er daran, wie er Katka, da waren sie kurz erst zusammen gewesen, mit einem Besuch überraschen wollte, und sie, mit einem Sprühkopf in der Hand, über dreckiges Geschirr gefahren war. Wassertropfen hingen in ihrem hochgebundenen Haar, und dann ihr Blick, als er ihr auffiel, wie sie ihn ansah. Daraufhin ging er hinaus und weg, an den schartigen Mauern der Gegend entlang, die er manchmal berührte, immer weiter, ohne sich zu kümmern, welche Richtung er eingeschlagen hatte. Und irgendwann, als er stehen blieb, um sich umzusehen, bemerkte er, dass Katka ihm nachgegangen war, die fleckigen Kleider noch immer von der groben Schürze bedeckt.

Er schreckte hoch, weil er eingenickt, sein Kopf ihm zur Brust gesackt war. Er blinzelte und schloss die Augen wieder vor der blutorangen Sonne, die so tief stand über ihm, und streckte sich, der Rücken tat ihm weh vom Sitzen. Wie gerne er sich auf die Bank legen würde, nur einen Moment, längstens wenige Minuten. Er sah sich um und nickte, er sagte sich, er würde sich nur ausstrecken, schlafen würde er nicht, und legte sich auf die Bank, die Arme akkurat verschränkt über der Brust. Ihr Holz war glatt und abgeschabt, sie kam ihm vor wie modelliert aus weicher Masse, bequemer noch als sein Fauteuil. Das Ameisengetümmel kitzelte ihn in den Augen, und sein Kopf war so schwer, schwerer noch als seine Lider, eine angenehme Dumpfheit füllte ihn aus, und er gähnte, in fünf Minuten würde er sich wieder aufsetzen und ein weiteres Mal an Pollys Türe läuten, wie schön wäre es, wäre es weniger heiß, und er sah wieder David Byrne vor einer blauen Fläche, durchsetzt mit grünen Stücken, sah ihn sich ruckhaft bewegen, tauchen und schwimmen, und er horchte, ob irgendwo das Rauschen von Wasser zu hören war, aber alles war ruhig, bis auf den Wind. Die Vorhänge des Salons kamen ihm in den Sinn, ihr Schlingern, Schweben, ihre pausenlose Bewegung über das Fenster und über den Boden, er dachte an den Fauteuil, weich und nachgiebig, sah, wie Wasser aus ihm quoll, und dann an Katka, die eine hervorragende Schwimmerin war. Ihr schwarzes Haar, das flüssig glänzte, sobald es mit Wasser in Berührung kam, schwer auf ihre Schultern fiel und die Träger ihres Badeanzugs überdeckte, die ebenso schwarz waren wie ihr Haar. David Byrnes Gesicht glänzte und tropfte, und dann sah Immerjahn, wie er selbst versank in warmem Wasser, legte einen Arm unter den Kopf und schlief, ehe er davon wusste.

Das Wasser bestand aus glitzernd blauen Bahnen, die einen Mann berührten, der auf einer Bahre lag, ihre Wände gleich denen eines Sargs. Sein Gesicht war ruhig, die Augen geschlossen, die Hände mit weißen Bandagen verbunden. Er sah ganz aus wie Immerjahn, war auch nicht älter oder jünger, dachte Immerjahn, als er den Liegenden betrachtete, mit Neugier, nicht ohne Sympathie. Er wandte sich ab, wollte spazieren gehen am Grund des Meeres, gewickelt in die Strömungen wie in nasse Tücher. Um ihn lagen uralte Bauten, über die er stieg, so leicht, als wären ihre Dächer hoch wie flache Stufen und ihre Türme gräserzart, die zahlreich waren, noch mehr wurden, bis sie insgesamt eine Weide ergaben. Grün und frisch, benetzt von Tau, obwohl sie unter Wasser lag, umstanden von Ringelblumen, Löwenzahn, Vergissmeinnicht, deren Köpfe das Wasser wiegte, fast sanfter als der Wind. In der Mitte der Weide ein Karussell, das leuchtete, in rascher Bewegung schwirrte. Jahrmarktsmusik flog zu Immerjahn. Er ging dem Karussell entgegen, das kein gewöhnliches Dach besaß, sondern oben abgeschlossen von einer kleinen schwarzen Wolke war, in der das Gestänge steckte, das Plastikpferdchen hielt und Kutschen, Rehe, eine Eisenbahn und dann wieder Pfauen voller Augen. Er betrachtete die schönen Äpfel, die in der Wolke hingen, die leuchteten wie Lampen, und entdeckte dann ein Menschchen, das eben aus einer Kürbiskutsche kletterte. Es war sehr klein, im Wachstum noch begriffen, ihm wuchsen die winzigen Hände und Füße mit jeder Bewegung, die es tat, zu denen eines Erwachsenen heran, weswegen es ständig stolperte und hinzufallen drohte. Allein sein Kopf wuchs nicht. Blieb winzig mit stecknadelgroßen Augen unter buschigen Brauen und einer Nase, nicht größer als ein Knopf. Aus irgendeinem Grund wusste er, trotz geringer Ähnlichkeit, dass das Menschchen Katka war. Vorsichtig hob sie Kisten aus der Kutsche, die mehr davon barg, als eine Kürbiskutsche Kisten bergen konnte. Stemmte die erste auf und holte etwas hervor.

Eine Zeichnung, dachte Immerjahn erfreut, ging näher und erkannte frei von Zweifel einen Menzel. Die *Bewegungen der Stubenfliege*, Skizzenbuch 44, 1874, Seite 79, Zimmermannsblei auf Papier, und er freute sich, auf solch große Kunst an diesem Jahrmarktsplatz zu treffen, der doch recht abgelegen war, und in dem Moment, in dem er so dachte, bewegte sich das Menschchen, das Katka war, an den Rand des Karussells. Setzte einen Stapel Bilder ab, die sie gegen das Reh, die Bahn, die Pfauen lehnte, ein Max Ernst darunter, ein Beckmann auch, jedes Bild ein Bild, das er besaß. Vor dem Reh stand dann Katka, und mit beiden Händen, als wäre sie sehr schwer, hielt sie Menzels Skizze in die Höhe und sah auf die Menge nieder, in der sich etwas regte. Bei jedem Zuruf aus dem Publikum ließ sie das Bildchen bis zur Hüfte niedersausen, rief Zahlen aus und zog es hoch, geriet, verursacht von der Drehung des Karussells, eine Weile außer Sicht, ohne deswegen ihr Nummernrufen zu unterbrechen, als würde sich auch die Weide drehen und mit der Weide die Menschen auf ihr. Immerjahn stand mittlerweile in der ersten Reihe, verfolgte den Handel, der da vor sich ging, und rief immer wieder hoch zu ihr, sie solle doch vorsichtig sein, das Papier nicht so knittern, da wurde er abgelenkt, von einer Fliege, die sein linkes Ohr umschwirrte, und einer andren, die auf seinem Kragen saß. Er schlug nach der einen, nach der anderen, sah dann noch mehr, zwei, drei, vier Fliegen, insgesamt acht auf ihm sitzen und ihn gleich wieder umschwirren. Sah das jetzt leere Stück Papier in Katkas Händen und versuchte, die Fliege auf seiner Schulter zu fassen, weg war sie, eine andere in seinem Haar, *bleib*, rief er, *bleibt*, und verlor die Fliegen gegen den plötzlich finstren Horizont aus den Augen, schwarz unter Wasser eine Gewitterwand, das riesige

Meer durch ein gewaltiges Rauschen erwacht, und das Karussell drehte sich schnell, schneller, die Bilder fielen in die Menge, die Äpfel platzten aus dem Wölkchendach des Karussells, über das tiefste Gewitternacht hereingebrochen war, nicht die Hand vor Augen sah Immerjahn, nur in einem letzten Flackern gerade noch das Huschen einer Fliege, und Immerjahn ihr nach, stieß sich durch die Menge, rannte und stolperte über einen Mann, der auf einer Bahre lag, die Wände hatte gleich denen eines Sargs. Immerjahn fiel hart und schrie, noch blind, kaum konnte er etwas sehen, und das, was er sah, war er unfähig zu deuten, schwarze Dinge, Stücke verschieden dichter Dunkelheit, viele leichte Flügel, vielleicht zwei Beinchen.

Immerjahn lag auf der Straße, auf die er gefallen war, auf seinem Gesicht ein paar Steinchen. Neben ihm die Sonnenblume, ameisenschwarz die Blätter, hoch zum Himmel gereckt. Gewitterwolken über ihm und dann plötzlich Katkas Gesicht. *Hallo Gotthold*, sagte sie. Eine Birne in der einen Hand und die andere am Genick eines Hundes, der sich kaum halten ließ. Es war Toto, Fritzwalters Hund. Er winselte vor Freude und riss an der Leine. Sie sah Immerjahn erstaunt an, und als sie sicher war, dass er sich nichts getan hatte, begann sie leise zu lachen, während er da auf dem Boden lag und wütend war und sein Herz raste. Er hatte manchmal schon daran gedacht, sie könnte nach seinem Tod jedes Bild gegen eine Kette tauschen oder einen Ring. Und er wusste zwar, das neben ihm war die Bank, auf der er zuvor gesessen war, sie fühlte sich aber an wie die Bahre im Traum, die er fliehen musste. Vorsichtig rückte Immerjahn von der Bank weg und klopfte sich die staubige Hose ab.

Toto!, sagte Katka, während sie nach dem Hund fasste, einen Satz auf Immerjahn zu wollte er wieder machen, die Leine spannte sich, Toto japste und zog sich still neben sie zurück. Immerjahn fragte sich, ob er wirklich geschrien hatte, oder ob sein Schreien nur Teil des Traumes gewesen war, und weil ihm die Situation unangenehm war, vermied er es, Katka anzusehen, die lautlos lachte, und gab stattdessen vor, die Ameisen auf der Sonnenblume zu betrachten, die neben ihm hinauf in den Gewitterhimmel liefen und wieder hinunter in den Riss zwischen den Steinen, als trügen sie die Wolken Stück für Stück in ihren Bau. Er strich sich über die Weste und die Haare aus der Stirn und sah dann wieder zu ihr hin. Die Birne in ihrer Hand war vollkommen wie eine Frucht aus Glas. Katka krümmte sich vor Lachen und schnappte nach Luft, sodass eine kleine Stille entstand, die sie umgab, in die er unvermittelt fragte: *Was machst du hier?* Sie hob den Kopf, und als hätte er das Lachen von ihrem Gesicht gewischt, antwortete sie sehr ernst: *Gesucht hab ich dich.* Immerjahn lächelte. Er stellte sich vor, sie würde ihn suchen im Haus mit aufgerissenen Türen und mehrmals deutlich seinen Namen rufen, Immerjahn, Immerjahn, und er räusperte sich, so unwahrscheinlich kam es ihm vor, aber es machte ihm gerade nichts aus, er war noch auf angenehme Art betäubt vom Schlafen. *Und wo hast du Toto her?*

Am Hang gefunden. Er ist Fritzwalter weggelaufen.

Immerjahn stand auf. Er war jetzt wieder bei sich. Polly fiel ihm ein, er würde gleich noch mal an ihrer Türe läuten und dann mit ihr und Katka, aber ohne Toto, so rasch wie möglich zum Hagebuttenberg zurückkehren, und nach dem heutigen Tag zwölf ganze Tage noch bis zur Eröffnung haben. Er wollte sich am Abend noch unbedingt mit Frau Manzur über die Josef-Frank-Tapete unterhalten, sie hatte ihm angeboten, auf allen sichtbaren Teilen der vergilbten Bahnen aus den dreißiger Jahren das Seegras in seinen originalen Verschlingungen nachzuzeichnen. Er musste sich die Farbe ansehen, die sie dafür gekauft hatte, die ihrer Ansicht nach nicht ganz der des Originals entsprach, einen Tick zu sehr ins Grasgrün neigte, aber immer noch die schönste war.

Begleitest du mich zu Fritzwalter?, fragte Katka. *Ich bringe ihm Toto.*

Ich kann jetzt nicht weg, antwortete Immerjahn und wurde, ehe er Katkas Namen sagen konnte, unterbrochen vom Vibrieren seines Telefons. Er sah es prüfend an. *Polly?*, fragte Katka. Immerjahn nickte. Polly schrieb, er las es vor: *Keine Zeit. Arbeite jetzt für die Hefte für Kunst und Denkmalpflege.*

Er steckte es erst wieder ein, als ihm vollständig bewusst geworden war, dass er wohl oder übel alles ohne sie zu Ende bringen musste, sich ohne Hilfe in Pollys Schrift zurechtfinden, ein Dickicht hoch und verstrickt.

Dann kannst du jetzt mit, sagte Katka, die Toto etwas zu essen gab. Nichts als das Schmatzen und Schlecken des Hundes war zu hören, während Immerjahn auf die Gewitterwand starrte, die den Straßenzug verdunkelte wie eine vorgezogene Nacht.

Kommst du?, fragte Katka.

Immerjahn stand auf.

Katka wickelte Totos Leine fester um die Hand und warf die Birne fort. Immerjahn verfolgte ihren plumpen Flug, erwartete ein Klirren von dieser glasgleich schönen Frucht, aber nur ein Rascheln am Straßenrand, als sie dort zwischen Gräsern verschwand.

Oben am Hang sah er Lichter. Vereinzelt an Rändern von Wegen, silbrig, Bushaltestellen, zwei Fenster in Gold, schnelle Flugzeuglichter und langgezogen die der Autobahn. Bläulich die Scheinwerfer der Mautstationen. Der Dunst der verwachsenen Dörfer, sandig, links hinten und rechts ein paar Sterne am Himmel. Der Mond war weiß. Die Lichter der Fabriken gelb und rot.

Direkt vor ihm, mächtig, die Fabrik, mit Lämpchen besetzt, die ihre Schornsteine, Kessel, Brücken und Bänder übersäten, erloschen, erschienen, wieder langsam blinkend untergingen. Immerjahn fühlte sich ganz fröhlich. Katkas Haare waren schwarz, genau wie ihre Augen, die im Moment geschlossen waren. Am Fuß des Hangs hatte sie seinen Arm um ihre Taille gelegt, während sie ihren Arm um seinen Hals schlang, worauf er sie den ganzen Hang hinaufgeschoben hatte. Obwohl der Pfad schmal war und steil, achtete er kaum auf ihn, sondern sah ihren Nacken an und ihr Gesicht. Totos Leine ließ er fallen, um ihn kümmern wollte er sich nicht. Der Hund lief aber nicht fort, auch auf Immerjahns Zischen keine Reaktion, jetzt saß er glücklich an seine Beine gedrückt, die warm wurden, wann immer Toto seinen Kopf von der Ebene weg zu Immerjahn drehte und auf seine Schienbeine hechelte.

Wind ging. Der Rauch zerstob, kaum war er aus den Schornsteinen gequollen. Er atmete tief ein, in der Luft Ruß und der flüchtige Geruch von etwas anderem, Katka schwitzte. Er verfluchte den Wind, der an ihrem Rocksaum riss, den Stoff gegen ihre Beine schlug und sie umzuwerfen drohte, es kam ihm vor, als sei sie abwesend, wie hypnotisiert von den Fabrikslichtern, und er wünschte, sie stünde mindestens drei Stunden noch so fest geschmiegt an ihn.

Er sah Katka vor sich, wie sie dagelegen war, auf der Bank in seiner und Fritzwalters Küche, als er sie knapp nach seinem einundzwanzigsten Geburtstag zum ersten Mal gesehen hatte. Sie schlief, die Arme hinter den Kopf gelegt. Splitternackt war sie. Eine Strähne ihres Haars rann ihren Arm entlang in ihre Hand. Schwarz ihre Augenbrauen, in langen Bögen geschwungen, schwarz die Achselhaare, die der Scham. Obwohl er in dieser Phase geradezu besessen von Oberschenkeln war, interessierten sie ihn nicht. Auch nicht ihr Becken oder der Bauch, die schön waren, zweifellos, wie gehauen aus weißer Schokolade, aber gefesselt, inmitten all dieser verschwenderischen Makellosigkeit, hatten ihn ihre Brüste. Heiß war es in der Küche. Damit die Nackte sich nicht bewegte, hatte Fritzwalter zu viele Scheite in den Ofen geworfen, denn ihre Brüste, schwer und rund, wirkten, als würden sie schmelzen. Sie waren ungleich groß, eine zum Nabel hin gesunken, die andere auf ihre Seite gerutscht, und wie beim Anblick eines schief gehängten Bildes konnte er nicht anders, als ihre Brüste im Geist zu berühren und anzuheben und zurechtzuschieben, wie sie auf dem Körper liegen mussten nach den Gesetzen der Symmetrie, er fühlte sich zu seiner Überraschung nicht erregt, war eher besorgt, alarmiert angesichts der zerlaufenden Brüste, als könnten sie jeden Moment herabtropfen, und er wäre es, der sie auffangen müsste, besonders die linke Brust, die so matt glänzte.

Er setzte sich zögernd an den Küchentisch, ungebührlich nahe an die Schlafende, aber abgewandt von ihr. Beobachtete Fritzwalter eine Weile bei der Arbeit. Hinter ihm das Küchenfenster, aus dem man in den Hof hineinsah, Efeu wuchs über das Hinterhaus, rote Blätter vermischt mit grünen und wieder anderen, die, so tief im Häuserschatten, ihm ganz schwarz erschienen. Er stand dann auf und ging, unvermittelt, weg von der Nackten, an Fritzwalter vorbei und zur Eingangstüre hinaus, die hinter ihm zufiel.

Er konnte sich heute noch an die Bäume erinnern, die damals im eisigen Park zwischen Schlussburg und Venosta standen, in langen Alleen, durch die er ging, auf der Suche nach der Frau mit den Augen, die immerzu geschlossen waren, die Augenbrauen so weit geschwungen und das Haar so gewellt und das Schamhaar so dunkel. Ihr Gesicht nicht in Menschenmengen, nicht in der Straßenbahn. Tage vergingen, und alles, was er noch wusste von ihr, legte er zusammen, presste es in dichteste Erinnerung und modellierte ein Gesicht aus einem Oberkörper. Aus der rechten Brust machte er ihre Stirn, weiter wand sie sich zur Schläfe, zog sich schmal zur Oberlippe hin. Aus der Wölbung der linken Brust formte er die Augenbrauen, die Nase, das Kinn, und es war ihm egal, dass ihre Augen ohne Glanz die Brustwarzen waren.

Er wollte sie sehen, wollte sie sehen, sie lag in seinem Kopf herum mit schmelzenden Brüsten. Immerjahn war ausgenommen von einigen Stunden unruhigen Schlafs durchgehend auf den Beinen, rastlos durch Straßen gestreift, betrat ihm unbekannte Viertel, fuhr mit der Straßenbahn an die Ränder Ostendorfs, schaute trotz Höhenangst durch jedes einzelne Fenster des Schlussburger Burgturms, saß in Cafés an strategisch günstigen Punkten, bestellte abwechselnd Kaffee und beruhigenden Tee, bis ihm der Magen weh tat und er beinahe die

Suche aufgab, wegen der Schwierigkeit, eine Frau wiederzuerkennen, die er nur mit geschlossenen Augen und ohne Kleider kannte.

Seine Freundschaft zu Fritzwalter veränderte sich. Er fühlte sich fiebrig, und Fritzwalter wollte er nicht nach ihr fragen. Es war klar gewesen, dass sie und Fritzwalter irgendeine Beziehung zueinander hatten, Fritzwalter hatte immer irgendwelche Beziehungen zu seinen Modellen. Die erste Frau, mit der Immerjahn überhaupt schlief, war ein ehemaliges Modell seines Mitbewohners, das Fritzwalter offenbar in seinem Bett vergessen hatte.

Ein Regentropfen traf Immerjahn am Hinterkopf, und noch einer schlug gleich darauf auf seine Hand, die er in einem Reflex über Katkas Stirn gelegt hatte, die wirklich im Stehen eingeschlafen war. Toto war wieder auf den Beinen, umkreiste sie und kläffte die Tropfen an. Immerjahn berührte vorsichtig ihre Hand, weich war sie. Als er Katka kennengelernt hatte, war sie an der Innenseite schwielig, vor allem ihre rechte Hand, wegen der Arbeit in der Kantine.

Er flüsterte *Katka* in ihr Ohr, aber sie reagierte nicht. Er sah sie wieder von der Seite an und stellte fest, wie sehr sie in einem bestimmten Licht Paula Modersohn-Becker auf dem *Selbstbildnis nach halblinks, die Hand am Kinn* glich. Die Form ihres Kopfes, der Haaransatz. Die Größe ihrer Augen und die Stellung ihrer Ohren. Er fragte sich, ob sie ihn immer schon an Modersohn-Becker erinnert hatte und es ihm bloß nicht bewusst gewesen war. Wäre ihm die Nackte auf ihrer Küchenbank gleichgültig gewesen, hätte es da nicht eine gewisse Ähnlichkeit gegeben? Aber vielleicht bildete er sich das alles nur ein, jetzt im Nachhinein. Auf dem *Selbstbildnis* war alles an Modersohn-Beckers pfirsichfarbenem Gesicht weich, die Wangen, die Lippen. Die Strenge, die früher immer um Katkas Mund gelegen war, ging Modersohn-Becker vollkommen ab. Heute, mit fünfzig, waren Katkas Züge weicher, alles war runder an ihr geworden, durchscheinender und paradoxerweise auch wieder dunkler, der Bereich unter ihren Augen, ein paar neue Muttermale, einzig ihre Haut war blasser geworden, als hätte sich ihre Kühle dorthin geschlichen.

Immerjahn mochte Katkas Muttermale, die ganz wie das Sternbild Kassiopeia auf ihrem Gesicht aufgefädelt lagen. Je nachdem, wie sie den Kopf hielt, sah Immerjahn ein *M* oder *W* auf ihrer Wange, die in diesem Fall der Himmel war. Er hatte nachgelesen, die eitle Kassiopeia, Frau des Kepheus, behauptete, schöner als die Töchter des Meeresgottes zu sein. Daraufhin band man ihre eigene Tochter an einen Felsen im Wasser, damit sie der Walfisch zur Strafe fresse, aber dem zuvor kam Perseus, der, jetzt fiel es Immerjahn wieder ein, Andromeda rettete. Dann war sie seine Frau.

Er klopfte leicht auf Katkas Oberarm und sah, wie sie widerwillig die Augen aufschlug.

Komm, es regnet, sagte er.

Sie schloss die Augen wieder. Murrte italienische Wörter, die er nicht verstand, und lehnte den Kopf zurück, sah in den tiefen Gewitterhimmel über ihnen. Toto sprang hoch an ihr, sie erschrak, dann war sie wieder wach.

Komm, gehen wir zu Fritzwalter, sagte Immerjahn.

Und Katka nickte nur, sie richtete sich auf, löste ihre Arme von ihm und murmelte: *Wie lange stehen wir denn hier herum, du und ich und Toto?*

Sie sah sich um nach dem Hund, bückte sich und bekam nach mehreren Versuchen wieder die Leine in die Hand.

Fritzwalter war kürzlich erst in die Gegend hinter den Fabriken, nach Kronen gezogen, in die Straße, in der sich abgesehen von einer großen Apotheke nicht viel befand. Ein Mietshaus samt Garten hatte er sich gekauft.

Das Haus dort unten, mit den Fenstern, die leuchten, erklärte Katka Immerjahn, der noch nie in Fritzwalters allerneuestem Haus gewesen war.

Sie zeigte auf das mit den beiden honiggoldenen Fenstern, die ihm zuvor schon aufgefallen waren, es war das höchste Haus in der Umgebung. Er hatte nicht gewusst, dass sie es schon kannte. Aber ihr war die Gegend hier insgesamt sehr vertraut. Manchmal ärgerte sie sich darüber, dass sie, egal wohin sie ging, nicht mehr die Orientierung verlor, weil sie die Senke so oft schon durchwandert war, dass sie jeden Meter kannte.

Katka warf ihr Haar zurück, raffte es mit einer Hand zusammen und drehte es zu einem Strick, den sie mit einer Klammer hochsteckte. Prüfte den Sitz des Knotens und strich sich eine Strähne hinter das linke Ohr. Wie oft er diese Bewegungen, die Hand, den Strick, die Klammer, die Hand, den Knoten in immer dieser Reihenfolge schon gesehen hatte, unzählige Male. Selbst als sich Katka die Haare abschnitt, weil ihr die Hitze eines Sommers zu schaffen machte, mit einer Schere in den Zopf gefahren, und ab war er, behandelte sie die kurzen Haare mit den gleichen Bewegungen und beklagte sich in den folgenden Wochen über die Abwesenheit ihres Zopfes. Kannst du dich noch erinnern, hatte sie gefragt, mein glänzender Zopf, mein Haar, weswegen er das erste Mal so richtig genervt von ihr gewesen war.

Immerjahns Zuversicht, ausgelöst durch Katkas Nähe und

der Kühle über der Ebene, war verschwunden. Nur daran zu denken, in Fritzwalters neues Haus zu gehen, kostete ihn Überwindung. Er wollte jetzt wirklich nicht mit Fritzwalter über seine Bilder sprechen. Seine Serie.

Katka kraulte Totos Kopf, sie flüsterte: *Nicht mehr weit. Nein nein, die faulen Wolken regnen nicht.*

Immerjahn sah hoch, ein paar schwere Tropfen fielen nach wie vor auf sie hinunter, aber Regen nennen konnte man es nicht. Der Wind trieb die Wolken weg von ihnen. Sie ging los, und obwohl es ihm vorkam, als sträubten sich selbst die Büsche am Hang, die hüfthoch Katkas Körper streiften, als sie schnell, geübt, durch sie hinunterging, ging er ihr hinterher. Trödelte den Weg am höchsten Punkt des Hangs entlang und wäre um ein Haar gestürzt, als er plötzlich abfiel, Immerjahn kämpfte sich mühsam nur von einem Buckel zum nächsten hinunter, hielt sich an dornigen Ästchen und sah immer auf den Pfad direkt unter sich, nie weiter nach vorn. Manchmal verstummte das reißende Geräusch von Katkas Schritten durch das Gras und Toto bellte und er wusste, sie stand jetzt da, sah sich ungeduldig nach ihm um, der sich in die Büsche krallte wie in die verfilzten Haare einer übergroßen Frau, und schloss dann aus wiedereinsetzendem Ratschen, Fluchen, dass sie ihr Kleid aus dornigen Ästchen, Ranken befreite und weiterging.

Immerjahn zählte, eins, zwei, drei, vier, fünf. Fünf Geschosse war das Haus hoch, und er trat an die Wand und tippte ein Stück des Putzes von der Mauer, der in Schuppen von ihr hing. Vielleicht zwanzig Klingelschilder. Auf jedes einzelne war mit großen Lettern FRITZWALTER geschrieben. Das Portal bestand aus drei Eingangstoren, umrahmt von steinernen Figuren. Frauenhände, die den Türstock hielten, Waden eines Mannes, dessen Oberschenkel unter Schmutz und Staub verborgen waren, aber ehe er noch das Gesichtchen betrachten konnte, das direkt über ihm im Steingedränge hing, drückte Katka eine Klinke. Sie wusste offenbar auch, dass sich die Türe ohne zu läuten öffnen ließ.

Hinter dem Tor verbrauchte, feuchte Luft, fast kalt. Eine Lampe wie ein winziger Mond auf der bröckelnden Mauer. Toto verschwand kläffend. Immerjahn blieb stehen und hielt die Luft an. Erst nach und nach erfasste er die Unruhe, das Flirren, von dem die Luft um ihn erfüllt war. Zirpen, überall Zirpen. Leises monotones Quaken, Vogelschnarren. Etwas, das pfiff, und noch ein Tier, das sich erbrach, so klang es. Katka stand an der Tür, immer noch hielt sie die Klinke in der Hand. Ein geisterndes Glänzen vor ihrem Gesicht, sie zog den Kopf ein, gleich raschelte es vor seinen Augen, etwas streifte seine Nase und das Ohr, und Immerjahn sah Flügel, Beinchen, Fühler, die hinausflogen und wieder hineinzappelten in die laubversetzte Finsternis, die sie umgab, schimmernd vor starren Augen.

Erst allmählich erkannte er in dem Gewimmel einen Garten, der lichtlos zwischen Mauern lag. Etwas Großes, leicht und dunkel, vielleicht ein entbeinter Vogel, vielleicht ein flügelbesetztes Bodentier schwebte knapp vor ihm nach oben, und er sah die Spitze eines hohen Baumes, die hell beschienen war. Das Licht kroch aus einem Fenster, vielleicht fünf Stock über dem Boden.

Er hörte leise, stet, ein Ticken, das dem Klang nach zu einer Maschine gehörte, die in einer der umliegenden Wohnungen verborgen war. Unter ihm Stufen und über ihm Stufen, steil wand sich die Treppe um den Liftschacht herum, der an allen Seiten verrammelt war von Brettern, an die sich Katka vor ihm lehnte. Gleich danach fiel das Licht wieder aus. Und er erschrak, weil er dachte, die Stiegen könnten unmöglich imstande sein, die Dunkelheit und Katka zu tragen.

Ein Kegel Licht fiel auf die Wand. Auf silbrige Fäden, Spinnwebenfächer, eine Coladose auf einem Balken und weiter unten Katka, die ihn anfauchte, er solle bitte auf die Treppe leuchten mit seinem unglückseligen Handy, und dann Totos Kopf, die Zunge hing ihm aus dem Maul. Gleich danach war das Licht wieder weg, leer der Akku des Handys, stockfinster das Stiegenhaus.

Lauter jetzt das Maschinenticken, das sich hell den Weg zu seinen Ohren bahnte, dessen Wirkung leicht hypnotisch war, weil er im Dunkel vor sich Stimmen hörte, die ihre Position änderten, die Stimme eines jungen Mannes, der über den letzten Abend, einen Film im Kino sprach, ein neuer Satz mit jedem Ticken. Drei Personen waren über eine Brücke gerannt. Eine Frau und zwei Männer, wobei die Frau als Mann verkleidet gewesen war. Es kam ihm vor, als hörte er Fritzwalter und sich selbst miteinander sprechen, als sie jung gewesen waren. Ein Gesicht schälte sich aus der Finsternis, die von einem Moment zum anderen keine Finsternis, nur noch Halbdunkel war, weil das Ticken begleitet war von einem schwachen Licht, das vielleicht ausgelöst wurde von der gleichen Apparatur. Er sah dann eine Flamme, die in der Faust eines der jungen Männer steckte, die Flamme eines Feuerzeugs, die wieder ausging.

Wollen Sie Feuer, fragte der junge Mann.

Haben Sie eine Zigarette, fragte Immerjahn.

Du rauchst wieder?, fragte Katka, aber Immerjahn beschloss, besser nicht zu antworten.

Immerjahn seufzte, Fritzwalters Assistenten mussten das sein, er erinnerte sich, Fritzwalter hatte ihm erzählt, sie trügen die Dinge, die er brauchte, die Stiegen hinauf und hinunter, weil es in diesem desolaten Haus natürlich keinen Aufzug gebe. Sie waren fünf, hatten alle lange Haare, waren ungefähr gleich alt, dünn und groß und fahrig. Fritzwalter habe sie zwei Tage, nachdem er das ganze Haus gekauft hatte, im zweiten Stock entdeckt, wo sie gerade ein paar Wände eingerissen hatten. Sie lebten schon seit Jahren hier, erklärten sie, und seien gerade dabei, ihre Unterkunft ein wenig umzugestalten. Sie imponierten ihm, wegen der Unschuld, mit der sie sein Haus zerlegten, und er war, ohne ein Wort über den Kauf zu sagen, wieder in den fünften Stock, in eine seiner zehn Wohnungen gegangen.

Ein paar Tage später traf er sie in einem Nachtcafé, und obwohl sie nicht am selben Tisch saßen, waren sie für jeden sofort als Einheit zu erkennen. Einer von ihnen erzählte ihm, er habe sich am Nachmittag im Foyer einer Bank herumgedrückt und versucht, einer jungen Frau, die eine größere Summe abgehoben hatte, die Geldbörse zu stehlen. Er ging ihr nach durch Arkaden, folgte ihr in ein Geschäft, durch einen Park und danach in eine Bar, setzte sich an den Tresen, auf den Hocker neben sie und wartete nur auf den günstigsten Moment, ihre Geldtasche zu nehmen, immer saß sie mit der Hand auf der Tasche da, aber dann stand sie auf und ging weg und ließ die Tasche auf dem Hocker liegen. Eine Sekunde später, er hatte die Hand schon ausgestreckt, kam sie zurück und fragte, ob er einen Moment achtgeben könne auf ihre Tasche, sie müsse auf die Toilette. Er saß neben der Tasche und brachte es nicht fertig, ihr die Börse wegzunehmen, obwohl er nicht einmal genug Geld mit hatte, um seinen Kaffee zu bezahlen.

Die Assistenten lotsten ihn und Katka herum um lose Schwellen, wiesen auf Löcher im Geländer hin, einer machte eine Bewegung, blieb stehen, und der andere führte die Bewegung auf seine Weise zu Ende, als wären sie eine einzige Person. Sie verschwanden dann wieder, plötzlich, wie sie gekommen waren, und nahmen das Licht mit in irgendeinen Teil des uferlosen Gebäudes.

Fritzwalter hatte sich das Haus erst vor kurzer Zeit gekauft, da er es nie lange, nicht länger als ein paar Jahre, in einem aushielt. Für Fritzwalter war das Umziehen ein kathartischer Prozess, wie es für Marek das Kaufen eines neuen Rasenmähers war. Das letzte Haus, das Loch, das er bezogen hatte, nachdem er plötzlich zurückgekehrt war aus Mexiko, hatte er, sobald selbst für Besucher ersichtlich war, dass es darin keine einzige marode Stelle mehr gab, verkauft. Es war ausrenoviert, wie Fritzwalter sagte, und er zog weiter, in einen anderen Teil der Senke, weil er etwas Neues wollte. Immerjahn hatte sich mittlerweile angewöhnt, den Grad von Fritzwalters Unruhe an dessen Methode, Gäste mit Kaffee zu bewirten, abzulesen. Dosenkaffee stand für ein neues Haus, in dem es noch nichts gab, nicht einmal einen Kühlschrank, in dem sich Milch aufbewahren ließ. Servierte er in großen Bechern Löskaffee, den Immerjahn am meisten fürchtete, war bereits ein Wasserkocher vorhanden und der Strom angeschlossen. Die Zeit der Espressokanne währte meist am längsten, diese wurde aber verlässlich von einer Siebträgermaschine abgelöst, mit der die Bewirtung eines römischen Cafés logistisch kein Problem gewesen wäre. Hatte er einmal eine solche Riesenkaffeemaschine, die ganze Arbeitsfläche einnehmend, auf der Arbeitsfläche stehen, war es nur noch eine Frage von Wochen, bis Fritzwalter gelangweilt weiterziehen würde, an einen Ort, der vorerst nur den Genuss von Dosenkaffee zulassen würde.

Er hatte am Telefon schon erzählt, dass er dieses Mal etwas überstürzt gehandelt habe, das letzte Haus besser kurz noch behalten hätte, solange jedenfalls, bis zumindest die Elektrik im neuen fertig und das Treppenhaus nicht mehr abschnittsweise einsturzgefährdet sei. Aber er hatte sich von dieser verwilderten, halb schon aus dem Haus entwischten Schönheit hinreißen lassen.

Immerjahn klopfte an die Tür. Horchte dem Hallen des Klopfens nach, das langsam, als bliebe es immer wieder hängen an Holzsplittern, durch das Haus fiel, spät erst verklang. Stand dann da und Katka irgendwo neben ihm, aber er sah sie nicht.

Wusste nicht, ob sie weit weg war oder doch nahe, aber das machte nichts, denn Fritzwalter würde gleich die Türe öffnen und Licht machen, und er räusperte sich und rief *Walter*, viel lauter als gewollt. Er könnte ihn wegen einer neuen Assistentin fragen, vielleicht kannte Fritzwalter jemanden. Holm alleine traute er das Ganze irgendwie nicht zu. Sie standen hier sicher schon zehn Minuten, im obersten Geschoss, vor einem Faden Licht, der unter einer Tür hindurch schien, er kam sich vor, als hinge er fest in einem brettversetzten Nichts, in dem das Einzige, an dem er sich noch halten konnte, der Strich aus Licht war, der vor seinen Füßen lag, eine Schnur, die, je stärker er sich darauf konzentrierte, dünner wurde und körniger, eine abgenutzte Aneinanderreihung von Leuchtpünktchen von großer Glühwürmchenähnlichkeit. Zehn Minuten, aber er war sich nicht sicher, ebenso gut konnten es schon zwanzig gewesen sein, sein Zeitgefühl schien ihm gerade gebunden an Helligkeit, er wurde wieder ungeduldig, er wollte Licht, er hatte nicht die Zeit, im Finstren umherzustehen, musste Wände streichen und Böden ausbessern, musste Bilder abnehmen und wieder an die Wände hängen, und er sagte sich, wenn man seit Jahren Bilder mache wie Fritzwalter, große Berge, weites Meer, reichte beim Malen natürlich auch vollkommene Dunkelheit. Er klopfte an die Türe, das Holz fühlte sich ganz feucht, leicht morsch an, und Immerjahn lächelte, er freute sich auch, Fritzwalter zu sehen, noch immer hatte er sich nicht ganz gewöhnt daran, dass es möglich war, Fritzwalter zu besuchen, ohne einen Flug zu buchen. Er hatte Fritzwalter vermisst, als er in Mexiko gewesen war. Fritzwalter in seinem Atelier am Meer, mit Flip-Flops und Badehose in Regenbogenfarben. In einem Wald aus Ventilatoren stand er mit flatternder Tunika, weil die Farbe der Bilder sonst nie getrocknet wäre. Fritzwalter wollte ursprünglich nur kurz bleiben, lediglich seinen Galeristen in Mexico City treffen, ein bisschen schwimmen gehen und nach zwei Tagen wieder zurück. Aber er blieb, weil er in Mexiko in einer Zeit, in der es ihm nicht gut ging, verstrickt in ein paar Affairen zu viel, er trotz Unruhe oder Kummer oder Unentschlossenheit wieder schlafen konnte. Widerwillig war er nach Mexico City geflogen, wo er um neun Uhr abends in einem Bus einschlief. Fuhr schlafend bis ans andere Ende der Stadt. Schlief ein in einem Liegestuhl am Strand, wachte auf, hatte sich lange nicht so gut gefühlt, trotz Rückenschmerz und Sonnenbrand. Fiel in einem Restaurant in tiefsten Schlaf, wachte auf, ohne Koffer, ohne Geld, war aber zum ersten Mal seit langem wieder völlig wach. Immerjahn bewunderte ihn dafür. Fritzwalter war in Mexiko, und es gefiel ihm, also blieb er. Er bat Immerjahn, ihm seine Sachen nachzuschicken, alles, nur seine alten Zeichnungen nicht. Fritzwalters neueste Bilder verpackte Immerjahn in Holzkisten, sein Werkzeug, seine Pinsel, seine Lieblingspullover, die noch in der Wohnung waren, nur die alten Zeichnungen nicht, von denen Fritzwalter nichts wissen wollte, obwohl sie seine besten waren. Er schenkte sie Immerjahn.

Fritzwalter rief ihn und Katka oft an, berichtete von Bergen und frisch gewaschenen Farben, von blauschwarzem Haar, und zu ihrem Erstaunen gelang es ihm erst nach einem halben Jahr, der ersten Frau das Herz zu brechen. Er begann mit diesen riesigen, realistischen Gemälden, für die sich sehr bald die Liste der Interessenten über mehrere Seiten im Auftragsbuch seines Galeristen erstreckte, aber außerhalb Mexikos kannte ihn kein Mensch. Darunter litt er. Dennoch war die Rückkehr Fritzwalters nicht abzusehen gewesen. Eines Tages vor fünf Jahren läutete es, Fritzwalter stand vor der Tür, ganz so wie früher auch, zur Zeit des Mittagessens. Fritzwalter sagte, in Mexiko schlafe er die ganze Zeit und werde nur alt und fett dabei, und Immerjahn sah beiläufig auf seinen eigenen Bauch. Es war ein schöner Tag. Fritzwalter erzählte ihm und Katka und Raffael beim Essen dann, er habe in Mexiko eine neue Eigenschaft an sich bemerkt, die Arroganz. Er habe einer jungen Künstlerin am Telefon erklärt, bei dem Gedanken an ihre lauen Allegorien und diese spießige Perspektivmalerei rolle es ihm alle Zehennägel auf, sagte ihr, sie verstehe nichts von Kunst, legte dann auf, und als er realisierte, dass er das wirklich getan hatte, fühlte er sich Tage danach noch wirklich mies. Tröstlich war allein der Gedanke, dass sie die Redewendung vielleicht nicht vollkommen verstanden habe, er versuchte sich sogar noch zu entschuldigen, aber die Künstlerin war nicht zu erreichen gewesen.

Nach dem Essen war Fritzwalter hoch zu den Bädern gegangen. Er blieb zehn Minuten, fünfzehn Minuten, und weil Raffael mit dem Flambieren der Crème brûlée auf ihn warten wollte, ging Immerjahn in das obere Geschoss und sah durch die offene Türe Fritzwalter in seinem Schlafzimmer stehen, so dicht an der Wand, als wollte er sein Gesicht in seine Skizze einer Schulter tauchen. Immerjahn räusperte sich und sagte erst *Crème brûlée* und danach *flambieren*, aber Fritzwalter bewegte seinen Kopf nur marginal, er hatte ihn sicherlich gehört, aber er reagierte nicht und begann, als wäre er nicht da, in seinem Schlafzimmer umherzugehen mit einem entrückten Blick, den Immerjahn lang nicht mehr gesehen hatte an ihm. Er suchte etwas, und Immerjahn wusste von der ersten Sekunde an, was. Fritzwalter begann, die Schubladen wie ein Spion aus der Kommode zu ziehen und wie ein Einbrecher wieder zu schließen, sah hinter das Sofa und unter das Bett und wandte sich mit ein paar großen Schritten dem Kasten zu, in dem Immerjahn seit über zwanzig Jahren Fritzwalters Zeichnungen verwahrte. Er zog den Karton hinter Mänteln hervor. Schob Seidenpapier zur Seite und entnahm ihm Mappen, zog aus ihnen Kuverts verschiedener Größe, in jedem steckte eine Zeichnung. Es raschelte lange, war dann still. Fritzwalter legte die Zeichnungen auf dem Boden auf, und als auch das Bett und das Sofa, jeder Stuhl im Schlafzimmer bedeckt mit Zeichnungen waren, machte er weiter auf dem Flur und dann in Raffaels, in Katkas Zimmer, bis er knapp vor dem gläsernen Badezimmer bei der letzten Zeichnung anlangte und sich umsah, staunend, auch Immerjahn staunte, Zaungast der ersten Fritzwalter-Retrospektive. Fritzwalter hatte seine frühen Bilder, die mit den Wasserfarben, so lange nicht gesehen, dass er nichts mehr gewusst hatte von ihrer Größe, obwohl sie teilweise fast so klein waren wie die Zettelchen, auf die Polly ihre Notizen schrieb. Nach Stunden schob Fritzwalter einige von ihnen vorsichtig zur Seite und schlief in jener Nacht auf dem Flur inmitten seiner Zeichnungen. Immerjahn und Raffael und Katka übernachteten im Salon. Nach zwei Tagen protestierten sie, da sie gerne wieder ihre Zimmer betreten wollten, und Fritzwalter lieh sich die Zeichnungen aus, brachte sie nach einer Woche zurück. Abgemagert und nervös, aber irgendwie fröhlicher als sonst.

Fritzwalter hatte mittlerweile den Kontakt zu seinem mexikanischen Galeristen abgebrochen, wollte es hier noch einmal versuchen, verhielt sich geheimniskrämerisch, einmal deutete er an, er habe sich am Rande Ostendorfs ein kleines Atelier gekauft, von dessen Erdgeschoß er alle in der Mulde liegenden Häuschen überblicke. Er blieb für zwei Wochen stumm, um dann wieder anzurufen, Tag für Tag, um ihm andeutungsweise die Bilder seiner neuen Serie zu erklären. Aber Immerjahn wollte sie nicht sehen. Er hatte Angst davor. Er wollte Fritzwalter nicht kränken und sich deswegen ausgedacht, es sei das Beste, er lehne seine Bilder, ohne sie gesehen zu haben, kategorisch ab. Er habe in den Ausstellungssälen zu wenig Platz, prinzipiell, das würde er sagen, in Raffaels Zimmer könne man höchstens noch einen Fritzwalter stellen.

Immerjahn sah sich um. Er sehnte sich nach seinem Telefon, der Taschenlampenfunktion. Er wandte sich dorthin, wo er Toto roch und Katka vermutete, und überlegte, was sie denn tun könnte, so still wie sie war.

Katka?, fragte er.

Was denn?

Kannst du ihn anrufen?

Er sah wieder zur Tür.

Warte noch kurz, sagte Katka. *Er ist zu Hause.*

Warum?

Weil er sich geräuspert hat.

Wann?

Vor einer Minute.

Vor einer, wiederholte Immerjahn, sprach aber nicht weiter, sondern klopfte heftig an die Türe und hoffte, Fritzwalter würde gleich kommen, Katka würde ihm Toto überreichen, und er, er würde ihm im gleichen Atemzug erklären, er klopfte wieder, noch lauter diesmal, auf den Hagebuttenberg passe seine Serie nicht, gerade laut genug, dass es hörbar, aber gut zu überhören war, Fritzwalter würde gar nichts merken, und Immerjahn könnte ihm später sagen, er habe ihn offenbar überhört. *Wie spät ist es?*

Ich weiß nicht wie spät, Gotthold.

Aber Fritzwalter kam nicht. Er lauschte nach Schritten, die sich näherten, aber niemand ging, er horchte auf Fritzwalters Stimme, aber alles blieb stumm, er starrte in die Dunkelheit über dem Strich, doch nichts rührte sich, bis auf ein Knarren, als säßen übergroße Käfer im Gebälk. *Ich sag es ihm sofort*, murmelte Immerjahn.

Was sagen?

Dass ich seine Bilder nicht ausstellen werde.

Warum nicht?

Immerjahn schwieg. Er spürte, Katka sah ihn an.

Er hoffte, die Türe würde sich öffnen und sie konnten hineingehen in ein behagliches Zimmer mit Kamin, um sich dort kurz die Augen zu reiben, und gleichzeitig hoffte er, Fritzwalter ließe sich nicht blicken und sie könnten in der Dunkelheit verborgen die hohen Treppen hinuntersteigen, schnell und vergnügt. Stundenlang würden sie dann miteinander schlafen, dort unten im Insektengarten. Er stellte sich vor, Katka und er zwischen schillernden Flügeln am Rand von Wasserlachen, und taumelte gleich wieder aus seiner Phantasie, denn es war ihm eingefallen, kurz bevor sie aus ihrer gemeinsamen Wohnung geworfen worden waren, da hatte Fritzwalter jeden Freund, jeden zufälligen Besucher absichtlich stehen lassen in der Hausflurdunkelheit, fünfzehn, fünfundzwanzig Minuten, um die Augen empfindlich zu machen, sie dem Licht zu entwöhnen, damit sie anschließend gierig auf zartfarben gezeichneten Frauenkörpern klebten.

Wie viele Frauen Fritzwalter schon gezeichnet hatte, Immerjahn wusste es nicht. Unzählige, die im Laufe der Jahre in ihre Wohnung gekommen waren, die Wangen gerötet und mit kalten Händen die Haare hinter das Ohr oder über die Kleider streichend, und meist hatten sie eine zusammengerollte Decke unter dem Arm, und enttäuscht waren sie und manchmal erleichtert, dass nicht Fritzwalter die Türe öffnete, sondern Immerjahn, der ihnen einstweilen ein Glas Himbeersaft brachte.

Und trotz ihrer Aufregung fanden sie es offenbar interessant, sich von Fritzwalter zeichnen zu lassen. Manchmal dachte Immerjahn in diesem Zusammenhang an seinen Vater, die Frauen hatten auch ihn geliebt, aber ihn, Immerjahn, liebten sie nicht so sehr. Er musste nach seiner Mutter geraten sein. Dafür sprach, er war nicht groß gewachsen. Seine Mutter war hübsch gewesen, aber hübsch fand er sich nicht so sehr. Fritzwalter hatte einmal gesagt, etwas zu blass seien seine Züge, wäre er eine Zeichnung, man müsste sie nachziehen mit einem Stift.

Immerjahn hob die Hand und klopfte noch einmal an die Türe.

Tatsächlich öffnete sie sich einen Spalt. Ein breiter Lichtbalken, in der Mitte durchkreuzt von den vielen Gliedern einer Kette, hinter der Fritzwalter stand. *Hallo Gott*, sagte er durch den Spalt und schloss die Türe wieder. Das Geräusch der Kette, die das Holz hinunterrasselte. Dann stand die Türe offen.

Eine Wolke gelblichen Lichts hing um einen Luster. Zappelnd und schneeweiß das zweier Neonröhren, die sich zu seinen Seiten durch den Raum zogen. Immerjahn sah hinauf und wunderte sich, dass es inmitten dieser Überfülle an Helligkeit so einfach war, die Flammen dreier Kerzen, die auf dem Schreibtisch standen, zu sehen. Zwei Zeichnungen hinter dem Schreibtisch an der Wand. Fritzwalter hatte die Türe aufgezogen und war dann, ohne sie zu begrüßen, zum Schreibtisch gegangen, wo er sich mit für ihn ungewöhnlicher Vorsicht über die Kerzen bückte. Er blies sie aus, eine nach der anderen. Immerjahn ging ihm nach, dicht an die Zeichnungen heran, die er noch nie gesehen hatte, die aber, aus dem Strich, dem Zustand des Papiers zu schließen, wohl dreißig Jahre alt sein mussten und von Fritzwalter selbst, aus seiner besten Phase. Auf der ersten eine knochige Schulter, bedeckt von einer schmalen Hand, die eine Jacke, die wohl verrutscht war, wieder hochzog. Auf der zweiten, kleiner als die andere, gezeichnet mit blauem Kugelschreiber, ein Knöchel, der hervorlugte aus einem Socken. Der Socken wiederum verschwand in einem groben Schuh. Fritzwalter löschte auch die letzte Kerze und richtete sich wieder auf. Viel größer war er als Immerjahn. Fritzwalter sagte: *Ich habe nur noch fünf Stück. Ich mach sie aus, sobald der Strom wieder da ist.* Sah hinauf zum Luster und verschwand im gleichen Moment wie die Neonröhren, die Kerzenstummel, der Tisch, wie Katka und der Luster selbst, als wären die Flammen kleine Schalter, die mit leichter Zeitverzögerung alles übrige Licht ausmachten, sobald sie selbst verlöschten. *Verzeihung, Stromausfall,* sagte Fritzwalter aus der Finsternis heraus. Alles schwarz um Immerjahn und alles still, bis auf Fritzwalters leises Fluchen, das mit dem Aufgehen einer Flamme aus einem Feuerzeug lauter wurde. *Dreckslicht.* Er murmelte *Entschuldigung, die Sicherungen fliegen leider dauernd raus. Wo stehen jetzt die Kerzen,* sagte er zu sich selbst, *es ist nicht auszuhalten, wenn wenigstens irgendwas hier funktionieren würde, die Stromleitungen, die Lüftungen, aber ihr müsstet erst einmal die Rohre im Keller sehen, der Keller, der ganze, steht unter Wasser, weil eines gebrochen ist, alles voll mit Ratten dort.* Dann wandte Fritzwalter sich an Katka, Immerjahn sah es zwar nicht, aber seine Stimme klang anders jetzt. *Nur der Park benimmt sich,* sagte Fritzwalter, *wie ein Park sich benehmen soll, Bäume, Tiere, ein bisschen Morast, aber insgesamt ok.* Er erzählte von grünkelchigen Blüten, spitzen Blättern und kam unverwandt dann auf seine Bilder zu sprechen. *Auf einigen bist du zu sehen, und auf fast allen ist Immerjahn.*

Das Flämmchen des Feuerzeugs näherte sich Immerjahn. Sicherheitshalber ging er einen Schritt zurück. Der Raum kam ihm eng vor. Die Türe, durch die er getreten war, nur noch ein Umriss hinter ihm, und vor ihm war alles verhangen wie von einem schwarzen Tuch.

Katka zündete sich eine Zigarette an. Immerjahn sah ihr Gesicht sehr deutlich, als sie es über die Flamme neigte. Er sah sie in der letzten Zeit, vielleicht seitdem sie aus Paris zurückgekommen war, manchmal sehr lange an, aber nicht wie sonst, er sah ihr ins Gesicht und suchte die Frau, die er nach wochenlanger Suche dann gesehen hatte. Auch jetzt betrachtete er Katka, die sich mit Fritzwalter unterhielt, die Zigarette zwischen den Fingern drehte, sie zum Mund hob, für eine halbe Sekunde, für einen erstaunlich flachen Zug, als spielte sie nur Rauchen. Er konnte sich nicht helfen, es sah so aus, als stritten sich ihre Hände mit den Lippen um die Zigarette, wobei die Hände gewannen. Sie rauchte mit den Händen, nicht mit dem Mund, schon immer, auch dort, auf dem Hof, wo er sie dann entdeckt hatte. Gesehen hatte er ungewöhnlich spitze Ellenbogen, und er war dorthin gegangen, innerlich taumelnd. Mit dem Rücken zu ihm stand sie, eine Hand in der Hüfte, umringt von Frauen, die wiederum umringt waren von den Schornsteinen der Fabrik. Sie rauchte, die eine Hand flog um sie im Gespräch, hielt die Zigarette von den Lippen fern, Immerjahn hatte damals gerade zu rauchen aufgehört und sich kurz einzureden versucht, die Frau inmitten der anderen Frauen ziehe ihn an, weil sie rauchte und die anderen nicht. Er wollte umkehren, hatte aber nicht kehrtgemacht, ging über den Fabrikplatz und fragte, als er nahe genug war, um eine Zigarette. Noch immer stand sie mit dem Rücken zu ihm, und ehe sie noch antworten konnte, war er genervt, er war sich plötzlich sicher, das war die Nackte nicht, er konnte genauso gut wieder gehen, er wollte nicht sprechen oder in ihr Gesicht sehen, wollte, ihre Augen blieben geschlossen, wollte sacht schmelzende Brüste in seiner Erinnerung sehen, nicht diese Frau, die eine Arbeitskluft trug, die ihr nicht stand.

Die hässlichste Arbeitskluft in der schönsten Farbe der Welt, in abgedunkeltem, staubigem Blau. Das Blau des Tuches, das Mariens Kopf auf Caravaggios Grablegung Christi verhüllte.

Sie hatte ihn angesehen und gebeten, auf sie zu warten. Ihre Schicht sei schon vorbei, sagte sie, sie müsse sich nur rasch umziehen. Für die anderen Frauen musste es so wirken, als würden sie sich lange kennen. Er versuchte, möglichst lässig auf dem Fabrikhof zu stehen, obwohl er ihn lieber verlassen hätte, zu viele kantige und kräftige und vollbusige Frauen, die ihn unverhohlen musterten. Sie kam nach kurzer Zeit zurück, mit irgendetwas am Körper, was nicht viel anders aussah als ihre Arbeitskluft. Einem ausgewaschenen, eckigen Kittel mit Knöpfen in der Mitte. Sie gingen dann nebeneinanderher. Aus dem Fabriktor hinaus, über die Parkplätze, quer über den Schuttplatz, durch die Allee. Eine Abkürzung nahmen sie durch das Einkaufszentrum, danach vorbei am Fuße der Hänge der aufgelassenen Mülldeponie. *Mein Name ist Katka*, mehr sagte sie nicht. Im Gänsemarsch entlang der Leitplanken der Autobahn. Wenig später blieben sie vor einem Haus stehen, in dessen Tür barfüßige Kinder standen, zwei davon hielten Schüsselchen in den Händen, aus denen sie Suppe tranken, und Katka ging die Stufen zur Tür hoch und winkte ihm, er solle kommen. Sie führte ihn in einen Raum, in dem es voll von Menschen war. Einige saßen schon um einen Tisch, andere wieder standen am Ofen und schöpften eine weiße Suppe in die Teller, auf der schwarz der Kümmel schwamm. Immerjahn hob einen umgekippten Stuhl auf, bot ihn Katka an, die aber schon in einem Zimmer verschwunden war, dessen Türe noch offen stand. Und weil ohnehin niemand Notiz von ihm nahm, ging er ihr hinterher.

Sie verließ dann Fritzwalter wegen ihm, so erzählte sie es zuerst. Den aber habe es nicht groß gestört. Immerjahn hatte sogar das Gefühl, er sei erleichtert, dass er ihm die spröde Katka abnahm. Es bewahrheitete sich auch, Fritzwalter teilte ihm später einmal schreiend mit, er sei erleichtert, niemand anstrengender als Katka. Trotz vollkommener Abwesenheit des goldenen Schnitts in ihrem Gesicht so furchtbar anstrengend, wie es sonst nur bei den schönsten Frauen wäre, sie habe etwas Verrutschtes, er sei erleichtert, die Verrutschte los zu sein, das sagte er nochmals, und er schnaufte so sehr, dass er einen Satz, den er beginnen wollte, nicht weitersprechen konnte, immer hängen blieb und so nur noch *Katka* sagte, mehrmals hintereinander, mit großen Pausen. Danach sahen sie sich eine Weile nicht mehr in die Augen, und Fritzwalter hatte ein zweites Loch in die Wand von Immerjahns Zimmer geschlagen.

Fritzwalter riss Immerjahn aus seiner Erinnerung, weil er ihm mit der Hand auf den Oberarm klopfte. *Was ist los*, fragte er. Fritzwalters Hand war teilweise überzogen von einer weißen Kruste, bei der es sich nicht um Farbe handelte, zu grob war das Gemisch, und Immerjahn drückte ein Stück über dem Ellenbogen Fritzwalters Arm und fragte: *Was ist das?*

Mehl, antwortete Katka, und Immerjahn sah Katka an, und Katka sah auf Fritzwalter. *Mehl ist auf seiner Hand*, sagte sie.

Ich backe, sagte Fritzwalter. *Der Teig ist schon fast fertig, aber es wird schwierig, ihn zu backen, wenn der Strom immer ausgeht.*

Immerjahn bereute kurz, Katka hierher begleitet zu haben, er sah sie manchmal einfach nicht gerne miteinander. Fritzwalter hatte Immerjahn erzählt, er sei anfangs nicht und am Ende nicht, dazwischen aber einige Wochen in sie verliebt gewesen. Aber ganz abgesehen davon sei sie eine großartige Frau. Die ersten Jahre, die sie dann mit Immerjahn verheiratet war, schwieg Fritzwalter über Katka oder war, wenn sie sich über den Weg liefen, vor allem genervt von ihr, was aber nicht weiter bemerkenswert war, da ihn in dieser Zeit alles nervte, sein Leben sei verwickelt, hatte Fritzwalter gesagt und war nach Mexiko geflogen.

Katka erwähnte Fritzwalter erst nie. Was er immer respektierte, obwohl er sie gerne gefragt hätte, wie alles begonnen hatte. Nach ein paar Monaten erzählte sie ihm, sie sei an einem Sonntag, frühmorgens, in einem Kaffeehaus gewesen und an den Tisch gegenüber von ihr hatte sich, obwohl im Lokal jeder Tisch frei gewesen war, ein Mann gesetzt. Er nahm einen Block aus der Tasche und begann, ohne es irgendwie zu verbergen, sie zu zeichnen. Sie wollte nicht gezeichnet werden. *He, starr mich nicht so an*, sagte sie. Und als wäre sie nicht da, drehte er sich weg von ihr und zeichnete die Kellnerin. *Starrst du Frauen immer so an*, wollte sie wissen, aber er ignorierte sie, worauf sie auf den nächsten Sessel rutschte und sich an seinen Tisch setzte.

Das soll ich sein, sagte sie, ohne die Zeichnung noch gesehen zu haben.

Nein, das sind deine Augenbrauen.

Zeig, sagte sie und nahm ihm den Block aus der Hand. *Was ist mit meinem restlichen Gesicht?*

Fritzwalter sah sie sehr aufmerksam an und sagte, sie habe ein Gesicht, wie ein Gesicht sein solle, *Haare, Augen, Nase, Mund.*

Worauf Katka aufstand und ging.

Ich würde dich gerne zeichnen, rief ihr Fritzwalter nach.

Wie es Fritzwalter tatsächlich gelang, sie in seine Wohnung zu bekommen, wusste Immerjahn nicht, insgeheim aber vermutete er, Katka habe in Wirklichkeit recht schnell zugesagt und ihm immer eine Version der Geschichte erzählt, die sie abgebrühter wirken ließ, als sie war.

Die Kerzen brannten jetzt wieder, warfen ihren Schein an die Wand, gaben tiefe Kerben in den Mauern preis und helle Mulden weiter hinten, die für Immerjahn nicht mehr zu deuten waren. Er ging vorbei an einer Liege. Schmal war sie, ein Leintuch war halb auf den Boden geglitten. Ein Kissen, dessen Schatten riesig an der Wand hing, verbeult wie das Kissen selbst. Die Liege roch nach Terpentin.

Hinter dem Schreibtisch ein schwarzer Schatten. Der ergonomische Stuhl Fritzwalters, ein Ungetüm. Fritzwalter zeichnete nicht mehr wie früher überall, selbst im Gehen oder den Block gegen eine Hausmauer gestützt, sondern ausschließlich an seinem Schreibtisch, sitzend auf seinem ergonomischen Stuhl. Und das alles in einer Haltung, so aufrecht, der Rücken auf geradezu groteske Weise durchgedrückt. Fritzwalter hatte Schulterschmerzen seit seinem Sturz vom zweigeschossigen Rollgerüst.

Er schaute auf, Katka und Fritzwalter unterhielten sich leise. Stockend, auch irgendwie suchend. Es kam ihm vor, als sprächen sie über Fritzwalters Schürze, blau-weiß gestreift war sie, versehen mit mehligen Flecken, und als er nahe bei ihnen war und ihr Gespräch abbrach, beschloss er, dass dies ein idealer Zeitpunkt war.

Walter, sagte er, und konnte nicht ausreden, weil ihm Katka dazwischenfuhr: *Gotthold, richte dir die Haare, du siehst ja wie ein Affenpinscher aus.*

Ein was, fragte Fritzwalter.

Sie findet, ich sehe aus wie ein Hund. Walter, ich muss dir, setzte Immerjahn wieder an.

Du siehst nicht aus wie ein Hund, aber deine Frisur.

Eine Frisur kann nicht aussehen wie ein Hund, sagte Immerjahn ungeduldig.

Ma non fare il fourbo!

Was sagt sie?, fragte Fritzwalter.

Gar nichts, sagte Immerjahn.

Kein Wort Italienisch kann er, wir sind ja erst seit über zwanzig Jahren verheiratet.

Katka, bitte, ich wollte Walter gerade etwas sagen!

Nein! Katka sah Immerjahn entschlossen an.

Was denn?, erkundigte sich Fritzwalter, und er klang ein wenig ungeduldig.

Er glaubt nicht, dass du rechtzeitig fertig wirst.

Ein Klicken erklang von der Decke. Wieder Stille. Ein hohles Knacken, das zappelnd verklang. Dann plötzlich Licht. Schneeweiß blendend, es verschwand und brach erneut über ihm auf. Er hielt sich die Hand vor das Gesicht, wünschte sich beinah schon wieder in die Dunkelheit zurück.

Walter! Hat es funktioniert?, schrie jemand aus dem Garten.

Geht! Danke!

Fritzwalter stand direkt vor ihm am Fenster, und Katka saß, die Arme verschränkt, auf dem ergonomischen Stuhl und verzog das Gesicht, weil Fritzwalter so brüllte. Immerjahn nahm die Hand von den Augen. Es fiel ihm auf, dass Fritzwalters Luster dem bis aufs Haar glich, den Katka im Flur befestigt hatte.

Hast du den Termin denn schon festgelegt?

Ja! Und einen Moment freute sich Immerjahn darüber, weil so die Hoffnung bestand, dass Fritzwalter mit seiner Serie tatsächlich nicht rechtzeitig fertig würde. *Ist schon ausgeschickt.*

Wann?

Neunundzwanzigster August.

Aber Paula wollte mir doch Bescheid geben, sobald der Termin feststeht, sagte Fritzwalter.

Er hat Polly heute rausgeworfen, sagte Katka.

Aber warum?

Sie hat mit Holm, sagte Katka vom Stuhl herüber.

Mit Holm?, rief Fritzwalter.

Und einem Journalisten.

Deswegen?, fragte Fritzwalter erstaunt.

In unserem Bett.

Holm hat doch ständig Sex in deinem Bett!, sagte Fritzwalter. *Wo ist der Ratgeber deiner Mutter, wenn man ihn einmal braucht?*

Immerjahn verdrehte die Augen.

Hast du Holm denn auch vor die Tür gesetzt?

Er schläft ab heute im Gewächshaus.

Fritzwalter lachte, *Ich hab gedacht, du planst ein Museum und kein Kloster?*

Jetzt grinste auch Katka.

Er schläft im Glashaus, weil der große Ausstellungssaal jetzt unbedingt renoviert werden muss.

Es sind Fenster in den Wänden, wo keine sein sollten, in der Lehmbruck-Ecke sieht man den Lehmbruck nicht, im Hof sind vermutlich Granaten vergraben, das Parkett spiegelt nicht, das Seegras ist von der Tapete verschwunden, Polly hat allen Arbeitern abgesagt, und in zwölf Tagen ist Eröffnung.

Und da legst du einen Termin fest, ohne Assistentin, ohne Handwerker, ich glaub es nicht!

Es klopfte an der Türe. *Funktioniert das Licht?*, fragte jemand.

Komm ruhig rein, Juri, sagte Fritzwalter, worauf sich die Tür öffnete. Einer der beiden Assistenten, die sie zuvor über die Treppen hinaufbegleitet hatten, erschien. Er blieb in der offenen Türe stehen und beobachtete Katka.

Alle Handwerker sind im August auf Urlaub, sagte sie.

Wir sind nicht in Italien, Katka.

Rechtzeitig finden wirst du trotzdem keinen mehr, sagte Fritzwalter, *aber wenigstens hab ich dann länger für die Serie Zeit.*

Ich werde die Eröffnung sicher nicht verschieben, weil das Museum sonst nie eröffnet wird und weil schon alle angeschrieben sind.

Dann wirst du Hilfe brauchen.

Immerjahn sah ihn an und überlegte, was er rasch entgegnen könnte.

Lass mich und die Jungs für zwei Wochen bei dir wohnen, dann klappt das. Fritzwalter sah ihn an.

Fritzwalter war schon immer ein begnadeter Handwerker gewesen. Er kannte sich mit fast allem aus, was Häuser betraf. Einmal hatte er sogar, wenn sich Immerjahn recht erinnerte, eine Mauer binnen einer Stunde aufgezogen, um einen hellhörigen Käufer zu ködern.

Du wirst ja selbst nicht fertig, sagte Immerjahn.

Mit der Serie? Ein Bild ist fertig. Und die anderen mal ich in den restlichen Tagen.

Fritzwalter stand auf und ging zielstrebig ins Nebenzimmer.

Immerjahn überlegte. Fritzwalter mochte zwar große Wohnungen und Häuser bewohnen, hatte von ihnen aber nie mehr als ein halbes Zimmer genutzt. Auch Katka wusste das, es war ihr offenbar unangenehm, wenn Fritzwalter mit auf den Hagebuttenberg kam, und Immerjahn entgegnete für eine Sekunde ihren Blick, es war ihm in der letzten Zeit schon aufgefallen, dass Katka und Fritzwalter sich zwar gelegentlich trafen, aber eigentlich nicht mehr so gut verstanden. Was aber vermutlich nicht weiter außergewöhnlich war, da es ihm gerade selbst ähnlich mit Fritzwalter erging. Als er gerade zurück aus Mexiko war, hatten sie sich ein paar Monate lang fast jede Woche mehrmals getroffen, bis Katka kurz nach Immerjahns fünfzigstem Geburtstag verschwunden war. Und Fritzwalter kümmerte sich nicht. Er überlegte, wann er sich das letzte Mal richtig gut mit ihm unterhalten hatte.

Es würde wieder vorbeigehen, wie alle Krisen ihrer Freundschaft irgendwann vorüber gewesen waren. Als seine Eltern aber gestorben waren, war ihre Freundschaft mit einem Schlag erwacht, auch Fritzwalter hatte seinen Vater früh verloren. Vielleicht, dachte Immerjahn, war es gut, dass Fritzwalter mitkam und sie zwei Wochen miteinander verbringen mussten.

Zum Malen brauch ich nicht viel Platz. Dafür brauch ich nur den Stuhl, rief Fritzwalter aus dem Nebenzimmer. Er packte vermutlich schon seinen Koffer. *Und Juri und seine Brüder schlafen im Garten.*

Wir schlafen nie, sagte Juri spitzbübisch von der Tür.

Er konnte ihm jetzt zwar immer noch sagen, dass er nichts von ihm ausstellen würde, aber ideal war wahrscheinlich ein anderer Moment.

Sollte er Fritzwalter wirklich zu sich holen und ihn am Tag vor der Eröffnung mit seinen Bildern aus dem Haus schmeißen, sollte er das? Immerjahn zuckte zusammen, weil der Gedanke so gemein war, und er suchte nach etwas, was ihn rechtfertigen könnte. Fritzwalter war ein Egoist, und einen Egoisten ein bisschen auszunützen war nicht verwerflich. Immerjahn sah auf die Tür des Zimmers, in dem sich Fritzwalter gerade befand, dachte, es wäre das Stilvollste, ihre Freundschaft einfach gleich zu beenden, ihn als Handwerker einzustellen und seine Ramschbilder sechsstellig an kuhäugige Investoren zu verkaufen, damit sie deren Speisezimmer überladen würden und nicht seines. Er würde aufhören, mit Mitte fünfzig noch in Häusern ohne Licht zu wohnen, deren Keller unter Wasser standen, sich abgewöhnen, auf Vernissagen von der Menschheit und der Welt und dem Absurden zu sprechen, und danach könnten sie wieder Freunde sein.

Immerjahn schüttelte den Kopf und drehte sich zu Katka.

Wo ist die Toilette?, fragte er Juri.

Er streckte den Arm aus und hielt das Feuerzeug so weit wie möglich weg, um etwas zu erkennen. Fliesen, nasse Schlieren. Das Flämmchen zuckte, ging fast aus. Er hielt die Hand schützend davor. Ein Vorhang, bedruckt mit Sonnen, der in eine Badewanne hing. Eine Glasflasche, mit weißen Körnchen befüllt.

Er hätte gerne gewusst, ob die Schulter und der Knöchel auf den Blättern über dem Schreibtisch Katkas Schulter und Katkas Knöchel waren oder, viel wahrscheinlicher, die Schulter und der Knöchel einer ganz anderen Person. Und falls doch, falls das doch die ersten Zeichnungen von Katkas Körper waren, die Fritzwalter irgendwo in der Stadt, irgendwo auf der Straße angefertigt hatte, was dies über Fritzwalter und Katka sagen würde. Warum er sie ihm nie gezeigt hatte. Warum er sie überhaupt noch hatte. Er, Immerjahn, war es, der alle frühen Fritzwalter besaß. Das Papier war alt, ganz ausgeblichen. Gut sichtbar noch unter sachten, raschen Strichen, nicht erdrückt von Farben, wie es Fritzwalters Art danach geworden war. Wie schön diese Studien waren und wie ihn irritierte, dass sie hier hingen. An keiner anderen Wand hatte er sie je gesehen. Sorgsam, ohne sein Wissen, waren sie aufgehoben worden von Fritzwalter, der doch alle anderen Zeichnungen abgab an ihn, wie etwas Lästiges, was er nicht mehr haben wollte.

Er rüttelte am Hebel des Fensters, es war so stickig hier und heiß, doch er ließ sich nicht bewegen. Fritzwalter und die Assistenten würden jetzt bei ihnen wohnen. Nur vorübergehend. Für zwei Wochen. Er musste ihn mitnehmen, weil er ihn wirklich brauchte. Aber er wollte nicht wieder der wohlhabendste Portier der Welt sein, der den schönen Frauen öffnete. Er stellte sich vor, Fritzwalter, der auf seinem Fauteuil im Salon lag, der alle Gespräche bei Tisch dominierte, manchmal kam es Immerjahn vor, als existierte er nur, solange er sich unterhielt, weswegen er andauernd Leute einlud, und vermutlich brachte er auch aus diesem Grund als persönlichen Hofstaat gleich alle Assistenten mit. Er sah Fritzwalter und Katka im Reflexionsbecken schwimmen und sich selbst am Beckenrand stehen, weil er nicht gerne schwamm, seitdem er nicht mehr tauchte. Wasser sei der Glaskörper des großen Auges eines Riesenwesens, das hatte ihm Immanuel einmal erklärt, und er selbst, wenn er schwamm, die Pupille, und würde er die Augen öffnen und nach oben sehen, sein Blick fiele ins Universum, so weit eines Riesenwesens Sehkraft reichte. Er würde also wie immer am Beckenrand sitzen und daran denken, wie schön es gewesen war und wie lange schon her, dass er mit Katka im Meer geschwommen war, und sie, obwohl sie nicht wusste, warum er die Augen zusammenkniff, das Gleiche tat.

Immerjahn machte einen Schritt zurück. Er nahm die Glasflasche vom Wannenrand, *Badesalz* stand auf ihrem Etikett, und zum ersten Mal kam ihm der Gedanke, Katka könne Fritzwalter noch immer lieben.

Auf einigen Bildern sei Katka zu sehen und auf fast allen Immerjahn, wiederholte er Fritzwalters Worte. Fritzwalter hatte ihn oft gemalt. Zuerst tauchte sein Hinterkopf in einem Aquarell auf. Danach einige Skizzen seiner Schuhe, Fritzwalter fertigte sie nur zu Übungszwecken an und schenkte sie Immerjahn, weil der ihm schon seit Monaten im Gasthaus das Mittagessen zahlte. Aus diesem Grund besaß er das Frühwerk Fritzwalters. Er begriff gleich, wie großartig dessen Bilder waren, aber sagte ihm nichts, weil er eifersüchtig war.

Fritzwalter war anfangs fasziniert von seinen Schuhen. Immerjahn trug damals die Wingtip Oxfords seines toten Großvaters, angefertigt bei John Lobb. Die Anzüge, die er, seitdem er dreizehn Jahre alt geworden war, jeden Tag anhatte, waren von sehr unterschiedlicher Qualität, je nachdem, welche Garderoben im Trödelladen der Stadt zum Verkauf standen. Der Preis der Anzüge war immer gleich, ein Stück Anzug, egal woher, egal woraus gefertigt, was Immerjahn zum Stammkunden machte, da er sich Maßanzüge damals noch nicht leisten konnte, nachdem sich seine Mutter geweigert hatte, seinen neuen Stil finanziell zu unterstützen. In der Hosentasche trug er die Armbanduhr seiner Großmutter Etel, die er in einer Nacht mit Katka dann verlor.

Von seiner Großmutter aber hatte er, wichtiger als die Uhr noch, ihr Lieblingsbuch in gutem Zustand erhalten, die einzige Bibel, die es je am Hagebuttenberg gegeben hatte, allen Ikonen zum Trotz, deren Macht sich auch Benedickt sen. nicht entziehen konnte: Etel Schenja Immerjahns Ausgabe von Christian Diors *Das kleine Buch der Mode*, das heute zuvorderst, wie ein Bild, in Immerjahns Bücherregal stand. Er würde es immer hüten wie einen Schatz, denn *Das kleine Buch der Mode* war für ihn gewesen, was für andere Kinder das liebste Märchenbuch gewesen war. Seine Großmutter las ihm in der Zeit, in der sie ihn noch zu Bett bringen durfte, Abend für Abend ein anderes Kapitel vor. Jedes Kapitel war nach einem Buchstaben benannt, es ging von A bis Z, wie ein Alphabet. Ihr liebster Buchstabe war das G, so viele Farben kamen in keinem anderen Kapitel vor, und Immerjahn hatte das Gefühl, seine Träume wären ganz besonders gelb und grau und grün, wenn sie ihm das Kapitel vorlas, bevor er schließlich schlief. Zuerst G wie Gang: *Früher wurden Mädchen in der Kunst des Gehens geschult, und ich finde, das hätte ruhig beibehalten werden sollen.* Dann Gelb.

Gelb ist die Farbe der Jugend, der Sonne und des guten Wetters, er konnte Gelb und Grau und Grün noch immer auswendig hersagen. *Für große Frauen ist ein dunkles Grau vorteilhafter, für zierliche dagegen eher ein helles*. Und dann noch Grün. *Grün ist eine herrliche und sehr elegante Farbe. Es ist die Farbe der Natur – und wenn sich Ihr Modebewusstsein an der Natur orientiert, können Sie nichts falsch machen. Für jeden Typ und jeden Teint gibt es ein passendes Grün*. Nach Grün kam Gürtel, aber den mochte Immerjahn nicht so sehr, der Absturz nach dem Höhepunkt war das. Gegen L wie Leopard *für »sportliche« Outfits* und Lila, *eine tückische Farbe*, sowie M wie Materialien aber noch ein Hochgenuss. Immerjahn und seine Großmutter kamen irgendwann zum Schluss, die Buchstaben L und M, inklusive Manschetten und Mäntel, zu überspringen, da Immerjahn nach M nie schlafen konnte. Es gab so viel zu beachten. *Für ein schwarzes Minikleid müssen wir manchmal zwanzig bis dreißig unterschiedliche Muster schwarzer Wolle vergleichen. Sie müssen sich bei der Auswahl der Farbe absolut sicher sein – das heißt, Sie müssen sie bei Tageslicht und in künstlichem Licht betrachten – und der Stoff muss die passende Schwere und Beschaffenheit für das gewünschte Design haben. Nicht jedes Modell lässt sich aus jedem Stoff anfertigen und das falsche Material kann das Design ruinieren*. Und wie schwierig sich Chiffon und Samt verarbeiten ließen! Weswegen seine Großmutter M tagsüber immer wieder für sich las und später, als sie älter und noch älter wurde und ihr Haar weiß war und ihr Verstand schläfrig, flanierte sie mit dem *Kleinen Buch der Mode* und der Originalausgabe *The Little Dictionary of Fashion* am Hagebuttenberg umher und zitierte daraus, als ihr Blick auf seine Schultasche fiel, zuerst auf Englisch, *Don't forget, a bag is not a wastepaper basket*. Wiederholte die gleiche Passage dann auch auf Deutsch, um sicherzugehen, dass er sie auch verstand, *Denken Sie daran, eine Tasche ist kein*

Mülleimer. Als er alles über Pleistozän und Holozän lernte, rezitierte sie: *Im Steinzeitalter schützten sich Frauen mit Pelzen gegen die Kälte*, und prägte damit seine glamouröse Vorstellung des Homo heidelbergensis. *Ich hasse Details*, dozierte sie nach Dior. *Ich möchte keine Verzierungen in meinem Hause haben*, zitierte sie Mies und wandte sich wieder von Immerjahn ab, sodass er sie nicht verstehen konnte, sie sprach aber leise weiter im Gehen, als wäre er nie dagewesen. Seine Großmutter, das erzählte sie ihm, hatte sich immer ein Mädchen gewünscht, aber einen Sohn bekommen. Als sein Großvater noch lebte, hielt sie ihm manchmal vor, dass er kein Mädchen, sondern Benedickt jun. in sie gepflanzt hatte. Erschwerend kam hinzu, dass sich ihre Schwiegertochter Gabrielle stilistisch nicht kontrollieren ließ und durch nichts von ihren teils blickdichten, teils transparenten Kleiderschichten abzubringen war. Auch seine Mutter las das *Kleine Buch der Mode* und genau wie Großmutter Etel hinterließ sie ihre Spuren in ihm. Etel unterwellte alle wichtigen Stellen, also beinahe das gesamte Buch, mit grünem Stift, Gabrielle wiederum schwärzte nach Etels Tod, was sie, solange ihre Schwiegermutter noch am Leben war, niemals gewagt hätte, jeden Satz, den sie nicht mochte, erbarmungslos, insbesondere die Passage über das Alter und den Young Look. Immerjahn konnte nicht mehr erkennen, was dort zu lesen stand, denn sie hatte so fest aufgedrückt wie an keiner anderen Stelle. Mittlerweile hatte er eine zweite Ausgabe des Buches gekauft, einerseits, um lesen zu können, was seine Mutter durchgestrichen hatte – *Nur von jungen Mädchen getragen werden sollten: kleine runde Kragen, Schottenröcke, gesteppte und wattierte Röcke, Falten und bestimmte Baumwollstoffe. Andererseits gibt es aber auch Stile, die nichts für junge Mädchen sind. Dazu gehören Schleier, Brokatstoffe, dunkle Spitzen, zu viel Drapierung und zu viele Federn. In der Regel wandelt sich die Garderobe einer Frau nach ihrer Hochzeit.* Und: *Ich würde davon abraten, vor Ihrer Hochzeit große Juwelen oder teure Pelze zu tragen.* – andererseits, um zu verhindern, dass Katka, die auf ihren Wanderungen Bücher bei sich trug, es verlor. Seit der Lektüre von Dior trug sie manchmal Hütchen mit Schleier oder einen ins Haar gesteckten schwarz getupften Tüll zum weißen Kleid. Einmal kam sie zu ihm, fragte ihn, ob er wisse, was *Biesen* und die *Prinzesslinie* seien, aber er wusste es auch nicht. Im Original markierte sie mit Sternchen die Stellen, die ihr wichtig erschienen und noch zu lesen waren. Sie trug eine Fotokopie als eine Art Talisman mit sich, wann immer sie in Boutiquen und auf Flohmärkten nach Kleidern von Dior aus den vierziger Jahren suchte, die sie sammelte.

Seine Großmutter wurde am Ende ihres Lebens nachlässiger in der Art, sich zu kleiden, falls es überhaupt möglich war, in Bezug auf seine Großmutter, die ihre Kleidung mehrmals täglich auf ihre Umgebung abstimmte, von Nachlässigkeit zu sprechen. Aber Immerjahn nahm es so wahr. Plötzlich saß sie in einer roten Bluse im Salon, betrat mit einer goldenen Hose die Steinwiesen, undenkbar wäre das zuvor gewesen. Im Haus präferierte sie die Farben Grau und Weiß, ungern betrat sie den Großen Ausstellungssaal mit den vielen Ikonen und das Speisezimmer, ausgekleidet mit der Tapete von Frank, da es für ihre Begriffe unvorteilhaft stark gemustert war. Das Kostüm, das sie für einen Spaziergang über die Steinwiesen wählte, war schwarz nach dem Regen, in Perioden großer Trockenheit staubgrau. Sie promenierte mit smaragdgrünem Mantel in einem Park und entledigte sich seiner, sobald sie eine Wiese betrat, die grasgrün leuchtete wie das Kleid, das sie unter dem Mantel trug, und es machte nichts, dass sie dann fror, aber es war schlimm, wenn Benedickt sen. wieder nicht bemerkte, wie sehr sich seine Frau mit ihrem grünen Kleid auf der grünen

Wiese gefiel, und ihr mit dem unbarmherzigen Automatismus eines wahrhaften Gentleman seinen Mantel um die Schultern legte, womit das zur Wiese passende Kleid verschwand. Seine Großmutter verstarb dann, hatte zu ihrer Genugtuung gerade noch lange genug gelebt, um *L'Allure de Chanel*, Coco Chanels Autobiographie, erscheinen zu sehen, aber nicht mehr lange genug, sie auch zu lesen. Katka lernte seit dreißig Jahren anhand dieses Buches mit mäßigen Fortschritten Französisch.

Ein weiteres Portrait, das Fritzwalter von ihm angefertigt hatte, zeigte ihn mit Katka, die in ihrer linken Hand *L'Allure de Chanel* aufgeschlagen hielt und aufmerksam darin las. Sie sah fröhlich aus, überhaupt war ganz unfassbar, wie glücklich Katka auf den Fotos strahlte, die aufgenommen wurden, als sie sich erst kurz kannten. Er selbst sah auf dem Bild aus wie ein Geist. Ein anderes zeigte nur seine Hand, in der er ein Schinken-Käse-Sandwich mit Gurkenscheibe hielt.

Immerjahn seufzte. Frau Manzur bereitete das Abendessen bestimmt schon vor, nahm vielleicht gerade die Schüsseln aus dem Kühlschrank und zog die Folien ab, die sie bedeckten, er sah Terrinen mit Braten, Saucen vor sich. Dachte an Würste und Kren und Senf. Bratkartoffeln, Ziegenkäse und getrocknete Tomaten, eingelegt in Olivenöl. Himbeeren. Er hatte solche Lust auf Lasagne, dass er fast vergaß, wo er sich befand. Und wenn er sich nicht beeilte, hätte sie all das schon abgeräumt, wenn sie auf dem Hagebuttenberg eintrafen, und er überlegte, ob sie heute noch etwas Grundlegendes besprechen konnten, es war schon spät, und während er das Badezimmer verließ, kam er zum Schluss, sie würden morgen früh aufstehen und einen Plan machen, den heutigen Abend würde er sich nur noch darum kümmern, dass Frau Manzur und Fritzwalter sich nicht zu lange im selben Raum aufhielten.

Er horchte. Bildete sich ein, Stimmen zu hören, und ging ins Dunkel hinein, wo nichts war außer weit entferntem Rumoren, dem Knistern, Rennen kleiner Tiere und dem Rütteln des Windes an einem losen Ziegel im Dach. Langsam wie ein Flaneur in einer laternenlosen Stadt des Nachts ging er weiter. Die Hände in die Hosentaschen gesteckt, hielt er sich einmal eher links, dann wieder rechts, insgeheim hoffend, nicht auf Wände zu stoßen, weil ihm die scheinbare Unbegrenztheit dieser Wohnung gefiel. Ein gewisser Herr Busch hatte unlängst in seinem Buch über Menzel geschrieben, bei den Nachtszenen gehe es um *Evokation, um Erscheinung, nicht um Erzählung. In ihrer Uneindeutigkeit können sie Dimensionen des Geheimnisvollen, aber vor allem des irritierend Verunsichernden gewinnen. Wir versuchen, das Dunkel zu durchdringen, können aber nicht sicher sein, Gewissheit von dem, was wir sehen, erlangt zu haben.* Immerjahn machte einen Bogen, kehrte wieder um und streifte etwas, leicht und klein, sodass er kaum Notiz nahm davon, als dieses Etwas hinter ihm auf den Boden kippte.

Er ging ein paar Schritte zurück und bückte sich. Nahm das Feuerzeug wieder aus der Tasche und erschrak, weil, gemalt auf Leinwand, ein Körper unter ihm am Boden lag, und über dem Körper war sein Gesicht. Kurze Haare, hohe Stirn, tiefe Ringe unter den Augen. Ein Auge war vollkommen schief, tief in seinen Kopf gedrückt, aber unzweifelhaft war das er, da auf dem Boden. Die Augen an den Rändern rot, fiebrig der Blick. Die Haare so dunkel, als wären sie nass. Er knetete seine Hand. Kehrte zurück und betrachtete das Waschbecken, auf dessen Rand er auf dem Bild eine Hand stützte. Trotz seiner wenig schmeichelhaften Erscheinung zog ihn das Gemälde an, und er bemerkte, während er den Kopf neigte und die Lippe rieb, ein Ziehen an der Innenseite der linken Hand, das er spürte, wann immer ihn ein Bild in seinen Bann nahm. Seine Mutter hatte ihm einmal erzählt, dass es bei ihr ähnlich sei, dass sie, wenn sie mehrere, vielleicht gleich fünf oder sechs, der von Berenson aufgestellten Kriterien in einem Kunstwerk vereint gefunden habe, ein leichtes Unwohlsein in den Armen fühle.

Es erstaunte ihn, es war wirklich nichts von der gewohnten Fritzwalterhaftigkeit an diesem Bild, deretwegen sie sich so gut verkauften. Er konzentrierte sich, betrachtete die Stellung der Hand, die Haltung des Oberkörpers, sah wieder auf seine Augen, sein Gesicht, das ungreifbar, beweglich wirkte, und es kam ihm vor, als wäre es Fritzwalter wie früher gelungen, ein Wesen zu schaffen, das ganz war, das atmete und lebte. Er starrte in die Dunkelheit. Sah zurück zum Bild. Das Schöne, das er gerade noch in ihm gesehen hatte, war ihm da schon entwischt, war in verführerische Hässlichkeit geglitten, schnellte irisierend ins Geglückte zurück, bis Immerjahn sich abwandte und im gerade wieder angehenden Neonlicht im Nebenraum vier der fünf Assistenten stehen sah.

Beeil dich, die warten schon, sagte einer. *Das Taxi ist unten.*

Kommt ihr nicht mit?

Juri kommt. Wir kommen später. Mit diesen Worten zog der kleinste der Assistenten die Türe hinter Immerjahn zu.

In einigen Häusern brannte noch Licht, auch die Auslagen der Geschäfte waren von vielen kleinen Lämpchen erhellt, aber kaum ein Mensch auf den Straßen, die sich dunkel in die Häuserschluchten zogen. Immerjahn öffnete das Fenster einen Spalt und schaute aus dem Taxi, in dem es komisch roch, auf schemenhafte Figuren hinter poliertem Glas, die Taschen präsentierten und Hüte, auf Beine, die angewinkelt Strümpfe zeigten. Ein, zwei spärlich beleuchtete Restaurants, an deren Tresen einsam Männer saßen, nur vor dem Kino eine Schlange, in der er für einen Moment Raffael zu erkennen glaubte. Die Mülltonnen an den Straßenrändern so voll, als hätten sich eben erst Heerscharen durch diese Straßenzüge gewälzt.

Fast hatte er schon vergessen, in welchem Zustand seine Kleider waren, das Hemd und die Hose staubig, abgebrochene Halme und Blättchen hingen daran, und er begann sie abzuklopfen, bis der Taxifahrer ihn bat, er solle aufhören damit, worauf er begann, die Blumenstückchen in seine Hand zu pflücken.

Du weißt, was Freud über Sammler sagt?, fragte Katka, die vor ihm auf dem Beifahrersitz saß. Ein Koffer lag auf ihren Knien, auf dem sich wiederum die dunkelblaue Brotform Fritzwalters befand, in der der Teig ruhte, den Frau Manzur später dann hoffentlich backen würde. Katka hatte kürzlich mit der unsystematischen Lektüre Freuds begonnen. Unlängst eröffnete sie ihm, es sei sehr interessant, dass es auf den neuesten Bildern seiner Sammlung immerzu um Wasser gehe. Strände und Meere und Schiffe und Flüsse, Seen, Häfen, Schwimmbecken, Wassergläser, Südseeperlen. *Deine Bilder sind nichts anderes als an die Wände genageltes Exkrement.* Katka drehte sich, um das Gesagte mit einem spöttischen Blick zu unterstreichen, zu ihm und Fritzwalter um. Immerjahn konnte nur Fritzwalters Haare, seinen rechten Arm und seine Füße hinter der Rückenlehne des ergonomischen Stuhls sehen, den sie auf der Straße noch in zwei Teile zerlegt hatten, weil er zu groß gewesen war, um im Kofferraum untergebracht zu werden. Hinter Fritzwalter, in der letzten Reihe, Juri. *Es geht um nichts, alles ist gut, an unseren Wänden ist nur Kot.*

Und meiner bei euch im Speisezimmer, direkt über dem Tisch, sagte Fritzwalter und sah stolz aus dabei.

Über der Kommode, korrigierte ihn Immerjahn.

Gotthold Immerjahns privater Abort öffnet seine Tore, rief Fritzwalter aus.

Schrei doch nicht so, Walter, sagte Katka. *Einem Freund von mir, er hat auch immer so geschrien, haben sie in Valvasone die Zunge abgeschnitten und an einen Baum genagelt.*

Das stimmt doch nicht!, rief Fritzwalter.

Ok, das stimmt nicht. Aber schrei bitte nicht so, sagte Katka.

Wo ist eigentlich Toto?, fragte Immerjahn.

Wahrscheinlich im Garten. Fritzwalter neigte den Stuhl etwas zur Seite und versuchte, aus dem Fenster zu sehen, als wäre es gut möglich, dass Toto die ganze Zeit über schon neben dem Taxi hergelaufen sei. Aber neben dem Taxi nur die Leitplanke, der Straßengraben, hinter dem der Hang steil anstieg.

Er wird euch schon finden, sagte Juri. Immerjahn sah, den Blick des Fahrers streifend, der ihn im Rückspiegel musterte, wieder auf die Straße hinaus. In einem Taxi war Fritzwalter zum ersten Mal mit Geldbüscheln in den Händen dagesessen, als hätte er sie aus einer Geldwiese gerissen, es war nach dem Verkauf seines ersten Großformats. Immerjahn ließ sich mit dem Taxi in der Stadt herumfahren, um ein wenig Zeit totzuschlagen, entlang an leeren Häuserblöcken, an Fritzwalter vorbei, las ihn auf, und als er vor den Wohnblöcken ausstieg, weil er Katka besuchte, wollte er Fritzwalter einen Schein in die Hand drücken, für die Weiterfahrt in ihre Wohnung, worauf dieser die Büschel aus all seinen Taschen holte und von da an alles bezahlte, alles, auch die Dinge, die Immerjahn nicht brauchte.

Lebt nicht dein Onkel in Valvasone?, erkundigte sich Immerjahn jetzt.

Ja.

Pietro?

Piero.

Der mit dem Huhn?

Nein, der andere.

Der Faschist?

Ach was, Faschist.

Immerjahn lachte. *Der Priester! Der mit dem Duce-Medaillon!*

Der war doch kein Faschist! Jetzt war sie beinahe wütend. *Bitte können Sie das Fenster öffnen?*, wandte sie sich an den Taxifahrer, *es stinkt.* Tatsächlich roch es zunehmend komisch, als wäre ein Tier, das im Taxi wohnte, aus seinem Versteck gekrochen. *Oh gerne*, sagte der Taxifahrer, *ich muss mich entschuldigen, aber meine Katze war letzte Nacht im Taxi, dann ist sie gestorben.*

Was haben Sie mit ihr gemacht?, fragte Immerjahn.

Wir haben sie begraben. Wieso fragen Sie?

In Paris aßen die Armen in Hungerzeiten ihre Katzen.

Was, echt, die kann man essen?, erkundigte sich Juri.

Natürlich kann man Katzen essen, sagte Katka genervt.

Ja genau, als hätten Sie das schon gemacht.

Sei nicht so unhöflich, Juri. Ich habe mal eine Katze gegessen, begann Fritzwalter zu erzählen, *schmeckt wie Kaninchen.*

Immerjahn lehnte sich zurück und schloss die Augen, er hasste die Geschichte von Fritzwalter und der Katze, er hatte sie schon zu oft gehört, das letzte Mal auf der Feier zu seinem fünfzigsten Geburtstag, Fritzwalter hatte eine Rede auf ihn gehalten. Immerjahn dachte in der letzten Zeit oft an seine Feier und hatte jedesmal ein seltsames Gefühl dabei, ohne so genau zu wissen, warum. Am Morgen war er im Bett gelegen und hatte gewartet, dass Katka käme, vielleicht wieder im durchsichtigen Morgenrock, vielleicht ganz normal angezogen, seine Vorstellungen wurden immer bescheidener, aber keine Spur von Katka. Nach einer Weile stand er auf und ging zu ihrem Zimmer und öffnete so leise wie möglich die Türe, sie schlief noch, er war sich plötzlich sicher. Als er sie sah, waren ihre Augen zwar geschlossen, aber sie war wach, sie lag auf dem Bett, wie ein Fremder fühlte er sich. Ihre Füße, nackt, auf der Matratze. Sie sahen weich aus, als würde sie sie nie auf den Boden setzen. Ihr Körper, abgesehen von ihrem Kopf, dem Hals, den Schultern, den bloßen Füßen, war von einem Laken bedeckt. Sie lag ganz still, nur ihre rechte Hand bewegte sich zwischen ihren Beinen, und sie seufzte wie im Schlaf. Wenn sie die Augen geöffnet hätte, könnte sie direkt in sein Gesicht, in seine Augen sehen. Immerjahn schloss leise die Türe. Am Abend dann die Feier, eine Tafel war im Hof aufgestellt, Frau Manzur und Marek waren unter den Gästen, Kellner trugen Tableaus mit Speisen umher, und Raffael und seine schwarz angezogenen Freunde waren entlang des Reflexionsbeckens postiert, damit niemand betrunken in es hineinfiel. Fritzwalter war auch da, und ihm vertraute Immerjahn sich an. Erzählte ihm von diesem Gefühl der Fremde, das ihn befallen hatte, als Katka in ihrem Zimmer auf dem Bett gelegen war.

Katka betastete ihr Kleid, suchte nach dem Telefon, das eben zu läuten begonnen hatte. *Raffael,* rief sie ins Telefon hinein. Immerjahn konnte sie nicht sehen, aber er wusste, sie war so still, wie sie nur war, wenn sie wirklich zuhörte und dabei nickte, ohne Unterlass. Er zerdrückte die Halme und fragte sich, ob Raffael inzwischen schon sein Wettkampfgericht verzehrt hatte, bestehend aus Makkaroni mit Bärlauchpesto und einer Prise von Parmesan aus Mantua, das ihm normalerweise Frau Manzur bereitete, die ihm, um Missverständnisse auszuschließen, für den Teamkoch eine minutiöse Anleitung auf Deutsch, Polnisch und Rumänisch mitgegeben hatte. Er fragte sich, ob Raffael schon seine Wettkampftagzigarette geraucht hatte und nach Nikotin und Bärlauch riechend in einer Halle mit einem oder zwei Becken stand, die sich im Vergleich zu ihrem Reflexionsbecken eng ausnehmen würden. Raffael verfügte über eine bemerkenswerte Ausdauer. Er war der Einzige in der Familie, der das Becken der Länge nach durchschwamm. Beim Verabschieden hatte er ihnen noch gesagt, sie brauchten keine Flugtickets zu den Wettbewerben zu buchen, weil er nicht gewinnen würde. Immerjahn und Katka hatten sich lange darüber unterhalten und waren zu dem Schluss gekommen, dass es vielleicht wichtig wäre, dass Raffael alleine nach Saudi-Arabien fliege, er schützte seine Chancenlosigkeit vielleicht nur vor, weil er versuchte, sich aus dem kilometerlangen Schatten seiner Familie zu befreien. Sie hatten dennoch erwogen, Frau Manzur als Vertretung zu entsenden, aber sie hatte sich geweigert, in ein Flugzeug zu steigen, und mit dem Zug in den Nahen Osten zu reisen war zu beschwerlich. Katka begann mittlerweile, die Wörter *ja* und *nein* abwechselnd auszustoßen, wobei sie es zustande brachte, gleichzeitig überglücklich und schuldbewusst zu klingen. Katka hielt das Telefon etwas von sich fort und sagte außer Atem: *Raffael, er hat die Qualifikation für das Zwischentraining geschafft. Im Vortraining Gruppe B. Bestzeit! Raffael.*

Sie rang die Hände und hob dabei die Brotform wie einen den Göttern zu opfernden Gegenstand hoch und rief: *Wir haben das Vortraining im Fernsehen verpasst. Rabeneltern, Rabeneltern sind wir. Und in einer Stunde ist das Zwischentraining.*

Funktioniert denn der Kabelanschluss schon?, fragte Immerjahn.

Ihr schaut Sport?! Juri lachte. *Ihr seid echt alt!*

Das fragst du mich? Du wolltest dich doch darum kümmern! Aber Frau Manzur hat einen Fernseher, sagte Katka hochmütig, *wegen dem Teleshopping.*

Das Taxi fuhr langsamer und bog in die Auffahrt ein. Sie befanden sich auf dem Grund der Immerjahns, den Zaun und das ihn verbindende Gatter gab es jetzt nicht mehr, ganz der Tradition seines Großvaters folgend. Keinen Zaun zu haben war nach Benedickt Immerjahn sen. großzügig und stolz, wesentlich vornehmer als einer aus bronzenen Blumenarabesken oder sogar purem Gold, das zur Tarnung schmiedeeisenschwarz gestrichen war. Sie hatten so viel, man konnte ihnen nichts wegnehmen, selbst wenn man sich auf ihrem Grundstück befand.

Seitdem es den elektrischen Zaun nicht mehr gab, gestaltete sich der Umgang mit den Schülern des Internats auf der anderen Seite des Waldes schwieriger, da sie sich beim Kiffen oft bis in den Peristylhof verliefen. Immerjahn hatte früher dasselbe Internat besucht, war jedoch befreit gewesen, dort zu übernachten, da die Schlafsäle weiter von der Schule entfernt waren als sein Elternhaus. Immerjahn hatte sich nach dem Unterricht durch den raschelnden Wald nach Hause geschlichen. War das Internat früher vornehm auf der Seite des Hügels gelegen, von der aus man die Dörfer nicht sah, war es mittlerweile vollkommen von Supermärkten und Feldern zur Gewinnung solarer Energie umgeben. Von hier aus war davon aber nichts zu sehen, vor dem Taxi nur der Wald und über dem Wald die Sterne.

Während die Reifen des Taxis leise noch knirschten auf Sand, hielt Fritzwalter dem Fahrer schon einen Geldschein hin, und Immerjahn stieg aus. Prasselndes Brunnenwasser, Wind in den Kronen.

Hier und da hörte er noch ein Johlen im Dunkelheitsdickicht vor ihm, zu dem der Wald wurde in der Nacht, schwer, einen Weg durch ihn zu finden, leicht nur für Glühwürmchen, Fledermäuse, kleine Vögel.

Sandknirschen aus der Richtung des Eingangs, Taschenlampenlicht, das sie streifte. Katka, die die Augen weit aufriss, und dann, ehe noch Frau Manzurs Stimme deutlich zu ihnen drang, ein Glitzergestöber von ihren auf Pantoffeln und Schlafrock gestickten Pailletten.

Herr Gotthold, rief Frau Manzur, *waren das die Schüler, waren die Schüler wieder da?*

Ja, Frau Manzur, antwortete er, *aber sie sind wieder weg. Sie können die Taschenlampe jetzt ausmachen.*

Nun mach schon das Licht aus, war Mareks Stimme hinter

ihr zu hören. Für einen Moment tauchte seine glänzende Glatze im Lichtkegel auf, dann war es finster.

Frau Manzur stand nun bei ihnen, die Pailletten glänzten wie Schuppen, sie wirkte im Mondlicht wie eine Kreuzung aus einem Zwerg und einem Fisch. *Frau Manzur, gehen wir*, sagte Immerjahn. *Übrigens, ist der Fernseher noch irgendwo? Um neun ist das Rennen. Raffael ist im Halbfinale!*

Raffael, seufzte Frau Manzur. *Das weiß ich natürlich schon, selbstverständlich.* Schwerfällig bückte sie sich zu den zwei Teilen des ergonomischen Stuhls, die schwärzer als die Nacht am Boden lagen,

Was ist das?, fragte sie. *Das kommt aber nicht ins Haus.*

Ein ergonomischer Stuhl, erklärte Marek. *Könnte ich auch nehmen gegen Schmerzen. Hüftschmerz, Rückenschmerz, Nackenschmerz, habe heute wieder Schmerz wie Esel*, sagte er zu Immerjahn.

Lassen Sie ihn nur liegen, wir tragen ihn später hinein, sagte Immerjahn zu Frau Manzur. *Aber wären Sie so nett, Handtücher und Decken für Walter zu suchen, er bleibt ein paar Tage bei uns.*

Haben wir genügend Platz?

Sie deutete auf die Zypresse, die wie eine finstre Säule den Eingang des Italienischen Gartens bezeichnete, deren Äste sich auch ohne Wind, allein aus sich heraus zu bewegen schienen, eine Zypresse blauschwarz und beweglich, sicherlich verwandt mit den Zypressen van Goghs. Er sah die beiden Laternen im Garten angehen. Sie waren ein wenig unpraktisch, Marek hatte etwas falsch gemacht, wie überdimensionierte Stehlampen ließen sie sich nur einschalten, wenn man direkt unter ihnen im finstren Garten stand. Der Schein der einen fiel auf Blüten und Ästchen und Dornen und Blättchen, nur zwei, drei Meter weit reichte die Wolke ihres Lichts, versank dann im Dunkel des Gartens, wie auch der Garten hinter dem Licht versank.

Im Kegel der anderen Laterne lagen Statuen, umgestürzt und moosbewachsen, die von Baumstümpfen kaum zu unterscheiden waren. *Halli hallo*, sagte Holm vom Italienischen Garten her, dann stand er neben der Zypresse. *Um diese Uhrzeit noch Besuch?* Sein Seidenpyjama schimmerte, als wäre er aus Alufolie gemacht. *Ist das Walter da hinten?*

Er hilft uns, ist nicht für lange, für dreizehn Tage, nein, eigentlich nur ein bisschen mehr als zwölf. Ach ja, und den Jungen müsstest du auch bei dir unterbringen.

Welchen Jungen?, fragte Holm neugierig und kniff die Augen zusammen, als wäre es so leichter, in der Dunkelheit zu sehen. *Sagt mal, könnt ihr endlich das Licht einschalten, was steht ihr da im Dunkeln herum?*

Kaputt ist die Lampe, ich tausche sie morgen, das dauert, das dauert, Herr Holm, ich habe nicht sieben Beine, sondern zwei, und beide sind kaputt, sagte Marek, aber Holm schien ihn nicht zu hören.

Wirklich, Walter, du ziehst zu mir?, fragte Holm, der inzwischen bei ihnen stand. Wer wen weniger mochte, war schwer zu sagen, Fritzwalter Holm oder Holm Fritzwalter. Fritzwalter hatte Holm wegen seines Stolzes, an der Kunstuniversität Architektur studiert zu haben, immer mit Argwohn betrachtet, ganz abgesehen davon fand er es lächerlich, dass Holm selbst mit Mitte fünfzig immer noch gerne in Gesellschaft betonte, er sei mit seiner Größe von einem Meter dreiundachtzig exakt so groß wie der Modulor, Le Corbusiers Idealmaß eines Menschen, nach dem er eine ganze Architektur auszurichten versuchte. Holm wiederum fand Fritzwalter seit einer Schlägerei, die er beobachtet hatte, unheimlich.

Hallo Bild, sagte Fritzwalter zu seinem Tischbild. Versunken stand er dann vor ihm. *Jetzt war ich bestimmt zwei Jahre nicht mehr hier, oder? Wie lang ist das her, Gott?*

Immerjahn, der schräg hinter Fritzwalter stand und lieber in die Küche zu Frau Manzur gegangen wäre, um etwas vom Braten, etwas von dieser spanischen Wurst zu kosten, zuckte nur mit den Schultern. *Mein fünfzigster Geburtstag vielleicht,* sagte Immerjahn. *Das war vor zwei Jahren. Du bist in* Julie rêveuse *gelaufen.* Immerjahn war wegen eines Polterns in den Großen Ausstellungssaal gegangen, wo Fritzwalter, betrunken, neben dem Bild auf dem Boden gelegen war und sich mit Julie unterhalten hatte. Seit einem halben Jahr war *Julie rêveuse* wieder von der Restaurierung zurück.

Er ging ein paar Schritte hinter Fritzwalter hin und her. Er entdeckte einige Töpfe mit Farbe auf dem Tisch, eine davon war bereits geöffnet, ein Pinsel lag auf ihr. Auf der Tapete, in nächster Nähe, war das Seegras schon von Frau Manzur in seinen originalen Verschlingungen nachgezogen.

Fritzwalter schritt die Länge des Raumes ab, schätzte die Breite, überschlug die Höhe und betrachtete dann mit Zögern den Christus Pantokrator, der leicht bedrängt neben seinem

Großformat hing. Wie hässlich Fritzwalter sein altes Bild fand, das er durch die neuen ersetzen wollte, und wie schön die Ikone. Was Immerjahn nicht überraschte, denn Christus Pantokrator und Fritzwalter hatten die gleiche Frisur, auch ihr Bart war der gleiche, Christus Pantokrator fehlte allein Fritzwalters Adlernase. Immerjahn sah sich Fritzwalters Nase von der Seite an, sie war schmal und lang, sprang unter der Wurzel stark hervor, um dann das letzte Stückchen zur Nasenspitze hin flach abzusinken. Er hatte einmal ein Röntgenbild von Fritzwalters Kopf gesehen, es war faszinierend, wie viel an seinem Kopf nur aus dieser Nase bestand.

Immerjahn hatte, als er klein gewesen war, diesen Christus Pantokrator für ein Mädchen mit schönen Haaren und goldenem Kleid gehalten, das seine Schuhe verloren hatte. Einer der Männer am Rand des Bildes hatte Kirschen in den Händen, nicht viele, nur zwei. Eine reif leuchtende Kirsche in der Mitte der linken Hand und eine reif leuchtende Kirsche in der Hand rechts. Als er fragte, wie sie wohl schmeckten, haute ihm sein Großvater eine runter. Später fragte er sich, wie viel das viele Gold wert sei, das in den Gesichtern klebte, aber als er zur Schule ging, war es ihm klar geworden, dieser Pantokrator stand da und sah ihn an, zwei Finger erhoben, ein Buch aufgeschlagen, und er wusste, was Gott von ihm wolle, Gott wollte, dass er mehr lese. Lange war ihm der Grund von Benedickt sen. exzessiven Ikonensammelns unbekannt gewesen, bis er von Etel erfuhr, ihres Mannes Manie sei aufs Engste mit dessen Vater verquickt. Vicktor, der schon viele Tote gesehen und von diesen wiederum zu viele selbst produziert hatte, sah sich aus Gründen der Psychohygiene nicht mehr in der Lage, an Magdas Jesus Christus und dessen Clique zu glauben. Sein schlimmster Alb wurde der, jemals vor einer himmlischen Instanz mit enorm gutem Gedächtnis für die Entwicklungszeit von *Original Taschenpistole I.* und *Feldbett Vicktory* Rechenschaft ablegen zu müssen, woran ihn insbesondere Magdas Heiligenbilder erinnerten, die er scheute. Er wies also seine Frau an, diese Bilder, mit Rücksicht auf sein Nervenkostüm, in einem Kämmerchen, das er im Stillen *Kirche* nannte, zu horten, über dessen Schlüssel einzig Magda und sein schüchterner Sohn Benedickt verfügten, den er sich nach einem halben Jahr nachmachen ließ, allerdings nur, um eine etwaige Unverschlossenheit des Raumes sofort zu beheben. Benedickt wiederum pflegte sich nach dem Unterricht in diesen Raum zurückzuziehen, in dessen Luft ein ununterbrochenes Glänzen und Glitzern und Funkeln hing, wo seine Hände an Monstranzen und edelsteingeschmückte Rahmen stießen, und schwor sich früh, sobald er dem von seinen Eltern bevölkerten Obergeschoss des Schlussburger Stadthotels entronnen war, sich in seinem Haus, von ihm selbst, nicht von seinem Vater erbaut, einen ebensolchen fensterlosen, funkelgesättigten Raum, nur einhundert Millionen mal größer, zu errichten, was ihm gelang. Benedickt entwickelte sich im Laufe seines Lebens nach Vicktors Vorbild und, ohne es zu wollen, zu einem ansehnlichen Despoten, so ähnlich den wesentlichsten Zügen Vicktors, als würde sich der Vater tagtäglich im Gesicht seines Sohnes spiegeln. Immerjahn war nicht der Erste, der im Großen Ausstellungssaal vor dem Pantokrator mit der eisernen Hand von Benedickt sen. in Berührung kam. Benedickt jun. hatte der jungen Frau Manzur eine Schachtel Kandiszucker aus der Speisekammer fortgenommen und zog sich mit ihr in die Dunkelheit der Ikonen zurück. Und als er dort unter dem Pantokrator saß und mit klebrigen Händen Zucker schleckte, überraschte ihn ein Schlag ins Gesicht. Für Benedickt jun. war der Gottesbeweis vollbracht.

Als sich der Pantokrator als eine der letzten von Benedickts Ikonen nicht verkaufen ließ, da stellte Immerjahn ihn auf den Boden mit dem Gesicht zur Wand. Sie war ihm irgendwie egal, die Ikone war ein Bild, ob sie wollte oder nicht. Holm hob sie auf, vorsichtig, sagte ihm, er solle besser achtgeben, sie sei vom Himmel gefallen, übers Wasser gefahren wie ein kleines Schiff und durch den Nebel im Winter gegangen, gestapft durch Schnee, knietief, nach der Überlieferung, das sei doch schon etwas Besonderes oder nicht. Aber er wusste im Prinzip noch immer nicht, ob Holm das ernst meinte oder nur überheblich, wie er war, postmoderne Späße machte, und ob er nur lässig lachen sollte, also grinste er so böse er konnte und nahm dabei Christus Pantokrator behutsam hoch und hängte ihn im Speisezimmer an die Wand. Dann sagte ihm Holm, sein Großvater habe ihn in einem Geschäft an einer russischen Grenze gekauft, in dem es sonst nur Lebensmittel und Dünger gab. Er sagte es, wie man das geheimste Familiengeheimnis preisgab, dann ging er weg.

Der Teig hat die Fahrt aber nicht gut überstanden, scheint mir, rief Frau Manzur aus der Küche. Sie seufzte laut. *Ich heize schon einmal das Backrohr auf, aber ich kann nicht versprechen, dass ich ihn noch retten kann.*

Frau Manzur, jetzt lassen Sie das Brot, der Fernseher ist wichtiger, rief Immerjahn in die Küche. Es war vorherzusehen gewesen, dass Frau Manzur noch nicht mit dem Abendessen fertig war, da sie sich seit einigen Stunden schon mit ihren Verwandten am Telefon austauschte, ob sie das Schwimmrennen auf Polnisch oder Rumänisch sehen würde.

Ja speisen wollen sie nichts?

Doch, aber zuerst den Fernseher bitte, stellen Sie ihn in die

Küche, und dann machen Sie Abendessen, ja? Von mir aus Brote oder irgendwas Kaltes, gibt es noch etwas von dem Braten?

Nein, den hat Herr Holm schon aufgegessen, aber mir wird schon was einfallen.

Erst jetzt, ruhig, stetig sprechend, zählte Fritzwalter die Zutaten des Brotes auf. *Koriandersamen, Kümmelsamen, Fenchelsamen. Roggen, Weizen, Salz.* Verstummte wieder. Hörte nicht auf, mit den Augen und Armen die Wände zu vermessen. *Ich glaube, die Serie wird perfekt passen, wenn sie fertig ist*, sagte Fritzwalter, *sie wird das Herzstück des Speisezimmers werden.*

Immerjahn lachte, er wollte jetzt nicht mit Fritzwalter über die Ausstellung reden.

Wir besprechen das alles morgen, sagte er, *so gegen sieben Uhr früh.*

Herr Gotthold, rief Frau Manzur, *kommen Sie bitte, mir ist nicht gut.*

Frau Manzur schien zu benommen, um zu bemerken, dass Immerjahn die Küche betrat, es kam ihm vor, als atmete sie schwer. Sie saß auf dem Schemel und fächelte sich mit einem Geschirrtuch Luft ins Gesicht. Hinter ihr am Küchentisch lagen ein Laib Brot, daran geschmiegt zwei Eier, zwei Zwiebeln, daneben ein glasierter Krug, und er freute sich, es handelte sich zweifellos um einen Cézanne, *Stilleben mit Brot und Eiern*, obwohl sie noch nicht ganz fertig war damit. Als dann die Türe hinter ihm zugefallen war, mit einem kaum hörbaren Klicken, fuhr sie hoch, und obwohl sie flüsterte, war sehr deutlich, dass sie eigentlich schrie: *Ja sind Sie denn verrückt geworden, ja gibt es denn so etwas, Sie führen sich auf wie ein Narr!*

Was ist denn los?

Ihre Eltern, selig, Ihr Großvater, die hätten diesen Fritzwalter vom Anwesen gejagt.

Frau Manzur, ich weiß, dass Sie ihn nicht mögen, aber.

Nein, nein, dem traue ich kein bisschen, und Sie, Herr Gotthold, sollten das auch nicht tun, der war letztens erst in Kinoglanz *abgebildet, im weißen Anzug, furchtbar, es ging um eine, ach, ich weiß nicht, ich hab zuerst gleich weiterblättern wollen, aber da war doch das Kleid von Ihrer Frau auf dem Bild.*

Das Kleid meiner Frau?

Wenn ich's doch sage, ihr Gesicht war weggedreht, aber sie war's, ganz sicher.

Frau Manzur musste wirklich außer sich sein, das Stillleben halbfertig auf dem Tisch zu lassen. Niedergeschlagen saß sie da und erklärte ihm mit verbissener Miene irgendetwas, kümmerte sich nicht um das Wasserglas, das schon poliert neben der Abwasch stand. Das Buttermesser, das sie an den Laib lehnen würde, lag noch im Becken. Er erinnerte sich, er hatte Frau Manzur auf den Ostendorfer Obstmarkt begleitet, auf dem sie es zwischen alter Bettwäsche fand. Der Händler schenkte ihm ein Karamellbonbon, dessen Kern aus Schokolade war. Einmal verlor er Frau Manzur im Getümmel, plötzlich viele fremde Beine und Schuhe und Brettertische um ihn, sogar das Obst und Gemüse, die Sonnenblumensträuße, die Dahlien fremd, aber dann wieder Frau Manzur neben ihm, die ihn an diesem Tag nicht mehr an der Hand, sondern an der Schulter hielt. Erst jetzt bemerkte er das schneeweiße Geschirrtuch in ihren Händen, das unter dem Brot seinen Platz finden musste, aber eigentlich schon zu zerknittert war, um noch verwendet zu werden. Es war ihm mulmig zumute, hatte er, im Wirrwarr seiner Gedanken an seine Spazierfahrten zu Märkten mit Frau

Manzur, sie wirklich sagen hören, dass Katka ganze Tage bei Fritzwalter verbringe? Sie deswegen so wenig zu Hause sei? Unmöglich. Sie konnte es nicht gesagt haben, woher sollte sie es auch wissen? Frau Manzur, die doch tagein, tagaus nur hier auf dem Hagebuttenberg saß und Gesellschaftsmagazine las. Mit einer schnellen Bewegung hielt sie ihm die *Kinoglanz* hin, eine Zeitschrift, die sie seit Jahren abonnierte.

Neben dem strahlenden Fritzwalter die elfenbeinfarbenen Rüschen von Katkas Lieblingskleid.

Nun, was soll das denn bedeuten?, fragte Frau Manzur.

Katka?, rief Immerjahn, es blieb eine Weile still, dann steckte Katka den Kopf in die Küche.

Habt ihr den Fernseher schon gefunden?

Warst du letzte Woche mit Fritzwalter bei dieser komischen Tortenburger-Eröffnung?

Bei der Tortenberger-Eröffnung, präzisierte Frau Manzur.

Ja, wieso?

Frau Manzur hat dich in der Kinoglanz *entdeckt*, sagte Immerjahn, worauf Frau Manzur errötete.

Oh Gott, in diesem Käseblatt, zeig mal. Frau Manzur rutschte verlegen auf dem Stuhl. Katka beugte sich zwischen Immerjahn und Frau Manzur über die Illustrierte. *BEST DRESSED* stand in großen Lettern auf der Seite geschrieben. *Paradiesvogel: Für Furore sorgte der weltbekannte Ostendorfer Künstler Fritzwalter im weißen Anzug mit Aufnähern*, las Katka laut. *Hab ich ein Glück, dass man mich nicht erkennt. Ist das peinlich.*

Furchtbar, sagte Frau Manzur.

Wie geht's dem Brot, fragte Fritzwalter aus dem Speisezimmer.

Schnell steckte Frau Manzur die Zeitschrift in ihre Schürze, sah Katka und Immerjahn verschwörerisch an und rief: *Jetzt gedulden Sie sich doch bitte mit Ihrem Brot.*

Mit der Trägheit einer Katze saß Katka neben dem Fernseher auf der Bank, die Ellenbogen am Küchentisch, den Kopf in die Hand gestützt. Betrachtete die Dinge, die vor ihr lagen. Ein Glas, bis an den Rand gefüllt mit Wasser. Eine Zeit lang ruhten ihre Augen auf dessen glatter Oberfläche, dann schlüpften sie zwischen anderen Gläsern, Karaffen hindurch, glitten weiter zu einem Krug aus Ton, der, schwer gebaucht, neben Immerjahn an der Tischkante stand, sie übersah den Brotlaib, als könnte sie sich an ihm schürfen, und schaute weiter, direkt in die Schüssel voller Trauben, hellgelb schimmernd, als wären auch sie aus Glas gemacht. Drei oder vier lagen am Tisch. Rasch griff sie nach ihnen, und es kam Immerjahn vor, dass ihr Gesicht glühte.

Er schob die Trauben etwas weg von sich, er war so hungrig und mochte wirklich keine Trauben essen. Am Rand des Tellers eine Gravur, fein geritzt in Porzellan. Die Inschrift *Schall und Rauch* hatte sein Großvater an jeder Tasse, jedem Tellerchen, der Rückseite jedes Löffels, jeder Gabel, jedes Messers im Haus anbringen lassen, und Immerjahn war froh, dass die Inschrift winzig war, sonst hätte er das gesamte Service austauschen lassen. Auch auf dem Kavalleriedegen, den die Immerjahns bei Duellen zu benutzen pflegten, befand sich die Gravur. Sein Großvater hatte fast mehr noch als Goethes Faust eine Stelle bei Montaigne geliebt: *Unsere Augen, fürchte ich, sind größer als der Magen, und unsere Neugier größer als unsre Fassungskraft: Nach allem greifen wir, aber wir fassen nur Wind.* Er hatte sie aber nicht eingravieren lassen, weil auf den Mokkatassen und den kleinen Löffeln zu wenig Platz dafür gewesen wäre.

Er beobachtete, wie zuvorkommend Frau Manzur mit Holm umging. *Herr Holm, bitte, setzen Sie sich hierhin,* sagte sie, was schon wesentlich mehr Wörter waren, als sie sonst in einer Woche miteinander wechselten. Holm sah sie zögernd an, schien sich aber irgendwie zu freuen. Fritzwalter schob sie hingegen einen Stuhl von Mackintosh hin, die Sprossen finster wie die eines schottischen Verlieses, den wohl unbequemsten im ganzen Haus. Die Rückenlehne war immens lang und gerade, er verfügte über keine Armlehne, keine Rückenpolsterung, über nichts, was Immerjahn als komfortabel erachtet hätte.

Na, Fritzwalter, was machst du so?, fragte Holm Fritzwalter, den die Lehne des Mackintosh weit überragte.

Ich renoviere.

Woran arbeitest du gerade, meine ich?

Fritzwalter nahm eine Tasse Kaffee von Frau Manzur entgegen und nickte, aber anstatt zu antworten, leerte er zwei Päckchen Zucker in die Tasse und verrührte ihn mit einer Gewissenhaftigkeit, als würde er einen Topf Farbe glattrühren.

Fritzwalter nippte am Kaffee. *Groß und rot,* sagte er, *sind sie nicht mehr. Sie sind mittlerweile klein und bunt und ein wenig unübersichtlich.*

Und welche Freundin hast du gerade?

Keine. Fritzwalter stellte die Tasse wieder auf das Tellerchen, und Immerjahn verdrehte die Augen, weil ihn Frau Manzur so vielsagend anschaute. Jetzt endlich setzte auch sie sich und zog den Brotlaib an sich, drückte ihn an ihren Kittel, er roch stark nach einem bitteren Gewürz. Sie hatte ein Messer bereitgelegt, das spitz war und lang. Immerjahn sah schon dicke Scheiben des Brotes, bestrichen mit Butter, bestreut mit Salz, auf seinem Teller liegen, doch kaum hatte Frau Manzur das Messer in die Hand genommen, ließ sie es sinken. Wählte ein anderes, kurz und mit gezackter Klinge. Fuhr mit dem Messer durch die splitternde Kruste und durchtrennte den Laib, fast genau in der Mitte. Es duftete.

Und wie ist das Gewächshaus so?, fragte Fritzwalter Holm.

Ganz in Ordnung. Ein bisschen heiß, und wegen der ganzen Wäsche ist es auch noch ziemlich feucht, aber man kann ja die Türen offen lassen. Und wenn es, wie für morgen angekündigt, ein Gewitter gibt, dann wird das sicher famos.

Insbesondere wegen der fehlenden Glasscheiben im Dach, sagte Immerjahn.

Na gut, die sind am anderen Ende, sagte Holm.

Immerjahn kaute hastig. Saftiger Matsch in seinem Mund, nach dem er sofort süchtig war. Er biss ein großes Stück aus der Scheibe, legte sie nieder, bestrich die nächste schon mit Butter und sah kurz nur hoch zu Katka, die verlegen mit dem Finger durch das Flämmchen der Kerze strich, und dann zu Fritzwalter, der komisch lächelte.

Marek meint, wir hätten nicht genug Matratzen im Haus, sagte Frau Manzur.

Wir könnten die Chaiselongue Louis XV. vom Speisezimmer hinübertragen, sagte Immerjahn.

Wollt ihr mich umbringen? Die ist doch viel zu kurz.

Sie ist superbequem, sagte Holm. *Der Blonde könnte auf ihr schlafen.*

Dann nehmen Sie eben Vicktors Feldbett, Herr Fritzwalter, schlug Frau Manzur vor. *Es ist noch immer gut in Schuss.*

Raffael hatte sich einen Schwarm von Fledermäusen auf die Seite des Halses tätowieren lassen, das war das Erste, was Immerjahn auffiel an seinem Sohn, als er gemeinsam mit den anderen Schwimmern aus einem überdachten Gehäuse in die Schwimmhalle trat. Die Tribüne war blau gestrichen, das Dach der Halle blau wie ein zu blauer Himmel und das Becken darunter mit derart blauem Wasser befüllt, dass sich Immerjahn sofort vorstellte, hineinzuspringen, aber nicht aus Vergnügen, sondern nur, um diese makellose Fläche zu zerstören.

Raffael hatte, als er klein gewesen war, nie baden wollen, so große Angst hatte er vor Wasser gehabt, bis Katka und Frau Manzur ihn eines Tages ansprachen, sie beide hätten sich die Arme verstaucht und brauchten seine Hilfe, um die Badewanne zu putzen, und Raffael, der sehr hilfsbereit war, half. Er setzte sich mit seinem Pyjama in die Badewanne. Immerjahn wusste nicht mehr genau, wie alt er da war, vielleicht zwei oder drei Jahre, und Katka und Frau Manzur hatten den Wasserhahn ganz leicht aufgedreht, damit Raffael mit dem Schwamm in der Hand die Badewanne besser putzen konnte, das Wasser stieg über seine Füßchen und über seine Waden, über seine Knie, aber Raffael blieb ganz ruhig und wusch die strahlend saubere

Badewanne, bis ihm das Wasser bis knapp über den Nabel stieg. Fünfmal putzte er an fünf aufeinanderfolgenden Tagen die Badewanne, danach hatte das Wasser seinen Schrecken für ihn verloren. Womit das nächste Problem aufgetaucht war, denn das Reflexionsbecken zog ihn an, sodass Holm ein Gitter rundherum baute, damit Raffael nicht hineinfallen konnte. Mit fünf Jahren brachte sich Raffael selbst das Schwimmen bei. Er sah, das erzählte er später, beim Schwimmen Tiere unter Wasser, sie seien sehr schnell gewesen, schöne, starke Tiere, Löwen und Katzen und Hunde und zwischen ihnen rote Fische und ganze Schwärme von Insekten, ein fortwährendes Flirren und Schillern unter Wasser sei das gewesen, das Wasser vor ihm schwarz vor Käfern, dann wieder libellenflügelweiß, aber schnell seien sie gewesen, zu schnell hatte er sie in der Ferne davonziehen sehen, er hatte versucht, sie einzuholen, ein Teil von ihnen zu sein, aber erfolglos. Versuchte es weiter, und Jahre später, mit knapp fünfzehn, nach den ersten Monaten mit Aal, dem Trainer, schaffte er es dann doch, dass sie länger an seiner Seite blieben, Hunde und Bären schoben sich aus der Masse, kamen heran, scheu, mit kühlen Beinen, feuchten Schnauzen, er spürte es genau, sie streiften seine Waden, strichen über seinen Bauch, und mit der Zeit verkehrten sich die Rollen, dann begann er, diesen Schwarm aus Tieren hinter sich herzuziehen, weil er mit seiner professionellen Kraulgeschwindigkeit schneller als Löwen und Katzen und Hunde und geflügelte Insekten geworden war, und schließlich verlor er sie völlig aus den Augen, weil ihm sein Trainer sagte, er solle beim Schwimmen nicht andauernd nach hinten schauen.

Immerjahn fragte einmal nach, welche Käfer er da unter Wasser sehe, ob es Hirschkäfer oder Maikäfer, Marienkäfer oder Goldlaufkäfer seien, aber Raffael sagte nur, sie hätten Flügel und leuchteten in Grün und Gold.

Raffael zog seine Schwimmhaube zurecht. Auch Juri schienen Raffaels Fledermäuse aufgefallen zu sein, denn er befand sich bereits mitten in einem Monolog über Sportler und deren Kindergartentätowierungen.

Immerjahn legte den Kopf schief und wartete, dass die Feinde seines Sohnes, Feinde nämlich sagte Holm, ihre Jacken ausziehen würden, was sie auch taten, schlenkerten ihre langen Arme auflockernd um ihre Oberkörper, Schultern kreisten, und er war erleichtert, Raffaels Tattoo war, verglichen mit denen der anderen Schwimmer, einem verdorrten Zweig umkränzt von lodernden Blättern über dem Herzen und einem diabolischen Augenpaar auf einem Knöchel, noch das stilvollste, aus dem sich, er würde, wenn er wieder zurück wäre, mit ihm darüber reden, sehr einfach Goyas *Der Schlaf der Vernunft gebiert Ungeheuer* machen ließe.

Der Schwimmer neben Raffael blies, das Gesicht verzogen, in seine Brille, Raffael war nun außer Sicht, die anderen waren jetzt im Bild, sie sahen alle aus wie Roboter, auch sein Sohn, musste er sich eingestehen, aber zumindest ein Roboter mit vertrautem Antlitz, blasser als alle anderen, die Wimpern aber dunkler, und Immerjahn sah weg, zu Fritzwalter, der vor ihm auf seinem Mackintosh saß, und daneben Katka, Juri, daneben Holm, Frau Manzur, dann Marek, und Immerjahn bemerkte, dass er Herzklopfen hatte. Er lehnte sich zurück. Katka drehte sich zu ihm um und machte eine Bewegung, die fast so war, als drücke sie seine Hand. Auch sie war aufgeregt, kaum weniger als Frau Manzur, die, als Ventil, mit Juri schimpfte, er solle sich wegdrehen aus ihrer Sicht. Immerjahn konzentrierte sich auf den Bildschirm, er hoffte, er könne wieder Raffael sehen, aber stattdessen ein Ungar, in dessen Anblick sich Holm mit roten Wangen verlor, phantastisch, seufzte er, er sehe so aus wie dieser Mihaly, den er einmal gekannt habe. *Herr Holm, nicht jetzt*, fuhr ihm Frau Manzur dazwischen, und dann fiel Immerjahn Fritzwalter auf, der, wie er sich sicher war, den ganzen Abend über keinen Blick gewechselt hatte mit Katka, jetzt aber über irgendetwas mit ihr stritt. Sie solle nicht kindisch werden, sagte Fritzwalter. Was Immerjahn gefiel, war, dass Katka richtig zornig auf ihn war. Es gefiel ihm über alle Maßen, dass sie ganz normal neben Fritzwalter saß, ihn aber innerlich kochend ignorierte und so, wie er Katka kannte, würde diese Laune Tage halten. Es wäre schön, begrüßenswert, wenn sie Fritzwalter aus dem Weg ginge, solang er hier war.

Was schaust du so, sagte Fritzwalter, und Immerjahn hörte auf zu lächeln.

Marek drehte sich um zu ihnen. *Wir sind alle nervös wegen dem Finale.*

Es ist Halbfinale, Herr Marek.

Dann kam wieder Raffael ins Bild, er winkte, auf seinem Nacken flatterten melancholisch Fledermäuse. Der Moderator erklärte, Raffael sei angeschlagen, eine abklingende Grippe, der Trainer sei vorher noch bei ihm gewesen, *Aber er ist jetzt fit, sehen Sie sich ihn an, wie er die Arme hebt! Neunzehn Jahre! Bestzeit in der Qualifikation, aber trotzdem, er ist ein großer Außenseiter.*

Du Schwein, sagte Fritzwalter. Die Schwimmer stiegen auf Blöcke. Immerjahn fragte sich, warum sie ihre Hosen nicht verloren, sie saßen so tief, eine falsche Bewegung und sie würden von den Hinterteilen platzen, zumindest hinunterrutschen und um die Knie baumeln. Immerjahn hatte bei einem seiner ersten Schwimmversuche einmal versehentlich die Badehose verloren, aber sein Sohn verfügte diesbezüglich offenbar über größeres Geschick als er selbst.

Ein Schuss, die neun Männer verschwunden, einer davon sein Sohn, den er inmitten des zerschaufelten Wassers nicht mehr entdecken konnte. *Jesus!*, rief Frau Manzur, und Fritzwalter schrie: *Gott! Nimm deinen Kopf weg, weg da*, und Immerjahn, der aufgesprungen war, um seinen Sohn im Wasser zu entdecken, ging einen Schritt zur Seite. *Jesus*, rief Frau Manzur wieder, Raffael lag zurück, Immerjahn sah ihn jetzt, auf der vierten Bahn, sah seine schwarze Badekappe mit der Aufschrift *Immerjahn*. Dann rief der Moderator: *Er holt auf, macht Boden gut und jetzt pflügt er den anderen davon!* Immerjahn riss die Arme hoch. Prallte vor Freude mit Holm zusammen, umarmte Frau Manzur, die seufzte leise: *der Raffael, ein Olympionike. Gratulation, Herr Gotthold.*

Wir warten noch zehn Minuten, dann rufen wir ihn an, sagte Immerjahn und notierte sich die Uhrzeit des Finales am nächsten Tag gegen jede Gewohnheit auf seine Hand.

Quer über die Matratze gestreckt lag Katka, ein Kissen unter ihren Kopf geschoben. Die Haare offen, die Arme verschränkt. Lag da und schaute auf die Wand, auf Paula Modersohn-Becker, die, die Hand sacht am Kinn, den Kopf halb nach links gedreht hatte, zu Immerjahn schaute, sah aber nicht in seine Augen, vielmehr durch ihn hindurch.

Er stand noch immer in der geöffneten Schlafzimmertür, wo er sich auszog.

Katkas Augen waren jetzt geschlossen. Ihre Haare lagen schwarz auf dem Kissen, und er stellte fest, dass Schwarz gewissermaßen seine Lieblingsfarbe war, tiefstes, sattes Schwarz. Er legte sein Hemd auf den Fauteuil, der weich war und überzogen von schwarzem Stoff. Neu bespannen würde er ihn lassen, an einigen Stellen, an der rechten Sitzfläche und der rechten Armlehne war er mittlerweile ausgeblichen, weil zu einer Tageszeit, in der er sich nie im Schlafzimmer aufhielt, die Sonne auf ihn fiel. Er setzte sich.

Er liebte die Art, wie Paula Modersohn-Becker Farben verwendete. Sie machte ihn hungrig. Sie konnte Obst malen oder Gemüse oder eine Wiese im Moor oder auch Gesichter, egal, wie mies ihm zumute war, er wollte essen, sich die Welt einverleiben, wenn er das sah. Ihre Farben, so dicht und stark, pastos, ein Leuchten noch aus dem hintersten Waldkiesel heraus.

Er hatte Kinder nie besonders mögen, aber die Kinder, die sie malte, liebte er. Ihre Stillleben. Ihre Landschaften. Früher hatte er unbedingt ihr *Selbstbildnis mit Kamelienzweig* in seinen Besitz bringen wollen, von dem aber ein großer Teil des ursprünglichen Zaubers gefallen war, als ihm bewusst wurde, wie sehr er Kamelien mit seiner Mutter verband. Er wusste lange nicht, dass die Pflanze, die auf dem Boden ihres Schlafzimmers stand und deren Topf er um keinen Preis berühren durfte, weil ihre fleischigen Knospen abfielen, sobald man ihn verrückte, eine Kamelie war. An den Spitzen tiefrot und schneeweiß dann am Ansatz.

Er war froh, dass es das *Selbstbildnis nach halblinks, die Hand am Kinn* war, das er hatte. Es zeigte Paula Modersohn-Beckers Gesicht, klar umrissen, neugierig, gespannt und doch vollkommen entrückt. Es lag an ihrer Technik, die Augen zu zeichnen, die ihnen einen Ausdruck gab, als wären sie nicht von dieser Welt. Im Weiß des Auges lag matt die Iris, in ihr keine Spur von einer Pupille oder eines Glanzlichts gar.

Ihre Lippen so rot. Das Rosa der Lider. Die Hand kokett am Kinn, die obersten Glieder vierer Finger. Eingefasst war ihr heller Kopf von einem Hintergrund aus schwärzlichem Blau, einem klaren, sternenlosen Nachthimmel gleich. Ihr Gesicht maskenhaft, ihre Haut bleich, aber Immerjahn kannte kein Bild, in dem jemand so wach war.

Katka hatte die Hände hinter dem Kopf auf das Kissen gelegt. Er betrachtete ihre Ellenbogen, die Innenseite ihrer Oberarme, dann die Achseln, sie hatte sich länger nicht rasiert, aber das machte nichts, er mochte diese Haltung, sie lag oft so da, wenn er mit ihr schlief, wenn er mit ihr geschlafen hatte, die Arme hinter dem Kopf verschränkt. Der Stoff des Kleides spannte über ihren Brüsten, eine Brustwarze schimmerte durch den Stoff, oder war es eine Falte, die der Stoff dort warf, und er stand auf und ging zu ihr.

Ein paar Härchen, die vereinzelt unter den geschwungenen Bögen ihrer Brauen wuchsen. Das Rot ihrer Lippen war nicht länger makellos, franste aus an manchen Stellen. Ihre Hände wie Wachshände, weiß.

Immerjahn legte sich neben sie. Er lehnte sich vorsichtig zurück. Wollte gerne mit ihr schlafen, schob vorsichtig seine Hand zu ihrem Arm, damit er, falls sie nicht berührt werden wollte, so tun könnte, als hätte er sich nur nach dem Kissen gestreckt. Er wollte sie nicht verscheuchen. Sie reagierte nicht, rutschte nicht weg.

Und er legte seine Hand vorsichtig auf ihren Arm, begann sie ganz sacht mit dem Daumen auf der Unterseite des Oberarms zu streicheln.

Denkst du, das Gewächshaus übersteht die Nacht?

Schwer zu sagen, antwortete Immerjahn. *Sie werden sich schon nicht prügeln, ein bisschen streiten werden sie, aber sonst nichts*.

Katka nahm jetzt seine Hand und hielt sie fest, sodass er sie nicht mehr bewegen konnte. Sie setzte sich auf.

Ach komm, lass uns schlafen, sagte Immerjahn, *lass uns einfach schlafen*.

Wider Erwarten ging sie nicht weg. Die Stille legte sich über die Kissen, die Decken, über Immerjahn und seine Frau, die sich auf die Matratze zurücksinken ließ. Er strich sich mehrmals über den Bauch, als könnte er ihn so flacher machen, und gab sich einen Ruck, es war wichtig, etwas zu sagen, und er sagte: *Gute Nacht*.

Er stand in einem Garten, Gräser unter seinen Füßen, Blüten. Knisterten mit jedem Schritt und glänzten, waren kühl, ganz taubesetzt. Da waren blassblaue Knospen. Blassblau die Farbe des Grases, das sich sacht vor seinen Beinen bog, und er sah die Erde, nicht braun, blassblau war auch sie. Am Rand der Wiese standen Bäume. Mit Kraft durchfuhr der Wind die Kronen, da war Ästeknacken und rauschendes Laub, und er ging dorthin, weil er sich ausruhen wollte in ihrem Schatten. Flügeltierchen spritzten hoch und sanken nieder, als er die Gräser durchschritt, er bückte sich und tauchte seine Hand ins Gras, pflückte einen Halm, der, samt Blüte, zurück in die Wiese getropft war, ehe er ihn genauer betrachten konnte. Er legte seine flache Hand auf den Boden und sah, der Garten war aus Wasser. Er sah sein Spiegelbild in jedem Bröckchen Erde, in jedem Blättchen und wurde sich eines steten Rieselns bewusst, das verursacht war von Grashalmen aus Tropfen, die ins Wasser fielen und einen Moment später schon wieder aus ihm wuchsen. Er stand auf. Alles um ihn Wasser, das hinterlistig Büsche formte, sich türmte zu hohen Wellenwiesen, und er rannte, um aus diesem Wasserland fortzukommen, hin zu den Bäumen am Gartenrand, der vielleicht das Ufer war, aber das Laufen war schwierig, neben ihm ließen Tröpfchenstauden ihre Äste fallen, rasend perlten Blättchen ab, stürzten wässrige Buschskelette in sich zusammen, warfen die Wiese rauschend auf, noch schneller rannte er, duckte sich und warf die Arme vors Gesicht, stieß fallendes Wasser fort von sich, in dem Immerjahn das blaue Auto seiner Eltern sah, so nah vor sich, dass es ihm ganz die Sicht versperrte, aber er war knapp schon an die höchsten Bäume herangekommen, die wieder für Sekunden verborgen waren hinter dem tobenden Wasser, das Laub aufgebauscht, als wollte jede Blüte und jedes Blatt und jeder Ast sich von den Bäumen losreißen, und er war glücklich, erleichtert an die Bäume gelangt und hielt sich an einem Stamm, in dessen Schutz er verschnaufen wollte, aber der Stamm gab nach, auch er dunkel wie tiefes Wasser und vom Gewicht eines Meeres, als er auf Immerjahn krachte.

Als Immerjahn aufwachte, war sie schon weg, aber das machte nichts. Er musste sich so keine Mühe geben, mit einer halbwegs grazilen Bewegung die Decke von sich zu streifen. Er ließ mit Wonne die Schultern hängen, stieg aus dem Bett und setzte sich auf den Fauteuil gleich daneben, wo er sich mit den Fäusten die Augen rieb. Es war seltsam, aber wenn Katka bei ihm die Nacht verbrachte, wusste er plötzlich nicht mehr, wie man schlief. Er hatte die Augen geschlossen und sich, hellwach, gewünscht, so schnell wie möglich einzuschlafen, dabei aber gehofft, keinen Albtraum zu haben, bei dem er irgendwie herumlaufen würde im Zimmer. Immerjahn träumte nicht besonders gerne, weswegen er nicht gerne schlief.

Er kam langsam wieder zu sich. Streckte den Arm aus und tastete nach der Wasserflasche. Er hatte etwas geträumt und überlegte, etwas Helles fiel ihm ein, von kühler Textur, aber sonst nichts, im Vergleich zu anderen Nächten fühlte er sich aber verhältnismäßig wenig ramponiert, vielleicht war es schön gewesen, und er war froh, dass Katka nicht da war, die auch die unschuldigsten Stückchen seiner Träume noch kommentieren würde, auf, wie sie fand, sehr aufschlussreiche Weise. Um dieser Prozedur zu entgehen, erfand er Träume extra für sie, was dann die schlimmsten Analysen zur Folge hatte. Er musste kurz an seine Eltern denken. Manchmal kam es ihm vor, als wäre es sehr gut möglich, sie wären nicht gestorben, hätten bloß ihr Leben unter Wasser weitergeführt. Mit dem Auto würden sie in diesem Dorf unter Wasser fahren und in manchen Nächten, bei Dunkelheit, vielleicht auch auf die Hänge der umliegenden Berge hinauf, um nach ihnen zu schauen, auf dem Hagebuttenberg. Er stellte sich vor, dass seine Eltern dort unten im Wasser Dinge machten, die ganz ähnlich wären jenen, die sie über Wasser getan hatten.

Er sah gedankenverloren zu Paula Modersohn-Becker hin. 1902, während ihres zweiten Aufenthalts in Paris, hatte sie im Louvre die altägyptischen Mumienportraits entdeckt. Die Porträtierten wurden gezeichnet, solange sie lebten, die Bilder dann an einem trockenen Ort verstaut, für ihre weitere Verwendung nach dem Tod. Starben sie, so wurde das jeweilige Portrait auf den Kopfteil der Mumie gesetzt. Diese Bildtafeln waren gerade wegen ihrer Einfachheit von größter Präsenz und Eindringlichkeit. Es war schon lange her, dass Immerjahn im Louvre gewesen war, aber vergessen würde er sie nicht. Ein junger Mann mit kurzem Haar und Bart, der mit seinen kugelrunden Augen skeptisch nach vorne sah. Eine sehr elegante Dame, die um den Hals eine Perlenkette trug. Ihre Bilder hatten Modersohn-Becker beeinflusst, und Immerjahn stand auf und ertappte sich dabei, wie er mit großer Selbstverständlichkeit dachte, er liebe Katka nicht mehr. Er zuckte zusammen und verspürte den dringenden Wunsch, sich sofort zu korrigieren, ein Missgeschick seines Gehirns, das schlaftrunken, wie er war, zu Irrtümern neigte. Zu seiner Überraschung wollte er das Gedachte laut zu Modersohn-Becker sagen, er sagte: *Ich lieb sie nicht mehr.* Und musste dann lachen, es war ein tatsächlich ungewöhnlicher Gedanke. Etwas unbehaglich war ihm gleich danach zumute, und wieder kam ihm seine Schlaftrunkenheit in den Sinn, die gemeinsam mit den stolzen Ägypterinnen aus dem ersten Jahrhundert einen kleinen Tod geschaffen hatte, der irrtümlich auf Katka gefallen war, auf ihre Beziehung zueinander, seine Liebe zu ihr.

Er drehte den Kopf, ein wenig nach links, nach rechts, wieder schräg nach links, und zwang sich dann stillzuhalten. Wenn er vor einem Bild stand, das ihn wirklich berührte, so selten das auch vorgekommen war in den letzten Jahren, verfiel er in diese Drehbewegung. Es war, als tastete er auf dem Bild nach Bruchlinien und Spannungen wie nach Fäden, die er mit den Augen pflücken konnte.

Er fragte sich, ob Paula Modersohn-Becker, die in ihrem Leben drei Bilder verkauft und an zwei Ausstellungen teilgenommen hatte, in der Lage gewesen wäre, das Werk zu schaffen, das sie geschaffen hatte, das gleiche wahnwitzig schöne, in seiner Einsamkeit alles umstürzende Werk bei dreißig Verkäufen, bei dreihundert. Bei zwanzig Ausstellungen, zweihundert. Was machte die Öffentlichkeit mit so einem Gehirn und, dachte er weiter, mit so einem Menschen? War die beste Arbeitsvoraussetzung nicht Unbekanntheit, vollkommene? Nicht Heerscharen aufgekratzter Sammler, die einen umschwirrten und scheinheilige Fragen stellten zu einem Bild, das sie ein paar Jahre später wieder verkaufen würden, mit Gewinn. Setzte Wahrhaftigkeit Zurückgezogenheit voraus? Verdarb zu viel Zuspruch den Menschen und mit ihm die Kunst? Aber dann schüttelte er den Kopf. Zuerst fiel ihm Holbein ein, Maler am englischen Hof, und dann gleich noch Velázquez, der nie Geldsorgen gehabt hatte. Es galt also nicht immer.

Flatternd und gurrend staksten die Tauben des Peristylhofs um sein Frühstückstischchen. Sie waren nicht zu vergleichen mit den zerrupft hinkenden Tauben der Großstadt, sondern schöne graue und braune Landtauben, die beide Beine und auch noch beide Flügel hatten und die Leibspeise von Benedickt sen. gewesen waren. Das Tischchen war an der Stelle aufgebaut, an der das Haupthaus und der Ostflügel aneinanderstießen, in einer besonders windgeschützten Ecke. Es war ungewöhnlich stürmisch heute, schon drei papierne Servietten flogen im Peristylhof umher wie kleine fröhliche Gespenster, und obwohl die Sonne schien, war es kühler als an den Tagen davor, als hätte es in der Nacht ein Gewitter gegeben, aber der Kies war hell und nicht dunkel wie nach jedem Regen. Die Hitze würde zurückkommen in nur wenigen Stunden, hatte ihm Frau Manzur gesagt, als sie die Tasse Kaffee und einen Teller, auf dem zwei geschälte Bananen lagen, vor Immerjahn stellte, da er heute wieder für seinen Anzug fastete. Er schnitt die Bananen mit Messer und Gabel in schmale Scheiben. Für Fritzwalter, Juri und Holm hatte sie Butter und einen Korb mit Apfelbrot, Zimtschnecken und kleinen böhmischen Mohnkolatschen gebracht, die er nicht anrührte, denn er mochte Süßes nicht. Als er klein gewesen war, da hatte er gedacht, die Blumen und Blätter im Italienischen Garten wären verwunschene Süßigkeiten. Blüten, geschabt aus rotem und violettem Gelee, das Laub der Bäume zusammengesetzt aus grün und gelb gefärbtem Windgebäck, das Gras eine Ansammlung zugespitzter Zuckerstangen. Der Schatten hinter den Kolonnaden kein Schatten, sondern plattgerollter Lakritz. Neugierig biss er in harzige, nach Honig glänzende Zitronenblätter, probierte ein paar Bissen Feigenblatt und Oleander, nahm mehrere unreife Oliven und eine Handvoll Rosenköpfe zu sich, deren Nachwirkungen sein Verlangen zu naschen von einem Tag auf den anderen zum Versiegen brachten.

Vor Immerjahn lagen die Fenster des Großen Ausstellungssaales, drei höher als mannshohe Ausschnitte in der Wand. Ihre Flügel waren weit geöffnet, um den Saal zu lüften, nachdem Holms Möbel in den Hof getragen worden waren. Holms Bett und sein Kühlschrank standen bereits im Gewächshaus, im Hof befanden sich noch zwei Sofas, ein Tisch und zwei dreibeinige Stühle, eine Vielzahl von Hüten und das Streifengnu, das ins Gewächshaus zu transportieren nicht der Rede wert gewesen wäre. Schwieriger würde es schon mit den unzähligen Büchern werden, die die größte Fläche im Peristylhof einnahmen und an der höchsten Stelle ihres Haufens selbst den Tisch überragten.

Er fragte sich, wie lange er es noch schaffen würde, nicht auf Holm loszugehen, der in einer der Fensteröffnungen saß, den Oberkörper im Schatten, die nackten Beine in die Sonne gestreckt, lamentierend in den wolkenlosen Himmel starrte und bereits zum fünften Mal erklärte, am Abend sei ein Wettersturz zu erwarten, und er könne sich schon denken, dass Gott sich freue, seine Bücher, seine Bibliothek tropfnass im Gewächshaus zu sehen. Marek hatte ihm gleich seine Schreibtruhe gebracht, nur fand Holm, dass sie ein unangemessenes

Vehikel für seine Bücher sei, weswegen Marek wieder weghinkte, um eine Decke zur Polsterung zu holen.

Durch das erste Fenster sah Immerjahn in den Saal hinein. Permekes Fischer und die träumende Julie an der Wand und davor Fritzwalter, der mit einem Besen den Boden fegte. Wenn ihn nicht alles täuschte, hatten Holm und er sich angefreundet über Nacht. Sie hatten nicht viel mehr gemeinsam als den Schlafrhythmus, aber vielleicht reichte das aus. Holm und Fritzwalter tauschten sich, als sie in den Peristylhof kamen, über eine Methode aus, die jede Werbung verunmöglichen würde, ohne sie zu verbieten. Fritzwalter hatte wegen des unaufhörlichen Knarrens und Ächzens des Feldbetts nicht schlafen können, schließlich kapituliert und sich daneben auf den Boden gelegt und um die folgende, vom Feldbett strahlende Stille zu übertünchen, Radio gehört, weswegen es gegen vier Uhr in der Früh, als Holm wegen schmeichelnden Werbesprecherstimmen aus einem vermutlich erotischen Traum erwachte, zu einer Unterhaltung über Werbung kam. Fritzwalter fand, am zielgerichtetsten ließe sich die Abschaffung der Werbeblöcke erreichen, zwänge man jede Marke zur Verwendung des gleichen Adjektivs. Holm schlug vor, im Fernsehen, im Radio und auf Plakaten jedes Produkt nur noch mit den Worten *ist super* zu bewerben. Auto ist super, Joghurt ist super, Schuh ist super, würde man von überall hören und sehen. Die Medien hätten ihre Einnahmen und die Unternehmen ihre Werbung, die ebenso nervtötend wie wirkungslos wäre. Immerjahn fand diese Idee zwar interessant in der Theorie, aber er hatte Werbungen immer schon gemocht. Niemals waren sie traurig. Gemeinsam mit Großmutter Etel hatte er den Videorekorder manipuliert, sodass er Filme übersprang und ausschließlich zur Aufzeichnung von Werbeblöcken befähigt war. Etel bevorzugte Werbungen mit Kühen und höflichen Männern, Immerjahn hatte eine Schwäche für jene, in denen man Dinge schmelzen oder durch die Gegend fliegen sah. Tabletten, Tampons und wäschewaschende Mütter waren bei ihnen gleichermaßen unbeliebt gewesen.

Wo bleiben deine Assistenten?, fragte Immerjahn.

Sie brauchen sicher noch ein bisschen, sie kommen zu Fuß. Aber bist du dir wirklich sicher mit den Fenstern?, rief Fritzwalter aus dem Saal heraus, *es ist so schön hell.*

Holm verrenkte den Kopf. *Ja*, sagte er mit Nachdruck. *Die alte Etel hat das angerichtet. Die gehören geschlossen.*

Also von heut auf morgen kriegt ihr die Fenster aber nicht zugemauert, das wisst ihr, sagte Fritzwalter, der jetzt neben Holm in der Fensteröffnung stand. *Die Stöcke müssen raus, dann ziegeln, dämmen, verputzen, streichen.*

Wie schön sich die Fotos dieser ummauerten Lichtung in meiner Habil machen werden, sagte Holm schwärmerisch.

Wir haben die Assistenten, und davon abgesehen mauern wir sie nicht richtig zu. Holm sagt, wir verwenden vorläufig Rigipsplatten, um die Fenster zu verdecken, und lassen nach der Eröffnung Handwerker kommen. Wir hängen ein paar Bilder hin, dann kommt niemand auf die Idee, sich gegen die Wand zu lehnen.

Fritzwalter verzog das Gesicht, *Gott, du hast nie einen Baumarkt von innen gesehen, oder?* Er lächelte, fegte langsamer, vielleicht weil er nachdachte. *Ich glaube, ich nenne sie Immerjahn.*

Immerjahn verstand nicht.

Die Serie, meine ich. Naja, ich geh dann wieder rüber ins Gewächshaus und such mir einen Winkel, in dem ich weitermachen kann.

Lass dir Zeit, sagte Immerjahn irritiert, ohne auf den Seriennamen einzugehen, und wandte sich an Marek. *Den Rasen mähen, die Kanäle mit frischem Wasser füllen, den Schlamm her-*

aus schaufeln, schaffst du das in zwei Tagen? Denkst du, du kannst die Bougainville aus den vordersten Kiefern bekommen?

Ich werde sehen. Kann dauern ein paar Tage lang, antwortete Marek.

Er machte einen Schritt vom Peristylhof in den Großen Ausstellungssaal hinein, ging kreuz und quer darin herum, er kam sich vor wie bei der Wiedereinnahme eines verlorenen Gebiets. Am öftesten kreuzte er die Stelle, an der so lange Holms Möbel gestanden hatten, ganz abgeschabt und grau verfärbt war der Boden hier, am liebsten hätte er eine Flagge auf ihm gehisst. Beschrieben mit seinem Namen, Weiß auf Schwarz. Benedickt jun. hätte es nie geduldet, dass er Holm aus seinem Zimmer warf.

Immerjahn sah auf die Stufen, auf denen er stand. Vom Salon führten sie ins Obergeschoss, wo er die Bilder unterbrachte, solange die Ausstellungssäle gestrichen würden. Sein Großvater war hier irgendwo, eine Stufe höher vielleicht, vielleicht eine Stufe tiefer oder doch auf der, auf der er gerade stand, tot umgefallen. Dann war da wieder ein anderes Bild vor ihm, eines von Kokoschka, dessen Rahmen von Mareks Händen umklammert war. Immerjahn stieg die Stufen hoch und wartete, bis Holm wieder in seine Reichweite gekommen war, gab ihm das Bild und amüsierte sich darüber, wie nervös die anderen waren. Frau Manzur trug nicht wie sonst ihre paillettenbestickten Pantoffeln, sondern hatte für besseren Stand ihre Bergschuhe angezogen. Holm, der bei jedem Werk des Expressionismus die Lippen aufeinanderpresste.

Seitdem er auf den Treppen stand, gingen ihm ein paar

Zeilen von Thomas Bernhard im Kopf herum. Als *Alte Meister* erschienen war, hatten sich Fritzwalter und er auf ihren Zechtouren ganze Passagen daraus vorgesagt, die Immerjahn noch immer auswendig konnte. *Immer wieder nur ein Antlitz, kein Gesicht. Immer wieder nur ein Haupt, kein Kopf. Alles in allem immer wieder nur die Vorderseite ohne die Kehrseite, immer wieder doch nur die Lüge und die Verlogenheit ohne die Wirklichkeit und die Wahrheit.* Er überlegte, ob er sich ein einziges der Bilder gekauft hätte, hätte er von Anfang an gewusst, wie sehr sie Gefahr liefen, ihren Zauber für ihn zu verlieren, nachdem er sie besaß. Beinahe jedes von ihnen.

Wie ein Wort, das man sich zu oft hersagte, sich in Silben und Klänge auflöste, zerfielen ihm die Bilder in Segmente, Farben, Formen, Immerjahn versuchte, die Bilder zusammenzuhalten, sie im Geist wieder zusammenzubauen, aus Schamhaar und Haut und einem Bauchnabel, aus Bettlaken und Bettlakenschatten wieder *L'Origine du monde* zu machen.

Und dennoch, es machte ihn nervös, kein neues Bild zu haben. Er brauchte immer zumindest eines auf Vorrat, von dem er noch nicht jede Ecke kannte. Es stand dann einfach nur irgendwo, das reichte, er wusste, es war da, neuer Stoff, an dem er sich eine Weile noch die Zähne ausbeißen würde. Zuerst platzierte er es nahe seinem Sezessionsschreibtisch. Anfangs, da war jedes der Bilder für ihn hart und geschlossen, bewundernswert. Bis er, es ging ihm wie Reger in *Alte Meister*, überraschend einen eklatanten Mangel fand.

Eine bestimmte Lichtstimmung, deren frohlockendes Flirren sich ihm über Nacht als billigster Kitsch offenbarte. Wasser, das zu kompakt, fast ledrig wirkte oder, viel zu leicht, wie Dunst am Ufer einer Küste schwebte. Oder, noch schlimmer, ihm fiel auf, dass ein von August Macke porträtierter Mann die Züge seines Vaters hatte. Dass die Waden einer der Tänzerinnen von Degas die seiner Großmutter im Alter waren. Dass die Schmalheit des Gesichts einer jungen Frau von Modigliani, die mit Schlankheit nichts gemein hatte, bewirkte, dass sie ihm mit einer Vehemenz auf die Nerven gegangen war, nicht anders wie jemand im echten Leben. *Gefällt dir das Land, nachdem es dein Besitz geworden ist? Das ist selten der Fall; denn nichts ist für jemanden in gleicherweise willkommen, wenn er es schon erreicht hat, wie wenn er es noch begehrt,* hatte Plinius nicht frei von Wehmut an seinen Freund Valerianus geschrieben.

Durch einen solchen Mangel, klein oder größer, manchmal haarsträubend, hatte er mit seinen Augen eine Lücke in das Gemälde gebohrt und, beginnend bei dieser Lücke, jeden Tag Fortschritte in der Auflösung dieser Bilder gemacht, bis er auf derartig viele Mängel gestoßen war, dass er darüber Listen in einem Notizbuch zu führen begann. Gescheitert an Schuhen, an einem Ring, Fingernagelfarbe oder einer Kette. An der Kleidung, an Händen, an Ohren oder am ganzen Gesicht. Gescheitert in Linie, in Fläche, Farbe, Verschattung. In Architektur, der Perspektive, dem Arrangement, in allem.

Wie sehr er ein Bild verworfen hatte, spiegelte sich in ihrer Anordnung in den Räumen. Das Konzept war von berückender Einfachheit, hinderte Holm, wahrscheinlich weil er in seiner Sammlung lebte, nicht daran, ihm immerzu ausgeklügelte Theorien bezüglich der Zusammensetzung seiner Sammlung zu präsentieren. Momentan tendierte Holm dazu, nicht die Bilder, die er sammelte, zu kategorisieren, sondern sich mit den Sujets zu beschäftigen, die er nicht sammelte. Es gab keine Toten, keine Zerstörung, auch kein Chaos, keine Splitter, nirgendwo Verletzte, Verschmutzung war in seiner Sammlung unbekannt, ebenso Elektrogeräte und Autos, Züge, Flugzeuge, populär dafür Kutschen, Pferdebahnen, Boote, aber nur aus Holz. Nichts Irritierendes, die Menschen, wenn sie denn alt und gebrechlich auf seinen Bildern waren, dann auf pittoreske Art und Weise, was Holm unter dem Begriff des Hagebuttismus subsummierte.

Immerjahn fürchtete sich manchmal vor seinem eigenen Blick. Versuchte, Bilder nicht zu lange anzusehen. Bangte um Paula Modersohn-Becker, die standhielt, aber noch war nicht gesagt, wie lange. Einer der Gründe, warum sich sein Menzel im Kasten befand. Er durfte ihm nicht immer zugänglich sein.

Er erinnerte sich, als er begonnen hatte, die Drucke an den Wänden des Stadthotels durch echte Gemälde zu ersetzen, hatte er gehofft, in Bildern eine Formel für die Welt zu finden. Er blätterte stundenlang durch Lexika zur Symbolik, weil er gehofft hatte und insgeheim noch immer hoffte, dass sich das gesamte Leben nach dem gleichen System durchschauen ließe. Er las zuerst alles, was in der Salonbibliothek am Hagebuttenberg über Symbole und Farbbedeutung zu finden war, zuerst *Halls Dictionary of Subjects and Symbols in Art*, das mit Abstand seriöseste. Dann war da ein leicht esoterisch angehauchter Band, *Geheimsprache der Bilder*, dessen roter Einband ganz zerfasert war, weil seine Mutter so oft in ihm geblättert hatte, in dem es, soweit Immerjahn das verstand, vor allem um Sternzeichen ging. Das *Lexikon der Tiersymbolik* hatte ebenfalls seine Mutter gekauft, ganz gern mochte Immerjahn auch die *Symbol-Fibel. Eine Hilfe zum Betrachten und Deuten Mittelalterlicher Bildwerke* aus 1955, hinter dessen Deckblatt in Großmutter Etels eleganter Schrift *Benedickt sen.* geschrieben war.

Holm schenkte ihm jedes Jahr kommerzielle Schriften über Bilder, jeder Buchstabe gesetzt in bunter Farbe. Immerjahn sah sich gerne diese glänzenden Hefte an, in denen mehr Bilder abgebildet waren, als über die Bilder in ihnen stand. Las Beiträge über Wasserstrudel, die Mondsichel und den Regen und verglich die Ergebnisse mit jenen seiner *Fibel*. Es kam selten vor, dass in einem dieser Bücher etwas Gleiches oder zumindest Ähnliches stand. In regelmäßigen Abständen verwarf er seine Symbolbücher wegen ihrer Widersprüchlichkeit, um wieder zu ihnen zurückzukehren. Es begann schon bei den einfachsten Dingen. Wofür stand die Farbe Rot, wofür Blau? Ans Herz gewachsen war ihm deswegen *Geheimsprache der Bilder*, in der unter *Sphinx* knapp vermerkt war: *Die offizielle Deutung der Sphinx ist auch heute noch nicht gefunden.*

Und warum, das fragte sich Immerjahn häufig, sollte ein Leben, das zufällig wirkte, Zufall sein, nicht Arrangement nach den Gesetzen der Kunst der Renaissance oder des Barocks. Er liebte Dokumentationen, in denen in Nahaufnahme ein Bild Punkt für Punkt entblättert wurde. Die Bedeutung einer Kirsche. Die Bedeutung einer Rose. Einer Tulpe. Und er dachte, wie ein Bild entschlüsseln müsste man auch sein Leben können, das doch nichts als eine Aneinanderreihung bildgleicher Augenblicke war.

Aber es war anders. Nicht die Welt fügte sie zu etwas Verständlichem zusammen, die Bilder selbst entfügten sich. Die, die er besaß, hielten langer Betrachtung nicht stand, und sein Leben begriff er auch nicht besser.

Schön war es auch gewesen, früher, etwas zu besitzen, das bekannt war, beschrieben in Büchern, gedruckt auf Ansichtskarten, so ein Bild war verletzlich und klein, und in einer Sekunde konnte es kaputtgehen, wenn es ihm danach war, was er natürlich nicht zuließ. Aber könnte, wenn er nur wollte, und das war ein angenehmes Gefühl, die Bilder waren seine lieben Gefangenen gewesen. Aber inzwischen hatte sich Immerjahn von solchen Gedanken entfernt. Seine Hoffnung war vielleicht, seine Bilder wieder aufzuladen, durch Menschen, die sie mochten. Er wäre froh, könnte er sie wieder sehen, als gehörten sie ihm nicht, also brauchte er die Personen zur Schaffung der Atmosphäre eines künstlichen Museums, Personen, die mit ihren großen Augen im Haus herumgingen. Er würde sie studieren, und wenn sie wieder weg waren, würde er versuchen, sie nachzuahmen, wie sie die Bilder zu betrachten.

Sie hatten sich im Gewächshaus verabredet, aber sie waren nicht da, als Immerjahn es betrat. Das Licht war grünlich und gedämpft, wie unter Wasser. Ein paar Palmen hockten wie steinalte Matronen auf dem Boden, waren so groß, dass niemand, seit Immerjahn Teenager gewesen war, ernsthaft den Versuch unternommen hatte, sie im Sommer hinaus in den Italienischen Garten zu tragen. An ihren Zweigen vorbei waren Wäscheleinen quer durch das Gewächshaus gespannt, den Knoten nach zu schließen von Holm.

Hemden, T-Shirts, Unterhosen hingen aufgereiht, es tropfte von ihren Säumen, als hätte man sie vor kurzer Zeit aus einem Bottich Wasser gezogen. Mit Socken, Tüchern bildeten sie eine Wand vor Immerjahn. Er drückte zwei Hemden zur Seite und bückte sich, Wasser rieselte aus einem Kragen direkt in den seines Hemdes, und er schob sich geduckt durch unter ihnen. Er hatte zuvor noch Frau Manzur beruhigt, die es als eine Grausamkeit empfand, die Fenster des Großen Ausstellungssaales zu schließen. Sie mochte Licht lieber als die Finsternis, die sie in diesem Stollen von Ausstellungssaal rekonstruierten. Die Assistenten waren gekommen, in zwei Wagen voller Rigipsplatten. Sie schienen auf der Hut zu sein, sahen sich dauernd um. Frau Manzur versuchte kurz noch, sie auf ihre

Seite zu bringen, aber als das nicht fruchtete, gab sie vor, misstrauisch zu sein. Zwei dieser Jungen hatten mehr Tätowierungen auf den Armen als Fritzwalter, mehr Narben im Gesicht als ihre ehemals an Pocken erkrankten rumänischen Neffen, dafür aber viel weniger Zähne, und, sagte sie zu Immerjahn, sie mache sich Sorgen, diese unkontrollierbaren Jungen würden etwas kaputtgehen lassen. Zum ersten Mal fiel ihm auf, dass Holm für ihn auch eine Art Einbruchschutz gewesen war. Es war so gesehen logisch, dass er die Fenster schließen ließ, jetzt, wo Holm ins Gewächshaus übersiedelte.

Als er klein war, war er sehr gerne im Peristylhof mit dem Rad gefahren. Fing einen Kreis auf dem knirschenden Kies an, fuhr durch die bis zum Boden reichenden Fensteröffnungen in den großen Ausstellungsaal und ein oder zwei Fenster später wieder in den Peristyhof hinaus. Sein Vater hatte sich in das Fenster links oft einen Liegestuhl gestellt und dort Zeitung gelesen, drinnen, aber dennoch in der Sonne sitzend.

Immerjahn ging weiter. Die Glasscheiben waren beschlagen, neben ihnen die alte Waschmaschine, die, aus dem Programm zu schließen, vor kurzer Zeit erst wieder beladen worden war.

Immerjahn hob den Kopf, sah zur Decke. Vollständig aus Gläsern bestand auch sie, über der grüne Schattenwolken hingen, nur die direkt auf dem Dach aufliegenden Äste waren klar zu erkennen, einige gebogen, manche geknickt durch die Last ihres eigenen Gewichts, üppig belaubt und schwer von Früchten, teilweise waren die Glasflächen schon unter ihnen zerbrochen. Er fragte sich, was Holm und Fritzwalter tun würden, wenn es heute wirklich noch ein Gewitter gebe. Er entdeckte einen Ventilator, der, das Blatt in müder Rotation, ein roter Knopf bedenklich blinkend, auf dem Boden stand. Es ging hier, direkt vor ihm, ein leichter Wind, aber überall anders war es heiß und schwül.

Sein Telefon läutete. Er hob ab. Eine Frau fragte ihn mit großer Selbstverständlichkeit nach seiner Straße, weil sie Probleme habe, so sagte sie, die Stelle in der Landschaft zu finden, an der sich sein Haus befinde. Immerjahn erkundigte sich höflich, ob die Anruferin denn eine Handwerkerin sei, und als sie belustigt verneinte, legte er auf, während er im Telefon noch ein Rumpeln hörte.

Über ihm durchschnitt eine weitere Wäscheleine den Raum der Länge nach, kreuzte eine andere. Dicht zog die eine über die andere hinweg zu einem Nagel in einem Pfosten und stieß, knapp bevor sie endete, auf eine dritte Wäscheleine, die von einer Ecke des Gewächshauses zur andren gespannt war.

Immerjahn fühlte, dass seine Schuhe nass geworden waren, und ging ein paar Schritte zur Seite. Vor ihm streckte eine Pfütze ihre Wasserarme und erinnerte ihn an ein Bild, das er einmal gemalt hatte. Er hatte damals, vielleicht verursacht von den Küchentüchern Frau Manzurs, eine Tendenz zum Abstrakten gehabt.

Immerjahn hatte den größten Teil seiner Blätter nie aufbewahrt, sondern ein paar Tage später weggeworfen, aus Platzgründen und weil sie ihm meistens nicht gefielen. Besonders als er eine Zeit lang Gegenstände zu zeichnen versuchte. Sein Großvater war einmal gerührt beim Anblick seiner Bilder, er sagte ihm, abstrakte Kunst sei nahe bei Gott, sei Metaphysik. Immerjahn, gerade hochpubertär, beschloss daraufhin, das Abstrakte aufzugeben. Er begann, Blumenvasen mit Früchten und Frau Manzurs Füße zu zeichnen, war aber mit dem Ergebnis nicht ansatzweise zufrieden gewesen. Er konnte es nicht, so einfach war das, es fehlte seinen Bildern an allem. Vielleicht bewunderte er deswegen Maler, die Dinge malten, so sehr. Bedeuten konnten sie immer noch etwas anderes, aber er wollte etwas sehen, was Hand und Fuß hatte, aus sich heraus und nicht im übertragenen Sinne.

Holm kam mit einem Korb heran, den Frau Manzur mit Essen bepackt hatte.

Es gibt Mangold mit geräucherter Forelle.

Immerjahn besah sich aufmerksam die Speisen, die in mit Tellern bedeckten Schüsseln lagen, indem er jeden Teller anhob und hungrig wieder sinken ließ.

Holst du Walter?

Der wollte noch etwas in der Stadt erledigen. Er meinte, wir müssten mit dem Essen nicht auf ihn warten.

Hast du ihm gesagt, dass er den Glasschneider besorgen soll?

Hab ich, aber er wusste nicht, wo man so was kaufen kann, außerdem fand er die Idee idiotisch.

Dann hol ich ihn eben selbst, murrte Immerjahn und stellte die Schüsseln auf den Tisch. Hielt inne, weil er unter den Servietten nach etwas suchte.

Kannst du die letzte Nummer lesen? Er zog einen zerknitterten Zettel hervor.

Ignaz, Kreisgasse, neun Strich drei, und die dritte Zahl ist wahrscheinlich siebenundzwanzig. Oder siebenundsiebzig, vielleicht auch zweiundzwanzig würde ich sagen. Genau. Wer ist Ignaz?

Ein fünfzehnjähriger Ganovenfreund von Walters Assistenten mit einem Glasschneider.

Der tiefe Fall des Gotthold I., Holm grinste ihn an. *Du schneidest am Boden ein Loch ins Glas, nimmst den Lehmbruck mit den spitzen Brüsten unten raus, machst dann noch ein Loch weiter oben und stellst das Figürchen wieder auf den Sockel. Soweit richtig?*

Ja, nuschelte Immerjahn mit vollem Mund.

Und dann?

Was dann?

Na was machst du dann mit den Löchern?

Die bleiben.

Und was, wenn jemand kommt und das Figürchen wieder runterlegt?

Dann schneid ich ein drittes Loch ins Glasdach, genau dort wo dein Bett steht.

Ein Witz!, rief Holm entzückt aus. *Du bist noch nicht verloren. Apropos. Eine Journalistin hat vorher angerufen. Sie war anscheinend schon unterwegs hierher.*

Immerjahn drückte auf Rückruf, dann wartete er. Rings um ihn eine Wand aus Zweigen, die Bäume des Italienischen Gartens wuchsen um das Gewächshaus, ihre Äste waren verhakt, winzige Zwischenräume von Lianen durchzogen und von Kletten verklebt, verstopft von prächtigen Blüten, den Kronenteilen toter Bäume, über und über mit Misteln besetzt. Die Decke, zu der sich die Äste fügten, war durchkreuzt von Vögeln, die er nur sah, kaum hörte, gedämpft ihr Flattern und Rufen, weil der Wind ein Knarren aus den Bäumen hob, das Immerjahn frösteln ließ.

Es dauerte eine Weile, bis jemand abhob.

Was wollen Sie?, sagte Immerjahn sehr ungeduldig ins Telefon.

Herr Immerjahn?, sagte die Frau, mit der er vorher schon telefoniert hatte. *Estlind mein Name. Emil Sonne Theodor Ludwig Ida Nuriel Dora, ich schreibe für Kinoglanz. In einer halben Stunde bin ich endlich da, wenn ich nicht wieder die Ausfahrt verpasse!*

Immerjahn überlegte, ob er wieder in das Gewächshaus hineingehen und mit Holm noch über die Farbe sprechen sollte, mit der sie die Rigipsplatten streichen würden, oder sich doch lieber an die Auffahrt stellen, um die Journalistin zu vertreiben, ehe sie die verwilderten Gärten, die leeren Säle und Fritzwalters unruhige Assistenten mit den Rigipsplatten hantieren sehen konnte. Aber wenigstens war sie keine Kunsthistorikerin. Immerjahn liebte Kunsthistoriker, solange sie im Fernsehen auftraten. Sie wussten im Fernsehen alles, das war gut, im echten Leben aber wussten sie alles besser. Journalisten waren anstrengend, sie interessierten sich nicht nur für Gemälde und wie viel sie kosteten, sondern für alles andere auch, insbesondere für Dinge, die sie nichts angingen. Journalisten waren schlimm, Kunsthistoriker aber waren noch schlimmer, vor allem wenn sie in verfeindeten Grüppchen auftraten. Meistens aber riefen sie ihn nur mit unterdrückten Telefonnummern von irgendwelchen Universitäten an. Diese Gespräche wären wegen ihres tastenden Charakters unterhaltsam gewesen, hätten sie nicht immer so lange gedauert, woran er, das war Immerjahn bewusst, bis zu einem gewissen Grad selbst schuld war. Über die Bilder seiner Sammlung war nicht viel bekannt. Sie wussten nichts über Paula Modersohn-Beckers *Kinderwagen mit Säugling und zwei Mädchen*, Verbleib unbekannt, Maße unbekannt, zuletzt gesehen knapp nach dem Krieg, in Albert Flechtheims Galerie. Niemand, der lebte, war je von Angesicht zu Angesicht vor Menzels *Tafelrunde* gestanden, das als im Krieg zerstört galt, niemand noch hatte das Licht gesehen, das sacht über Luster und Gesichter strich, ein Licht, das so hell war, dass sich die Gläser und Teller auf dem Tisch in ihm aufzulösen schienen, und niemand wusste, wie es sich anfühlte, mit der flachen Hand vorsichtig über die Schichten der Farbe zu streichen.

Er fror. Sein Hemd war im Gewächshaus feucht geworden. Es klebte ihm am Rücken, und es kam ihm vor, als breitete sich die Nässe weiter durch den Stoff aus, als wollte das Wasser ihn umarmen. Er wusste, es war zu warm, um zu frieren, aber er fror, der Wind durchfuhr die Kronen winterkalt, bog die Zweige hin zu ihm, und er zog die Ärmel, die er über die Ellenbogen hochgekrempelt hatte, hinunter zum Handgelenk und schloss die Knöpfe, dabei den Arm umständlich verdrehend, und er dachte sich, vielleicht könnte er die Anwesenheit der Journalistin noch für sich nutzen.

Dann hörte Immerjahn ein lautes Scheppern, Klirren von der anderen Seite des Hauses.

Hinter der steinernen Bank wucherte der Brombeerbusch, den Marek noch immer nicht zurückgeschnitten hatte, und als Immerjahn das Mäuerchen des Westgartens mühsam überkletterte, sah er, Katka saß auf den Steinwiesen, ihr Fahrrad noch zwischen den Beinen. Ihr Kleid musste sich in der Kette des Rads verfangen haben, sodass sie gestürzt war. Sie bemühte sich, den Saum wieder loszubekommen, versuchte den über ihrem rechten Bein liegenden Rahmen zu heben, um an die Kette zu kommen, mit der anderen nestelte sie an ihrem elfenbeinfarbenen Kleid.

Er konnte die untere Hälfte ihres Oberschenkels sehen. Während er sich noch vergewisserte, dass sie sich nicht verletzt hatte, überraschte ihn, dass sie beide noch immer schwiegen. Katkas Hände waren ölverschmiert, das Kleid glänzte schwarz, wo es sich in die Kette geschlungen hatte. Immerjahn griff nach dem Sattel, der Kette, ihrem Kleid, das so fest saß, als hätte das

Rad ein Stück des Stoffes gefressen, er riss daran und wartete kurz, als würde das Rad aufgeben und der Stoff sich lösen, aber nichts, er sah nur, sie blutete am Ellenbogen. Er berührte sie an der Schulter, und sie sah ihn an und lächelte.

Er schluckte und sie rieb sich ihre Hand und er stellte fest, dass er sich entspannt fühlte, nicht angespannt wie sonst, wenn sie ihm so nahe war, obwohl ihre Brüste jetzt ganz zu sehen waren, in ihrem verrutschten Kleid.

Sie berührte sein Knie und mit der anderen Hand den Kragen seines Hemdes. Erst konnte er sich nicht entschließen, sie zu berühren, er dachte an die Journalistin, dann schaute er in ihr Gesicht, ihre Augen waren geschlossen, ihr Kopf leicht geneigt, und obwohl sie sich nicht bewegte, sah er sie in den Hunderten von Arten, in denen sie schon vor ihm nackt gewesen war. Wie sie die Arme über den Kopf legte, das Becken hochdrückte, die Beine gespreizt, die Arme weit offen, das Gesicht ganz starr und unbewegt und so weiß, als wär Schnee darauf gefallen. Und er dachte an das letzte Mal, an dem er mit einer Kunststudentin geschlafen hatte, so schön war sie gewesen, dass er sie schon verblüht sah, in wenigen Jahren, und der Gedanke hatte ihn melancholisch gemacht, und er hatte sie zum Abschied geküsst, und er hob das Rad zur Seite und mit ihm das in die Kette verhedderte Kleid.

Sie lag da und zog, kaum das Becken hebend, das Höschen wieder hoch. Es war hellgrün.

Katka saß da, die Augen halb geschlossen, und kratzte die Rinde von einem Hölzchen, das sie, anstatt es fortzuwerfen, zwischen die Lippen steckte. Nahm es zwischen die Finger und zog es, die Lippen gespitzt, von den Lippen weg und hielt es in der Hand, zwischen Zeigefinger und Daumen, als würde sie rauchen. Der Wind drückte ihr die Haare schräg ins Gesicht, warf auch die Unterseite der Blätter des Brombeerbuschs nach oben, eine Ameise in Immerjahns Hemd. Bevor er sie aus einer Falte schüttelte, sah er noch, Flügel hatte sie.

Wie schön du bist, sagte Katka.

Er hob den Kopf und betrachtete sie. Jetzt würde sie ihn verlassen.

Sie nahm einen Lippenstift aus der Tasche ihres Kleides und begann, sich die Lippen nachzuziehen. Sie machte es immer gleich, seitdem Immerjahn sie kannte, begann sie mit der Oberlippe, die sie behandelte, als bestünde sie aus zwei Hälften, die einander nicht zugehörig waren. Sie setzte den Lippenstift links der Mitte auf die Oberlippe und fuhr mit ihm bis zum linken Mundwinkel. Begann wieder in der Mitte. Zog die Farbe bis zum rechten Mundwinkel. Die Oberlippe war jetzt schwer von Farbe und die Unterlippe, blass darunter, beinahe fahl. Zügig drückte sie den Lippenstift auf die Unterlippe und riss frische rote Farbe über sie, als wäre der Lippenstift ein Streichholz, von links nach rechts und von rechts nach links mit festem Schwung, sie lückenlos mit Farbe bedeckend. Er hatte ihr lange nicht mehr dabei zugesehen. Aber noch nie, seitdem er sie kannte, war sie über den Rand der Lippen hinausgefahren. Sie drehte den Lippenstift wieder in sein abgegriffenes Gehäuse hinein. Immerjahn stand auf, half Katka hoch, die mit ihrem zerrissenen Kleid auf das Rad stieg und sich über die Steinwiesen zur Straße hinunterrollen ließ. Immerjahn blieb vor dem Mäuerchen des Westgartens stehen, sah ihr nach und hoffte, sie drehe sich noch um.

Als Immerjahn die Küche betrat, saß Frau Manzur am Tisch und schälte Suppengemüse. Von ihren Fingernägeln funkelte es, als hätte sie Diamanten auf sie geklebt, und Immerjahn, der sich ein Glas aus dem Schrank nahm und damit zum Waschbecken ging, drehte sich beiläufig zu ihr um und musterte noch einmal ihre Hände.

Wie geht es?, fragte er Frau Manzur.

Es geht mittelmäßig, Herr Gotthold, sagte sie und schälte eine Zwiebel, wesentlich langsamer, als sie das sonst machte.

Er füllte das Glas, draußen war ihm schwindelig geworden, er hatte Katka nachgesehen, ihr schlanker Rücken sah noch schöner aus, sobald sie auf dem Fahrrad saß, er war verwirrt, weil es ihn seit heute Morgen zwischen den verschiedensten Empfindungen hin und her riss, und er hoffte, dass er sich wieder besser fühlte, sobald er Wasser getrunken hatte.

Was haben Sie denn da an den Fingern?, fragte er, und weil seine Frage viel zu unhöflich klang, setzte er hinzu: *Sehr hübsch.*

Nagelsteinchen, antwortete sie, *ich probiere aus, welche ich bei der Eröffnung tragen werde.* Sie hielt Immerjahn ihre Hand hin: *Es sind Sternchen.*

Immerjahn setzte sich ihr gegenüber an den Tisch und sah ihr beim Zwiebelschneiden zu. Sie tat es mit halb geschlossenen Augen, weil sie sonst trotz ihrer großen Erfahrung mit Zwiebeln so stark tränten. Dennoch weigerte sie sich standhaft, irgendwelche Finten anzuwenden, die das Weinen unterbanden.

Marek hat sich die kleine Zehe gebrochen, sagte sie.

Immerjahn überlegte, ob sie absichtlich auf das Zwiebelschneiden gewartet hatte, um ihm das mitzuteilen. Marek, der sich mit großer Tradition ausschließlich an seinem freien Nachmittag verletzte, lag sicher mit einem enormen Verband in ihrem Bett und schaute fern, was ihn ärgerte, weil sie den Fernseher doch heute Abend wegen des Schwimmrennens wieder hier in der Küche brauchten, noch dazu war Frau Manzur mit ihren beklebten Nägeln nur bedingt einsatzfähig, es war faszinierend, wie langsam sie die Zwiebel zu schneiden begann, und es würde noch schlimmer werden, da sie sie sich vor besonderen Anlässen wachsen ließ und mit jedem verstreichenden Tag weniger anfassen konnte.

Ist es schlimm?, fragte er.

Sie wischte sich eine Träne von der Wange. *Ein wenig, Herr Gotthold*, sagte sie.

Wie ist es passiert?

Die Leiter.

Immerjahn nickte. Es war nur eine Frage der Zeit gewesen, Mareks Leiter war so alt wie das Haus.

Er wusste nicht so recht, worüber er reden sollte mit Frau Manzur, ihre Tränen machten ihn befangen. Er überlegte, womit er wieder ein Gespräch anknüpfen könnte, und war froh, als ihm die Journalistin einfiel, nach der er zuvor auf den Steinwiesen Ausschau gehalten hatte.

Übrigens, Frau Manzur, eine Journalistin hat sich angekündigt. Lassen Sie sie unter keinen Umständen ins Haus.

Frau Manzur schüttelte den Kopf. *Natürlich nicht*, sagte sie und wischte sich diesmal die andere Wange ab, über die eine Träne lief, die stärker glitzerte als die Sternchen auf ihrer Hand.

Er dachte, er sollte jetzt aufstehen und gehen, aber konnte sich nicht dazu durchringen. Er sah zum Waschbecken, dann aus dem Fenster, vor dem, in einiger Entfernung, der Strauch mit den reifen Brombeeren stand. Er schaute auf den Tisch und dann wieder ins Gesicht von Frau Manzur und begann im selben Moment zu weinen.

Frau Manzur, der noch immer die Tränen über die Wangen liefen, schaute ihn ungläubig an und ließ dabei die Zwiebel sinken.

Langsam war er aus dem Haus gegangen und dann weiter, die Steinwiesen hinunter, Richtung Oberberg. Aber er bog nicht in den Ort, um durch ihn hindurch nach Ostendorf zum Werkzeughändler zu gelangen, sondern hatte die Straße überquert, die sich in einer weiten Kurve um den Hang von Oberberg entfernte, und war sie entlanggegangen, ging sie noch immer entlang, in einer Art, die beinahe Laufen war, und überlegte, sein Kopf im Gegensatz zu seinen Beinen erfüllt von einer bleiernen Ruhe. Er war sich nicht sicher, wie er zu Katka stand, wollte wieder so felsenfest an seine Liebe zu ihr denken wie die letzten Jahre hindurch auch. Es war schwül, die Luft ganz schwer vor lauter Hitze, und es war ihm heiß. Schwarz, schwarz, schwarz die Straße unter Immerjahn, auf die seine Schuhe knallten, braun und braun die Stämme der Bäume, herzförmige Blätter, und ein einzelnes, gelb, das auf ihn zufiel, umgeben vom Goldlicht der Nachmittagssonne. Er wusste nicht einmal, wie man jemanden verließ, weil er das noch nie gemacht hatte. Es kam ihm vor, als stieße ihn der kleinste Lufthauch an, so schnell war er nie gewesen, er ging über einen Platz voll schattenblauer Kiesel, und während er ging, kam es ihm vor, als seien seine Augen kopfgroß geworden, so genau sah er alles, jede verdammte Kleinigkeit, die ihm sofort beherzt ins Auge sprang, Blumenstiele und abgebröckelte Hausmauerkanten und eine Antenne, rosarote Sonnenschirme, ein Saftglas auf der Terrasse eines Cafés, an dem er vorüberging, in dem die Kohlensäure den Rand einer Zitrone überperlte, und der gerüschte Rock einer vorbeihuschenden Frau, der sich bauschte, und eine rote Markise, da am Haus, die ihm direkt zwischen die Lider fuhr, so kam es ihm vor. Er rannte und ging und rannte, bis er nicht mehr konnte und seine Brust sich schwer und unbeweglich wie ein Stein anfühlte und die Luft wie etwas, was man nicht atmen konnte, und er langsamer wurde, langsamer, und schließlich stehen blieb. Er beugte sich nach vorne und versuchte zu atmen.

Immerjahn stand am Fuß des Hangs, an der vom Hagebuttenberg abgewandten Seite. Er würde, so überlegte er, nicht wieder die Straße zurück nach Oberberg gehen, sondern direkt über den Hang die Abkürzung nehmen. Langsam stieg er durch die Büsche hoch. Die Hitze der letzten Tage hatte das Wasser aus dem Hang gesogen. Die Dornen an den Ästchen gespitzt, die Blätter verbrannt, die Farben der Blüten verblassen lassen und die Halme steif gemacht, sie knackten, brachen mit jedem seiner Schritte. Und dann die Zikaden, Hunderte mussten es sein, Aberhunderte, deren Geräusche ihn umfingen, mit ihrem Schnarren, Rasseln. Käferchen flogen, und sein Mund war so trocken, schwer nur konnte er schlucken. Sein Schatten folgte ihm lahm, als er durch verdrehte Krüppelbäumchen und Dornenbüsche über den Hang strich, über Steigungen und durch Gestrüpp, in dem seine Hose andauernd hängen blieb. Er hielt den Blick auf den Boden gerichtet, um nicht über sich der Erde entschlingende Wurzeln zu stolpern, die schwarz waren, gleich dem Zopf, den sie in ihrem Nacken raffte, den sie drehte, bis er sich formte zu einem festen Strick, den sie zu einem Knoten hochsteckte, und er schüttelte den Kopf, bis es wieder die Wurzeln in staubiger Erde waren, die sich dort aus der Erde wanden unter ihm. Ihm fiel ein, wie sie sich kürzlich Kirschen auf die Ohren gehängt hatte, am Rand des Reflexionsbeckens. Wie schön es aussah und wie seltsam es war, dass, wann immer er an sie dachte, ein Teil des Hauses in sein Bild von ihr geflochten war. Immer war es im Hintergrund. Sie saß auf dem Westgartenmäuerchen, sie stand im Fenster ihres Zimmers und dann wieder eine Säule, an der sie am Rande des Peristylhofes lehnte. So, als wäre in seinen Gedanken das Haus ein Teil ihres Körpers geworden, eine Krücke, auf die sie sich stützte, ein Korsett, das ihr Gestalt verlieh, und umgekehrt, ihren Körper versteifte, ihre Proportionen durch die des Hauses verzerrte. Wie der David die riesenhafte Gestalt des Goliath annahm, als man ihn von der Piazza della Signoria ins Museum verbrachte und ihn seine Kopie draußen am Platz weit an Eleganz übertraf. Wie viel so ein David wohl koste, hatte ihn Katka gefragt, als Immerjahn mit ihr in Florenz gewesen war, worauf sie den ganzen übrigen Tag in einen Streit über den Wert des Geldes verfallen waren.

Wenn er daran dachte, wie Katka sich früher ausgedrückt hatte, wie schön es gewesen war, ihr beim Reden zuzuhören, weil sie die Gewohnheit gehabt hatte, alles mit ihren Tätigkeiten in der Kantine zu vergleichen. Wenn etwas glatt war, war es glatt wie ein frisch geschältes, hartgekochtes Ei. Wenn etwas löchrig war, erinnerte es sie an eine dünne Scheibe weißen Brots, sein Haar war wie aufgetrennter Küchenschwamm aus Draht, wohingegen die Dicke ihres Zopfes exakt der von zwei Bund Schnittlauch entsprach. Wenn seine Augen wieder einmal brannten, hatte sie ihn gefragt, ob er wieder in frisch gepresster Zitrone geschlafen habe. Aber solche Vergleiche nahm sie nicht mehr in den Mund, weil sie sie mittlerweile unfein fand. Etwas war nunmehr wertvoll wie Hirsts Diamantenschädel, grauenerregend wie Hirsts Hai, gewitzt wie die Zusammensetzung des Omelette surprise auf Jacky Kennedys Dinnerparty anno 1962, war vollkommen wie *The Grand Duchess Vladimir Tiara* aus der Werkstatt von Carl Edvard Bolin, Juwelier des Zaren, die sich im Besitz von Queen Elisabeth II. befand, Holms Haare sahen aus wie die von Prince im Video *Kiss*, eine Freundin bewegte sich wie Shakira, oder etwas verfügte über die Anmut eines präparierten Bengaltigers. Größerer Blödsinn wäre kaum noch möglich, dachte Immerjahn, während er weiter eine Schneise in die Halme trat, die ihm bald aus blassem Gelb gemacht schienen, dann wieder weiß wie Schnee, das Knacken war nicht länger das Knacken von Halmen, sondern das Knirschen von Schnee, das Splittern von Eis, und er achtete darauf, leicht aufzutreten, als könnte er einbrechen in den Hang. Er atmete sehr laut, erreichte den höchsten Punkt. Luftleer war die Luft für ihn, die Lunge brannte. Er hielt sich die Hand vor die Augen. Das Feld war bedeckt von Farben, die Felder sonst nicht kannten, Hellweiß und Blau und Rot an den Spitzen, und über die Halme hinweg ragten die Schornsteine der Fabriken. Schwarz quoll ihr Rauch in den Himmel.

Vielleicht hatte Katka mit derartigen Vergleichen schon vor Raffaels Geburt begonnen, in der Zeit, in der er sich mit ihr von einem Taxi in den Süden Italiens, nach Lecce, fahren hatte lassen. Er wachte auf in der Nacht, wusste nicht, ob es sehr spät war oder schon sehr früh, sie fuhren über finstres flaches Land, durch das offene Fenster roch es noch nicht nach Meer, sondern nach einem großen trockenen Pinienwald. Immerjahn sah in der Finsternis einige Häuser, ein paar schwarze Zypressen, dann wieder karg die Ebene und alles in

Nacht getaucht, bis sie ein schwaches Leuchten am Horizont durchbrach. Hauchdünn trennte die aufgehende Sonne das nächtliche Land von seinem schwarzen Himmel, hob von Sekunde zu Sekunde die Dunkelheit stärker an, der Lichtstrich wurde breiter, und er erinnerte sich daran, wie seine Mutter jeden Morgen die Tür einen Spalt zu seinem Zimmer geöffnet hatte, um ihm zu sagen, dass er bald aufstehen müsse, und etwas Licht aus dem hellen Gang zu ihm ins dunkle Zimmer fiel, und er wusste, die Nacht war noch nicht ganz vorbei, er konnte noch schlafen, eine halbe Stunde. Es kam ihm vor, als wäre die italienische Landschaft sein Zimmer und seine Mutter öffnete leise eine Tür, deren Kante schnurgerade entlang des Horizonts verlief. Das Land, durch das er fuhr, war lang noch schwarz, über den gelben Spalt, der sich immer weiter verbreiterte, legten sich orange, dunkelorange, rote und violette Bögen. Katka, die tief schlief neben ihm, wachte auf, weil er vor Freude seufzte, und er erzählte ihr flüsternd, was er gerade sah, und sie sagte, das draußen erinnere sie weniger an eine Türe, es sei einfach ein Hodler ohne Genfer See, aber mit Sonnenaufgang, lehnte sich an ihn und schlief weiter.

Von diesem Moment an hatte Immerjahn Kunst zu misstrauen begonnen. Verdächtigte Bilder, Prothesen zu sein, die dem Menschen erlaubten Empfindungen auszudrücken, ohne sie verstanden zu haben. Er hatte den Verdacht, ein Bild anzusehen, bereicherte im schlimmsten Fall nicht die Erfahrung, sondern es ersetzte sie, mache aus Menschen Kreaturen ohne Phantasie.

Wäre der Sonnenaufgang ein Hodler gewesen, Immerjahn hätte ihn um zwei Komma zwei Millionen Franken kaufen können. Der Gedanke ekelte ihn an. Man musste von Wohlstand umgeben aufgewachsen sein, damit einem das Geld nichts bedeutete, damit man das einfache Leben verklärte, wie er es tat, wie Camus die Einfachheit seiner Mutter idealisiert hatte und vor seinen bürgerlichen Lesern zu einer Kuriosität erhob, deren Wortschatz, so schrieb er, sich auf einige Hundert Worte belief. Sie kannte nur ein Wort für Teller: Teller.

Und darum hasste er manchmal die Kunst, sie spiegelte seine Sehnsucht wider, die doch nur die Sehnsucht eines Reichen war. Benedickt jun. hatte das Geld von Benedickt sen. nichts bedeutet, ihm selbst war sein Erbe gleichgültig, ebenso wie sich auch Raffael nicht um das Vermögen seines Vaters scherte. Keine Sekunde in ihrem Leben hatten sie alle für dieses obszöne Vermögen gearbeitet, und es war schwieriger, es zu verprassen, als diese immense Menge von Geld und Wertpapieren zu immer bedrückenderen Bergen anwachsen zu sehen, nie schlief sein Geld, hatte schaufelförmige Hände, größer als ganze Länder, mit denen es so gut arbeitete und Tag für Tag sein ganzes Haus überschwemmte, ins Reflexionsbecken sich ergoss, die Steinwiesen überzog und den ganzen Hagebuttenberg unter sich zum Verschwinden brachte. Und irgendwo unter dieser Masse lagen Benedickt sen., Benedickt jun. eingegraben, würde Immerjahn liegen, denn wo so viel Geld war, war genug Platz für viele schöne Gräber.

Nur Katka schimpfte über jeden, der sich für Erbschaftssteuern einsetzte. Unser Geld, wie sie zu sagen pflegte, obwohl es doch das Kriegs- und Zementgeld seiner Großeltern und Urgroßeltern war, es sei lange schon versteuert.

Neulich hatte sie sich wieder mit Miehlke getroffen. *A. D. Miehlke & Söhne* waren eine Dynastie von Finanzberatern, weitläufig verwandt mit der britischen Krone, die in der vierten Generation nun schon das Immerjahnvermögen verwalteten, das sie, vom blindäugigen Staat geradezu herausgefordert, mit großer Trickserei als schwindsüchtiges Immerjähnchen präsentierten. Der letzte Miehlke, der so alt gewesen war wie er selbst, war von einer nie diagnostizierten, teuflisch effizienten Krankheit dahingerafft worden, und dessen Sohn, etwas älter als Raffael, war ohne Aufsicht zu einer kleinen Finanzhyäne herangereift, mit der sich Immerjahn hervorragend verstand. Immerjahn versuchte sich schon seit längerem an der unauffälligen Vernichtung großer Mengen Geldes, und die Kooperationsbereitschaft des jungen Miehlke, der von Immerjahns Strategie nichts wusste, war ungeheuer. Miehlke wollte sein Vermögen mit hochriskanten Geschäften mehren, Immerjahn wollte es mit der gleichen Taktik pulverisieren. Manches hatte in der letzten Zeit gut funktioniert, andere Investitionen aber waren so sehr danebengegangen, dass er momentan noch mehr Geld hatte als zuvor, und er wollte jetzt nicht aussteigen, weil es doch möglich sein musste, so bald wie möglich in großem Stil zu verlieren. Sie hätten ein bisschen verloren, erzählte er Katka, die es apart fand, unter Freundinnen mit melancholischer Miene über finanzielle Verluste zu räsonieren.

Wenn er allein an Raffael dachte, der alles hatte, der nichts brauchte, und um ihn herum so viele, die nichts hatten, aber alles wollten. Eine Unruhe musste das in der Gesellschaft verbreiten, willige Personen bevölkerten die Lande, die von Dingen träumten, die sie sich kaufen könnten und die sie kauften, bevor sie sie sich leisten konnten.

Und wie er selbst, Immerjahn, der sich alles leisten konnte, damit gehadert hatte, wie schwierig es war, ein Thema für eine Stiftung zu finden. Er mochte wilde Tiere genau so wenig wie seltene fleischfressende Pflanzen, vom Austrocknen bedrohte Sümpfe, Packeis und Gletscher waren ihm unsympathisch, er rang mit sich, sollte er in Infrastrukturprojekte für Inseln investieren, die wegen des Klimawandels demnächst untergehen würden? Schlussendlich entschloss er sich aber für die *Immerjahn-Foundation für schwer erziehbare und/oder aggressive Frau-*

en, die ausschließlich in Politik, Geschichte und Kampfsport unterrichtet wurden. Eine Art Amazonenakademie, um die er sich aber nicht wirklich kümmerte.

Er dachte an Berenson. Einsam und konzentriert hatte Berenson den Stil der Meister der Renaissance studiert. Um ihre Handschrift voneinander unterscheiden zu lernen, war er stundenlang vor einer Zehe, einem Stückchen Tuch gesessen. Sein Wissen bald so einzigartig, dass man ihn nach dem Ersten Weltkrieg bat, die Gemälde des Prado neu zu katalogisieren und zu hängen. Im Louvre nahm man für ihn die Meisterwerke von den Wänden und stellte sie in die Sonne, damit er sie besser sehen könne. Er wurde immer bekannter, berühmt, bis ein Gemälde der Renaissance ohne seine Garantie kaum noch verkauft werden konnte, für Benjamin Altman, Isabella Stewart Gardner, J. P. Morgan, Henry Clay Frick und Warburg, Hearst, Mellon, MacKay, für sie alle war Berensons Expertise mehr wert als eine verdammte Signatur des Künstlers, weil diese eine Fälschung sein konnte, Berensons Urteil aber war zweifellos echt. Obwohl er anfangs das Bilderkaufen skeptisch sah, *sie zu besitzen oder den zu bewundern, der sie besitzt, scheint aus Menschen Idioten zu machen*, schrieb er, bis er ein zum Verkauf stehendes Anwesen über Florenz entdeckte. Schinkel war schlau gewesen, er hatte nie ein eigenes Haus besitzen wollen, aber Berenson hatte Villa i Tatti gekauft. Sie zu renovieren war teuer, sie zu erhalten, sie zu vergrößern, um neuen Platz für seine Bücher zu schaffen. Und so schreib er dreißig Jahre lang, in denen alle dachten, er wäre wegen vieler verkaufter Bücher reich, unter dem Decknamen *Doris* Gutachten, erhielt dafür fünfundzwanzig Prozent von jedem verkauften Bild. Er war nicht ganz so dreist wie Adolfo Venturi, ein Kunsthistoriker, der das lädierte Bild eines Mannes als Portrait des Michelangelo von Tizian auswies, aber auch unter Berenson wurde ein Tizian zu einem Giorgione aufgewertet, aus einem Vivarini ein seltener Bellini gemacht.

Dazu kam, Proust war in der Villa i Tatti zu Gast gewesen, dessen Stimme in Berensons Ohren wie das Kreischen eines Pfaus klang, Ezra Pound sei ignorant, vulgär und T. S. Eliot ein schrecklicher Schwindler, genau wie Auden. Die Kunst seiner Zeit empfand Berenson als Scheußlichkeit.

Es war erstaunlich, was das Streben nach Reichtum alles tötete, wie bitter Berenson am Ende seines Lebens sein Handeln bereute. *Zu glauben, so wie wir alle glauben, reich sein zu können, ohne uns wie die Reichen zu verhalten, ist so wie anzunehmen, den ganzen Tag zu trinken, ohne betrunken zu sein*, schrieb Berensons Schwager Logan Pearsall Smith in seinen Memoiren, und Immerjahn wusste, er hatte recht.

Er hielt sich an den verdorrten Halmen fest. Rutschte ein Stück den Hang hinab, die Fersen in den pulvrigen Boden gestemmt, der kaum Widerstand bot, Erdbröckchen sprangen an ihm vorbei, ein Dornenbusch spießte sich in seine Hose, riss die Zipfel seines Hemds zurück, dennoch wurde er schneller, und er hielt sich fest an Ästchen, die ihn mit ihren spitzen Dornen in die Hände bissen, aber er wurde langsamer. Saß dann im Staub. Immerjahn stand auf. Er sah über die Höfe, die Bänder, die Schächte, die Hallen der Fabrik hinweg.

Sah den Hang hinunter, die Gräser eben verwirrt von leichtem Wind. Er beugte die Halme nieder, und so sah er, nur ein paar Meter weiter, eine Mulde, in der keine Halme waren, sondern ein Mensch.

Zwischen dem Knistern der Halme ein Rascheln, das Immerjahn erst zuordnen konnte, als er den Skizzenblock sah. Mit der einen Hand glättete Fritzwalter seine Blätter und mit der anderen hielt er den Pinsel, tauchte ihn ungeduldig in ein Schälchen Farbe und malte, kaum die Hand, immer nur die Spitze des Pinsels bewegend, ihn ruckhaft über das Blatt schiebend. Seine Lippen waren geschürzt, leicht bewegte er sie, so als hätte er gerade von etwas gekostet, einer seltenen Frucht, von einer Nugatpraline, und würde das abgebissene Stück nun mit der Zungenspitze hin und her schieben, um den Geschmack vollkommen auszukosten.

Immerjahn wollte etwas leichthin sagen, zögerte aber und begann, seine Hose abzuklopfen, die übersät war mit Kletten und den Stückchen zersplitterter Blüten.

Sagst du auch mal was? Fritzwalter wandte sich um zu ihm.

Immerjahn deutete ein Kopfschütteln an.

Fritzwalter nickte und begann zu erzählen, atemlos, von einem Thema zum anderen springend, als müsste er mit jedem Satz den Hang hinab- und wieder hinauflaufen, Haken schlagend, springend, stürzend, ungeduldig, als hätte er nur darauf gewartet, dass jemand zwischen den Büschen hervorkrieche, um seine Worte über diese Landschaft zu hören, die er zuvor gezeichnet hatte. Die Beeren auf einem Busch weiter vorne, kleinen vertrockneten Kirschen gleich, ihre Farbe ähnlich der des Kirscheises in diesem Café, er wisse schon, in jener Straße in Kronen, an jenem Platz, nicht weit von den Fabriken, ob er das Kirscheis dort schon probiert habe, an dem nicht der Geschmack das Herausragende sei, sondern die Farbe, ein Rot, das fast schon Schwarz war, das aber an manchen Stellen auch etwas von bläulichem Violett enthielt. *Die Farbe ist schön, solange das Eis gefroren ist. Sie verschwindet, wenn es schmilzt,* sagte Fritzwalter.

Er bemühe sich seit Tagen schon, diesen Ton zu treffen, sei aber bisher gescheitert. *Kläglich,* sagte Fritzwalter. Er zögerte einen Moment, riss dann das Blatt, an dem er gerade zeichnete, vom Block und hielt es Immerjahn hin. Bedeckt war es mit Farbflächen, verschieden groß, und jede einzelne davon war entweder eher schwarz mit einem Hauch von Rot oder rot mit einem Hauch Schwarz, war violett, war bläulich an den ausgefransten Rändern.

Liebst du sie?, sagte Immerjahn rasch.

Fritzwalter sah ihn stirnrunzelnd an. Immerjahn fiel auf, wie selten er vor Fritzwalter ihren Namen ausgesprochen hatte.

Immerjahn beobachtete eine Wolke. Nach Osten zog sie.

Du weißt es, sagte Fritzwalter und rüttelte halbherzig an einem Busch, sodass die trockenen Blätter auf den Ästchen klirrten. *Und trotzdem willst du, dass ich es dir sage. Und jetzt?*

Immerjahn schwieg.

Kannst du dich erinnern, wir haben versucht, den Farbton ihrer Lippen zu bestimmen. Immerjahn sah sich in ihrer alten Wohnung auf dem Boden sitzen, in der Hand ein Blatt, über das sich in langen Reihen Farbtöne erstreckten, abgestuft von hell nach dunkel, und gegenüber Fritzwalter auf der Bank, eingewickelt in eine Decke, einen alten Katalog mit Farben auf seinem Schoß. Fritzwalter beschrieb ihm den Geschmack des Lippenstifts einer Frau so genau, als müsste er ihn zeichnen, und suchte nach Farben, aus denen sich diese Frau zusammensetzte, und er rang nach Worten, die Form ihrer Lippen zu beschreiben, fand die passenden aber nicht. Knallrot und bläuliches Rosarot oder das von reifen Kirschen, sagte Fritzwalter hilflos, und so kam ihm Immerjahn zu Hilfe und verfeinerte. Er versuchte, sich an die Farbe zu erinnern, die die Farbfelder in seiner Hand gehabt hatten, es war schon so lange her, und jetzt wusste Immerjahn es wieder, ein bläuliches Rot, das Lippen anderer Frauen nur hatten, wenn sie froren.

Phthaloblau gemischt mit Kadmiumrot, sagte Fritzwalter, *für sich genommen keine schöne Farbe.* Er schwieg. *Mit manchen Frauen darf man nicht zusammen sein.*

Immerjahn sah ihn fragend an.

Du verstehst nicht, oder? Ihr führt das schrecklichste aller Leben. Sieh sie doch an! Sieh dich an! Was sie aus dir gemacht hat, was du aus ihr gemacht hast. Du mit deinem Mies van der Rohe, deinem Lehmbruck. Wie kann ein idealistischer Mensch wie du einen buckligen alten Mann mit Schubkarren übers Anwesen rennen lassen, um ihn mitten in der Nacht noch eine Brombeere pflanzen zu lassen? Wann hast du zum letzten Mal eine scheiß Brombeere gegessen?

Was bist du nur für ein Heuchler, antwortete Immerjahn trocken.

Er sah von Fritzwalter weg, der Sonne entgegen, die ihn blendete.

Fritzwalter stand auf und verschloss mit der einen Hand die Wasserflasche, während er mit der anderen ein paar Körnchen von seiner Hose rieb. Er murmelte: *Ich muss los jetzt, ich geh nach Ostendorf, morgen bin ich zurück.* Und schlug, halb gehend, halb rutschend, den Weg zu den Fabriken ein. Immerjahn sah ihm nach. Wie schnell Fritzwalter vorankam, obwohl er pausenlos den Halt verlor, er war sehr groß und immer noch zu schlaksig, aber er wirkte nicht unbeholfen, nicht einmal auf diesem Hang. Dann brüllte ihm Immerjahn nach: *Warte!* Und Fritzwalter, kaum stehen bleibend, sah den Hang hinauf zu ihm.

Was?, rief Fritzwalter ungeduldig.

Deine Serie brauchst du nicht fertig zu malen.

Das sagte Immerjahn, und augenblicklich war Ruhe in ihm.

Kühle Dunkelheit, die sich ausbreitete. *Ich stelle sie nicht aus.* Er rief es wie eine Liebkosung, und er spürte, er hatte sich jetzt wieder gefasst.

Fritzwalter blieb stehen und sah ruhig zu Immerjahn, als wäre es ihm egal, obwohl Immerjahn doch wusste, dass er danach lechzte, weiterhin der einzige lebende Künstler in seiner Sammlung zu sein, vertreten aber nicht von seinen Tellerbildern im Speisezimmer, sondern von dem neuen Zeug. Fritzwalter lächelte und winkte ihm, dann ging er weiter. Immerjahn war erstaunt, fast enttäuscht, er hatte immer gedacht, Fritzwalter würde zusammensinken, als hätte man ihm alle Fäden gezogen, wenn er ihm das sagte, aber nichts dergleichen.

Er trat einen Erdklumpen in das Gestrüpp. Wollte gerne jemanden um eine Zigarette bitten, aber niemand war da. Am Fuß des Hanges verschwand Fritzwalter unter braunblättrigen Bäumen.

Er stand an der höchsten Stelle des Hanges und sah hinunter auf die Bäume, unter deren Kronen sich Fritzwalter irgendwo befand. Er wartete und hoffte, die Bäume würden kurz nur den Blick auf Fritzwalter freigeben, damit er sah, welchen Weg er nahm, aber keine Spur von ihm, also begann Immerjahn zu laufen, er musste noch einmal mit ihm reden, er wusste zwar nicht genau, wo sich Fritzwalters Atelier befand, aber so groß war Ostendorf auch wieder nicht, er würde es schon finden, übersprang eine Furche, die sich durch den Boden zog, es war noch lange nicht alles gesagt.

Immerjahn hielt inne, denn aus der Ferne hörte er ein sachtes Prasseln, das zwischen den Mauern hallte, ihm durch kühle, geschwärzte Gassen entgegenkam, lauter, zu kräftigem Glucksen, Prasseln wurde, Immerjahn versuchte sich zu orientieren, dieser Teil Ostendorfs war ihm fremd, normalerweise nahm er andere Wege, auf der anderen Straßenseite zwei Frauen, die sich unterhielten. Vor ihm verbreiterte sich die Gasse, öffnete sich zu einem Platz, der umschlossen von niedrigen Häusern war, und er ging schneller, einen solchen Durst hatte er, malte sich überschwemmte Brunnenbecken aus, Schalen, lichtgesprenkelt, knietief voller klarstem Wasser, das funkelnd an die Beckenränder klatschte. Er rieb sich die Lippen. Sah Tropfen ins Licht springen und blitzen, in Schatten eintauchen und wieder im Wasser verschwinden, ein Blättchen von hoch oben durch die Luft sinken und knapp über der Wasserfläche stolpern, auf ihr treiben, malte sich seinen Schatten auf dem Grund des Beckens aus und betrat dann den Platz, der still dalag vor ihm, die Häuser verwittert.

Er hörte auf zu lächeln. Ein Springbrunnen, steinalt, befand sich in dessen Mitte. Er horchte, den Atem angehalten, und ging näher an den Brunnen heran, denn das Wasser müsste aus dem Maul eines Löwen quellen und erst das kleine Brunnenbecken, dann überlaufend, das untere, größere Becken füllen, aber der gebauchte Stein war trocken, kein Tropfen Wasser, nicht einmal Schimmel, in den Schalen Sand, aus dem sieche Pflänzchen sprossen.

Er hob den Kopf und betrachtete die Häuser, er drehte sich um und um die eigene Achse, um herauszufinden, aus welcher Richtung der Wasserklang kam, und er entdeckte ein Fenster, das in dem Haus hinter dem Brunnen offen stand.

Eine Lichterschlange, an der an einer Stelle noch das Preisschild hing, rankte sich, gehalten von mehreren Haken, die Wand entlang hinunter zum Wasser, das stetig stieg. Besetzt war sie von Blüten weiß, von Blüten gelb, Blüten rot und rosafarben, einer violetten und einer schwarzen, und die Blüte, die am tiefsten hing, war ganz silbern. In die Mitte ihrer Blätter waren Glühbirnchen gedreht, leuchtete verschiedenfarbiges Licht, das ruhig auf dem Wasser spielte, das stieg und bald die silberblättrige der Blüten berühren würde. Aus dem Hahn schoss es in die Wanne, mit einem Klang, so satt, es berauschte Immerjahn, als er dort am Fenster stand und gierig darauf starrte, wie unaufhörlich Wasser in das Wasser raste, so gläsern, dass er sich zuerst kaum kümmerte um die Frau, die in dieser Badewanne saß. Mit ihr stimmte etwas nicht, denn sie war nicht nackt. Ihre Knie, die aus der Wanne ragten, und ihre Arme, die Schultern, die Brüste, alles, von einem elfenbeinfarbenen Kleid überzogen. Nur ihre Hände nackt und ihr Gesicht. Das Wasser stieg, höher, über ihren kleiderweißen Körper, ihre nassen Haare glänzten ganz lackiert, fassten ein Gesicht, das das von Katka war, versunken in einen Reiseprospekt. Immerjahn sah ihren bedeckten Körper an, die weißen Hände, das weiße Gesicht und die Lichterschleife, die dicht über dem Wasser hing, und wurde dann abgelenkt vom Halbdunkel hinter der Badezimmertür, die offen stand, sperrangelweit. Er sah dort hinten Schatten, die manchmal durchsprungen wurden von Splittern aus Licht, die aus dem Badezimmer ins Dunkel tanzten, sah einen Mann auftauchen, sah Schultern, Bauch, Oberschenkel, Kniekehlen, Waden, Knöchel, Füße. Der Mann war nackt, ganz zweifellos. Er blieb mit dem Rücken zu ihm stehen. Wassertropfen sprangen kieselsteinchenhart gegen Immerjahns Schläfen. Er starrte die Lichterschlange an, rutschte mit dem Blick über Blüten rosa, rot und blau. Schloss die Augen, ging in die Knie.

Die Hausmauer, vor der Immerjahn kauerte, war bedeckt von Fliesen, als wäre auch sie ein Badezimmer.

Er fragte sich, wie oft Katka schon in dieser Badewanne gesessen hatte. Er fragte sich, wem diese Wohnung denn gehören mochte und wie lang sie schon gemietet war. Wie oft Katka, wie oft Fritzwalter dort schon zu Gast gewesen war, wie oft gemeinsam.

War das hier sein Atelier? Hatten sie sich dort geküsst, wie oft, wie oft geschlafen miteinander, oder stimmte das gar nicht, hatte Katka sich auf einem ihrer Streifzüge durch die Zwischenstadt verlaufen gehabt, war in die Ausläufer Ostendorfs geraten und hatte geläutet und Fritzwalter hatte ihr geöffnet? Zufällig verschlagen hatte es sie hierher. Zufällig gebadet hatte sie hier. Es könnte aber auch bedeuten, dass Fritzwalter nie sein bester Freund gewesen und dass Katka zwar immer seine Frau, aber nicht nur seine Frau gewesen war. Gestern war Katka am Hagebuttenberg gewesen und heute Morgen. Er hatte sie ein paar

Stunden lang gesehen, aber was sie in allen andren Stunden tat, das wusste er nicht. Wo sie schlief, wenn sie nicht nach Hause kam, und er fragte sich, ob das der Ort war, an dem er sie dann suchen musste.

Es lag ein Brot vor Immerjahn am Imbissstand, belegt mit Extrawurst und roten Zwiebelringen. Er nahm es in die Hand, aber er aß es nicht. Sah die Zwiebelringe an wie die Kreise, die das Sinken eines Steines auf der Oberfläche begleiten. Bedeutete das, dass Katka ausziehen würde? Würden sie sich manchmal treffen, zufällig auf der Straße, nicht zufällig mehr im Haus am Hagebuttenberg? Würde er ab jetzt viel Zeit mit Holm und Frau Manzur und Marek verbringen? Würde er Fritzwalter nicht mehr sehen wegen Katka? Würde er Katka nicht mehr sehen wegen Fritzwalter? Was wäre mit Raffael? Würde auch er ein Zimmer bei Fritzwalter haben, in dem ein Poster von *End of a year* hinge? Raffael mochte Mäuse. Vielleicht mochte er Ratten auch. Auf der Straße würde man ihn für den Sohn Fritzwalters und Katkas halten? Oder, noch schlimmer, verhielt es sich wirklich so? Er wollte nicht mehr weiterdenken. Wäre es nicht besser, ein Schrank in einem Zimmer zu sein? Ein Vorhang, der flatternd an der Vorhangstange hing? Und hatte er nicht vor dieser Badezimmerszene gedacht, Katkas Anwesenheit sei ihm zu schlichter Gewohnheit geworden? Katkas Fingerspitze auf der Silberblüte, Katkas Hand am Wannenrand. Katka bitten, Fritzwalter nicht mehr zu sehen, war unmöglich. Sein Gesicht würde er verlieren. Er überlegte, was er tun müsste, damit Katka Fritzwalter nicht mehr sehen würde, was er ihr geben könnte? Aber sie hatte doch alles, was man kaufen konnte, und er ärgerte sich, elfenbeinfarbene Kleider, silberner Schmuck und schwarze Schuhe, das hatte sie alles schon, das half nichts. Es gab natürlich noch andere Optionen. Er konnte mit Fritzwalter und Katka eine Kommune im Museum gründen. Er könnte sie beide umbringen, aber wo bleibe da die Contenance, hätten seine Eltern gesagt. Er könnte ausziehen und sich irgendwo anders, in der Tradition seines Großvaters, Schinkels nie verwirklichten Entwurf für das *Kaufhaus Unter den Linden* erbauen, um Katka wieder anzulocken. Sie könnte dreißig Zimmer haben und ihr Gewand nach Zimmern ordnen. Vielleicht musste nur ein wenig Zeit verstreichen. Das Museum würde eröffnet und Katka inmitten all der Besucher erblühen, und er nahm sich vor, er nehme sie an der Hand, überreiche ihr einen Koffer voll neuer elfenbeinfarbener Kleider und verreise mit ihr auf eine weit entfernte winterliche Insel.

Es hatte zu regnen begonnen, während er lief, und jetzt, als er an den letzten Häusern von Oberberg schräg über die Landstraße rannte und die Auffahrt des Hagebuttenbergs erreichte, fror er wegen der Kälte des Regens. Jemand hatte ein Auto inmitten der Steinwiesen abgestellt, die hinter Regenwänden verschwanden. Er ging hoch zum Haus und nestelte am Kragen seines Hemdes, der plötzlich viel zu fest den Hals umschlang, er ging sehr langsam und mühte sich ab, den Knopf aufzubekommen, mit seinen Fingern, die ihm nicht gehorchen wollten, den Kragen zu öffnen, der Faden knackte, und er zerrte noch fester am Knopf, der abriss. Warum, um alles in der Welt, hatte er seinen Menzel nicht bei sich. Die Fliegen. Warum hatte er, als er das Haus verlassen hatte, denn nicht daran gedacht, sie mitzunehmen, es war doch klar gewesen, schon als er heulend mit der heulenden Frau Manzur in der Küche gesessen war, dass dieser Tag ein ausgesprochen miserabler war. Und Immerjahn malte sich, um sich zu beruhigen, aus, wie er vor den Schrank treten und vorsichtig die Türe zu den Fliegen öffnen würde, stellte sich gleich öfter hintereinander vor, wie er dann die Mappe öffnen würde und ihr die Zeichnung entnehmen, um sie vorsichtig in seine Brusttasche zu stecken. Es ginge ihm dann besser. Die breiige Landschaft rings um ihn dampfte, zerfloss in allen Wasserfarben und weit hinten, unter dem tintenblauen Himmel, dort, wo er sich zu schwerem Schwarz verdichtete, verließ Frau Manzur das Haus und kam mit einem Regenschirm heran. Quer über die Steinwiesen rief sie zu ihm: *Kommen Sie doch herein, Herr Gotthold! Gleich beginnt das Schwimmrennen!*

Immerjahn ging jetzt wieder schneller, er hatte es ganz vergessen, erreichte den Brunnen am Vorplatz, dessen Wasserfläche vom Regen regelrecht aufgeschäumt war, und duckte sich dann zu Frau Manzur unter den Schirm. Sie roch sehr stark nach einem herben Parfum.

Fritzwalter, Holm und fünf Assistenten saßen auf der Küchenbank, ihre Haare waren nass, der Regen hatte ihre Oberteile durchsichtig gemacht, er sah, auch ihre Oberkörper waren tätowiert. Jeder hatte eine unangetastete Tasse heiße Schokolade vor sich stehen, und auch Katka, die mit einem Handtuchturban auf dem Kopf vor dem Fenster stand, hielt eine in der Hand, widerwillig sah sie sich den Regen an.

Sie haben mein namibisches Streifengnu vergraben und wollen nicht sagen, wo, sagte Holm.

Wo ist Holms verdammtes Gnu?, fragte Fritzwalter. *Es ist wertvoll.*

Wir haben das tote Tier begraben, weil man tote Tiere begräbt, sagte Juri und schaute Holm ernst an.

Es wird kaputt, wenn ihr nicht endlich sagt, wo es ist!

Also, wo?, fragte Fritzwalter.

Dort, wo es hingehört, sagte der Junge neben Juri.

Immerjahn stand auf und schaute Frau Manzur zu, die am Herd Speck und Eier in drei großen Pfannen briet.

Raffael hatte bei der Pressekonferenz am Morgen, die sie jetzt am Abend zeigten, noch gesagt, Schwimmen sei schön, er würde gerne mehrmals Olympisches Gold gewinnen und danach Regisseur oder zumindest Kameramann bei Tierfilmen werden, am liebsten spezialisiert auf Raben und Katzen und Käfer und Eulen, das sei sein Zukunftsplan. Immerjahn hatte plötzlich ein schlechtes Gewissen, insgeheim wusste er, er hätte sich ein wenig mehr um Raffael und ein wenig weniger um Katka kümmern sollen. Nach wie vor stand sie am Fenster und sah den Regenströmen zu, wie sie, aufgepeitscht vom Wind, fast waagrecht über das Mäuerchen des Westgartens schossen, und das Laub, das dünn und glänzend am Boden klebte, war vom Wasser plattgewalzt. Sie wandte erst den Kopf zum Fernseher, als die Moderatoren erklärten, Immerjahn sei von Fernández, dem spanischen Schwimmer, beleidigt worden, in einem Zeitungsinterview habe er gesagt, Immerjahn sei ein überschätzter Jüngling, der sich vor dem Training die Augen schminke. Sie sah auf den Bildschirm, und Immerjahn sah sie an. Er fragte sich, was für ein Haus Raffael vorfände, wenn er wieder zurück wäre.

Das Rennen begann. Es war sehr still in der Küche. Man sah das Becken, blau das Wasser, sah das Publikum, Transparente in Händen. Schwarz die Markierungen der Bahnen, schwarz Raffaels Haube, blass sein Körper, Startsignal. Der Sprung, weiß das Wasser, das schäumte, wo immer seine Arme es berührten, dann wieder Raffaels Kopf, der eines anderen Schwimmers, Raffael, das Wasserbecken von oben, dann war das Rennen vorbei. Das ganze Bild ausfüllend sah man wieder Raffael, der mit seinen großen Augen in die Kamera schaute, so verdutzt, wie ihn Immerjahn noch nie gesehen hatte.

Immerjahn!, schrien Fritzwalter und Holm, *Raffael*, rief Katka, *Immerjahn*, rief der Moderator. *Immerjahn, unglaublich*, rief er, und Immerjahn saß da, vergaß vor Überraschung sich zu bewegen, im Gegensatz zu Frau Manzur, die halb weinend, halb lachend Servietten durch die Luft warf wie übergewichtiges Konfetti.

Er drehte sich zu Fritzwalter, der ihn ansah, in einer Mischung aus Hochmut und Erleichterung, ihn musterte, als müsste er ihn gleich aus dem Gedächtnis zeichnen auf Papier.

Immerjahn sagte: *Hast du kurz Zeit?* Und verließ die Küche.

Während Immerjahn durch das Speisezimmer ging, bemerkte er, Frau Manzur hatte den größten Teil der Josef-Frank-Tapete schon mit grasgrüner Farbe nachgezogen. Als stünde er in einem kleinen hellen Teich, entfaltete sich Seegras rings um ihn auf den Wänden, wogten grasgrüne Schlingen, winzige grasgrüne Blüten, Ranken der Decke zu. Es verlangte ihn, so schnell wie möglich nach draußen, an die Luft, in die Kühle nach dem Regen zu gelangen. Der Wind würde dort wehen und leichter würde ihm sein. Er fühlte sich gerade etwas überfordert. Immerjahn dachte, das Beste wäre, Fritzwalter käme ihm nicht nach, sondern würde verschwinden, weit weg vom Hagebuttenberg, weg von Katka. Oder würde er Fritzwalter nach zwei Monaten vermissen? Er konnte sich vorstellen, wie Fritzwalter sich an der Schulter kratzte und nach einigem Überlegen dann sagte, das gehe einfach nicht, dass er sie nicht mehr sehe, und sich dann entschuldigte, indem er sagte: *Entschuldigung*.

Er schloss die Augen, als er ins Freie trat, weil der Wind so stark über den nassen, dunklen Kies des Peristylhofs, die blanken Steinwiesen blies, und zog unter großer Anstrengung die Türe hinter sich zu. Es war besser, Fritzwalter bliebe, und er würde das Ganze so schnell wie möglich hinter sich bringen, es würde ganz zweifellos eine Weile sein Leben unruhig machen, aber nicht für immer. Er müsste das Haus fünfmal am Tag umgehen, bis zum Ende der Steinwiesen, wieder zurück zum Haus, für eine bessere Figur. Er würde seine Memoiren schreiben, durchzogen von einer kleinen ökonomischen Theorie, vielleicht war jetzt der richtige Zeitpunkt gekommen. Sollten Katka und Fritzwalter herummachen, sie würden bald zu streiten beginnen, und bis er fertig war mit seinem Opus magnum, wäre das mit Katka und Fritzwalter schon vorbei. Er hielt sich das Hemd vor der Brust zusammen, weil der Wind so blies, als er zwischen mehreren Pfützen hindurch auf die Kolonnaden zuschritt. Sie würden es nicht hinkriegen, auch diesmal nicht, er war sich sicher, drei Monate, alles andere wäre eine Überraschung. Er würde sich in sein Zimmer zurückziehen, vielleicht einmal zur Ablenkung mit Virgo Dopoul auf die Bahamas verreisen. Sollte Fritzwalter ruhig bei ihnen wohnen, solange Katka seine Frau bliebe, er würde klarkommen damit. Schlimm wäre allein, würde Fritzwalter Katka dazu bringen, zu ihm zu ziehen. Er erinnerte sich daran, wie leblos plötzlich ihre Sachen waren, als sie fort, in Paris gewesen war, und er gedacht hatte, sie käme nicht mehr wieder. Alles, was sie besaß, lag herum wie lauter kleine Magneten im Haus, die ihn anzogen, von ihm wollten, dass er sie in die Hand nahm und wog, er hasste es, wie sich das Wesen der Dinge veränderte, sobald der Mensch fehlte, der sie besaß. Es war auch schon bei seinen Eltern so gewesen, nach ihrem Tod, jedes Zimmer so leer, überall im Haus ein fremder Geruch, nach Frau Manzur und Marek und deren frittierten Lieblingsspeisen. Sie musste bei ihm bleiben, mit ihm in diesem Haus leben, er würde sie nicht kontrollieren, aber er konnte sich nicht vorstellen, sie nie mehr am Rand des Reflexionsbeckens sitzen zu sehen. Es war Immerjahn jetzt ein wenig schwindelig. Aber während er die Arme fest vor seinem Oberkörper verschränkte, kam ihm in den Sinn, mit seiner Bruchbude konnte Fritzwalter Katka unmöglich ködern. Nur wenn es ihm gelänge, an allen Decken, selbst im Stiegenhaus, Luster aufzuhängen. Fritzwalter sollte zu ihnen ziehen, das war nicht angenehm, aber machbar war es.

Immerjahn ging wieder an den Kolonnaden vorbei. Aus irgendeinem Grund zögerte er, zum Reflexionsbecken zu gehen, wanderte stattdessen im Peristylhof im Kreis. *Jede meiner Bauten war ein weiterer Schritt in dem Prozeß meines eigenen Suchens nach Klarheit,* hatte Mies geschrieben. Frisch verschlossen mit Rigipsplatten waren die Fenster des Großen Ausstellungssaales. Die Assistenten hatten sie schneeweiß gestrichen, sodass die Platten im Kontrast zu den jahrzehntelang verwitterten Mauern sofort ins Auge stachen.

Die Luft war klar und kühl, der Himmel viel heller als zuvor. Die blassen Sterne zeigten sich, und im Osten hing schief die Mondsichel über Immerjahn, der die glänzenden Steinwiesen betrat. Der Regen hatte den Staub fortgespült, in das Reflexionsbecken hinein. Trübes Wasser füllte es.

Gotthold, rief Katka, und er drehte sich um, sah, wie sie eben die Kolonnaden durchschritt. Ihr Gesicht ein Spektakel, es schien nicht aus einem einzigen Gesicht zu bestehen, sondern eines zu sein, aus dem sich immer andre Gesichter schälten, ihre Augen traurig, unvereinbar mit dem Mund, dessen Winkel zuckten, die Stirn in Falten, dann wieder glatt, die Starre des schmalen Nackens.

Der Grund des Beckens war verdeckt von Bahnen trüben Wassers, die ihm vorkamen wie Vorhänge, die sich alle Momente berührten, staubiges Grau, und dann waren sie wieder weiß wie milchiger Tüll.

Immerjahn zog rasch die Sandalen aus. Stellte sie parallel nebeneinander, legte den linken Socken in die linke Sandale, in die rechte Sandale den rechten Socken, hoffend, sie würde nicht zu laufen beginnen, damit er noch ein bisschen Zeit hatte am Reflexionsbeckenrand. Alles, auch das geringste Partikelchen dieses Moments, kam Immerjahn jetzt unecht vor, als sei er über einen Bildschirm mit den Steinwiesen, auf denen Katka in seine Richtung ging, verbunden. Er hatte keine Lust auf entwürdigende Arrangements. Er sah schon wie Fritzwalter in seinem Haus unter dem Luster stand und Katka neben ihm, ihre Hand sacht in die seine gelegt, die andre auf ihrem Bauch, obwohl es kaum noch möglich war, dass Katka von Fritzwalter schwanger war, sie trug ein grünes Kleid mit taubenblauen Ärmeln und am Kopf einen weißen Schleier.

Er sah nach unten, der Wind, der leicht noch ging, verzerrte seine Spiegelung unwesentlich.

Das Wasser war wärmer als die Luft, und es war still hier, er hörte jetzt den Wind und Katkas Schritte nicht mehr. Sein Hemd und seine Hose wogen schwer, und weil er nicht besonders gut im Schwimmen war, schloss er die Augen, dunkel war es und dann wieder etwas heller, weil er die Augen aufriss, weil ihn etwas berührt hatte, ein Blatt, gleich noch eines, er schwebte in einen Schwarm von Blättern. Er ließ sich treiben, kein Boden war jetzt unter Immerjahn und keine Wand in seiner Nähe, überall nichts als weiches nachgiebiges Wasser, und er hielt die Luft an, machte die Schwimmbewegungen, die man ihn gelehrt hatte, als er klein gewesen war. Er dachte an die Eröffnung, sah so viele Menschen in seinem Haus, dass seine Bilder glänzten vor glänzenden Augen, sah auch Katka unter ihnen in ihrem weißen Kleid, und es kam ihm vor, als berührte sie ihn, eine Hand an der linken Schulter, eine an der rechten Wange, aber wieder nur ein Blatt und gleich noch eines, ein weiterer Schwarm träge unter Wasser torkelnder Blätter, der ihm vorkam wie ein Wesen mit unendlich vielen Händen, die es alle nach ihm streckte, als wollte es tanzen, und Immerjahn drehte sich.

anne Vlaschits und Christopher Pfeiffer, deren Urteil mir so viel bedeutet.

Dank an Frank Stern, meinen ehemaligen Geschichtsprofessor, von dem ich so viel gelernt habe; an meinen Vermieter Harald Himmler für seine Großzügigkeit. Ich danke Aljo und Jasmina Dzambasovic, Jägerstraße 10, beste Änderungsschneiderei Wiens!

Danke Rosika van Maldegem, Sarah Thomas und Elena Annibali, Rainer Ausserer, Michaela Kostroun, Pier Paolo Pellegrini, Martin Nimmervoll, Martin Bilinovac, Radek Knapp, Harald Linortner, Julie Moes, Alexander Ostleitner, Sigmund Steiner, Manfred Gram, Fran Osrecki, Deniz Sözen, Birke Sturm, Brigitte Kovacs, David Postl, Manuel Ritter und seinem Hund Toto, Angie Essel, Gabriel Nachbagauer, Robert Pawliczek, Christine Scheucher und Michaela Schmidlechner.

Nun zu den drei Musketieren: Ich danke meinem unerschrockenen Agenten Martin Brinkmann, meiner enthusiastischen Verlegerin Brigit Schmitz, die sich ohne Zögern hinter den Roman gestellt hat.

Von ganzem Herzen danke ich meiner Verlagslektorin Maria Ebner, die meinen Immerjahn entdeckt hat. Einem Manuskript kann nichts Besseres passieren, als in ihre gewitzte, funkensprühend hartnäckig kämpferische Nähe zu geraten.

Zuletzt D'Artagnan: meine Privatlektorin Angelika Klammer. Ich danke ihr für ihre sehr schöne, allerdings sehr schwer zu lesende Schrift auf hunderttausend Klebezetteln, versehen mit enorm anstrengenden Anmerkungen. Für Melissentee und Apfelbrot, kurzum, für alles!

Ich danke Patrick Sabbagh für den auf dem Hagebuttenberg lebenden Pakicetus und dafür, dass er und Patrick Frieden mir schon vor zehn Jahren halfen, meine Texte besser zu machen. Ich danke Robin Hauenstein für die Auflistung aller jemals in auktorialer Perspektive verfassten Romane.

Ich danke Gerhard Flora für die Kröller-Müller-Villa und ihm und Philipp Oberthaler für den Essay *40 Jahre Wildnis*, in dem es um eine seltsame postmoderne Welt geht. Ebenso Andreas Flora für seine inspirierende Habilitationsschrift *Tröstlicher Komfort*.

Sehr froh bin ich über den Spitznamen meiner ehemaligen Café Jelinek-Küchenkollegin Katarina Hofbauer, ihr Vorname wird im Slovakischen mit Katka abgekürzt.

Stefan Niederwieser, Holger Fleischmann und Christan Kisler halfen, dass mir beim Schreiben nie die Musik ausging. Ich danke Thomas Weber, Nicole Spilker und Bernhard Sengstschmid.

Ich danke Elisabeth Richter für Tausende Kürbissuppen, meiner Haus- und Hof-Fotografin Judith Stehlik, meinem persönlichen Paparazzi Frank Schwenk, Wolfgang Haas (nicht zu verwechseln mit Wolf Haas, bei dem ich mich aber auch bedanke!) für seinen Optimismus und meinen Testlesern Mari-